Julja Linhof erzählt eine Geschichte über drei junge Menschen auf einem verfallenen Gutshof, die Leser*innen begeistern wird. Ab der ersten Seite entwickelt »Krummes Holz« einen Sog, dem man sich nicht entziehen kann.
Die Versehrtheit der Protagonist*innen, der Kampf um Anerkennung und Liebe, aber auch die Atmosphäre, die Landschaft – alles vibriert und brodelt und ist meisterhaft ausgearbeitet.

Ein starkes Debüt, für das ich eine unbedingte Leseempfehlung ausspreche!

Florian Valerius, Buchhändler und Blogger

© Alena Schmick

Fünf Fragen an Julja Linhof

Welche Bedeutung hat der Titel »Krummes Holz«?

Der Titel steht einerseits für die Zufahrtsstraße zum Hof von Jirkas Familie. »Im krummen Holz« lehnt sich auf der anderen Seite aber auch an das Zitat von Immanuel Kant an: »Aus so krummem Holze, als woraus der Mensch gemacht ist, kann nichts ganz Gerades gezimmert werden.«

Es gibt mit Sicherheit verschiedene Lesarten und Interpretationen von Kants Worten, für mich greifen sie aber vor allem einen Aspekt auf: Erfahrungen, die wir in der vulnerabelsten Phase unseres Lebens, der Kindheit, gemacht haben, formen uns auf eine Weise, die uns anhaften bleibt, mit der wir im besten Fall umgehen lernen, sie aber nie gänzlich ausradieren können. Und das ist etwas, das ich in all meinen Figuren wiederfinde. Ihre Wunden, ihre Traumata haben sie auf eine Weise geprägt, die sich nicht »geradebiegen« lässt. Allerdings, und das ist natürlich ein ebenso wichtiger Aspekt, muss aus einem »krummen Holz« nicht zwangsläufig ein »krummes Leben« erwachsen.

Wo spielt dein Roman und welche Rolle spielt die Landschaft?

Der Roman spielt im ländlichen Südwestfalen, zwischen Sauerland und Ruhrgebiet, wo ich aufgewachsen bin. Es gab frühe Phasen in der Entstehung des Romans, in denen ich durchaus überlegt habe, die Handlung in eine andere Gegend zu verpflanzen. Ich bin mir allerdings auch bewusst darüber, dass die Entwicklung der Figuren, das Leben, das sie führen, ein Stück weit meinem eigenen Erleben entspringen und dass sich diese Erfahrungen nicht einfach so in ein anderes Bild setzen lassen. Anstatt mich von ihr zu entfernen, habe ich also entschieden, mich der Landschaft meiner Heimat weiter anzunähern. Es war letztendlich ein ganz natürlicher Prozess, die Figuren in der Umgebung zu erzählen, die auch mich sozialisiert hat und in der ich mich bestens auskenne.

Dein Roman erzählt die Geschichte einer Familie. Was prägt die Generationen in deinem Roman?

Eine Frage, die mich sehr beschäftigt hat und die dem Roman gewissermaßen zugrunde liegt, war, inwieweit die Nachwirkungen von Erziehungsmethoden, die sich unter dem Begriff »Schwarze Pädagogik« zusammenfassen lassen, bis in die Gegenwart deutscher Familien reichen. Im Grunde erzähle ich in meinem Roman die Geschichte einer transgenerationalen Traumatisierung. In Jirkas Familie gibt es eine Kultur des Schweigens und sehr viel Härte, hinter der sich oftmals Verletzungen verbergen. Was sich mit dieser Härte kaum vereinen lässt, sind Liebe und Zuneigung. Jirka und Malene wachsen also unter widrigsten Bedingungen auf. Diese gelebten familiären Strukturen sind Wegbereiter für das, was Jirka mit Henning erlebt. Jirka ist so gesehen die erste Person seiner Familie, die ihre Weichheit nach außen kehrt und es schafft, sich verletzlich zu zeigen. Sowohl Malene als auch Georg und Agnes bekämpfen ihren weichen Kern im Laufe des Romans, sie alle besitzen ihn, verbergen ihn allerdings hinter emotionaler Kälte. Auch, weil sie nie gelernt haben, liebevoll miteinander zu sein.

Malene und Jirka sind Geschwister – warum finden sie so schwer zusammen?

Was Malene und Jirka eint, sind die lieblosen Bedingungen, unter denen sie aufwachsen. Diese Leidensgemeinschaft verlässt Malene irgendwann, um außerhalb des Hofs eine Lehre zu beginnen. Die Entzweiung der Geschwister beginnt schon dort und nicht, wie Malene eigentlich annimmt, an dem Tag, an dem Jirka den Hof für das Leben im Internat verlässt. Beide fühlen sich voneinander im Stich gelassen, sind aber nicht in der Lage, diesen Schmerz an den jeweils anderen zu adressieren. Erst Jirkas Rückkehr und vor allem sein stoisches Verharren auf dem Hof sorgen für ein vertrauensvolles Fundament, auf dessen Basis Malene ihre Feindseligkeiten aufgibt und sich ihrem Bruder wieder annähern kann.

Jirka und Leander sind durch ein Trauma verbunden, aber auch durch eine zarte Liebe. Was wiegt schwerer?

Ich glaube, das Gewicht verschiebt sich mit der Zeit. Das Trauma wiegt zu Beginn des Romans wahnsinnig schwer, weil es auf beiden Seiten von Scham bestimmt ist. Allerdings spürt Jirka schon früh im Roman, dass seine Gefühle für Leander nicht verschwunden sind und anders als Malene gibt Jirka sich solchen Gefühlen auch ein Stück weit hin. Er ist ein Träumer. Er würde Leanders Zuneigung nie aktiv erbeten, ergibt sich aber den Situationen, die Aussicht auf jene Zuneigung bieten. Natürlich führt ihn auch das wieder zurück auf sein Trauma. Es ist ein Spiel mit dem Feuer; sein innigster Wunsch und seine größte Angst liegen eng beieinander.

Leander ist da schon forscher, wenn auch behutsam. Und trotzdem kommen die beiden nicht an dem Trauma vorbei. Sie sind jedoch in der Lage, Vertrauen zueinander aufzubauen, und das rettet am Ende vermutlich beide.

Julja Linhof

KRUMMES HOLZ

Roman

Klett-Cotta

Klett-Cotta
www.klett-cotta.de

Cover: © Laura Fuchs Illustration
Gesetzt von C.H.Beck.Media.Solutions, Nördlingen
Gedruckt und gebunden von GGP Media GmbH, Pößneck
ISBN 978-3-608-96609-1
E-Book ISBN 978-3-608-12300-5

Für M.

Aus so krummem Holze,
als woraus der Mensch gemacht ist,
kann nichts ganz Gerades gezimmert werden.

Immanuel Kant

I

»Heh.«

Leander hat Runzeln zwischen den Augenbrauen.

»Kannst du das lassen?« Sein Blick huscht zu dem abgegriffenen Knopf der Beifahrertür, ich ziehe ihn nach oben und schiebe meine Hände zwischen die Oberschenkel.

Es ist wirklich so, wie ich mal gelesen habe: Wenn man als Erwachsener an einen Ort zurückkehrt, an dem man zuletzt als Kind war, ist plötzlich alles zusammengeschrumpft und eng. Nur die Bäume, denke ich und lehne die Stirn gegen die Autoscheibe, die sind gewachsen.

Der Wagen biegt von der Landstraße auf den von Pappeln geränderten Feldweg. Licht und Schatten flimmern durch das Laub. Pappeln schießen unheimlich, hat Leander früher mal gesagt, und im Alter brechen sie dann.

Ich habe ihn vorhin sofort erkannt. An den roten Haaren. Noch bevor er den Taunus rechts rangefahren hat und ausgestiegen ist. Die Ellbogen auf der offenen Tür und dem Autodach, ein Fuß auf der Straße und die schwimmbadblauen Augen gegen die Julisonne zusammengekniffen.

Bisher sind wir ohne Worte ausgekommen. Ich habe die Straßenseite gewechselt, er hat die Beifahrertür aufgeschlossen und mir den Rucksack abgenommen.

Die Getreidefelder draußen gehörten mal zum Hof. Versprengtes Pachtland und verlorene Flurstücke, die mein Vater nicht halten konnte, weil er schon damals schlecht gewirtschaftet hat. Nicht mehr grün und noch nicht golden. Rechts die langen Grannen der Gerste, links grauer Roggen. Und darüber der klare Sommerhimmel. Keine Wolkenschlieren. Nur die Stromleitungen, die zwischen den Holzmasten das Blau in Streifen schneiden.

Ich habe vergessen, wie anders der Sommer hier riecht. Nicht nach heißem Bitumen, wie man es in den engen Straßenzügen großer Städte riecht. Nicht nach Jungenschweiß und Pubertät. Und auch nicht nach Chlor und nassem Waschbeton. Diese vertrauten Gerüche liegen hinter mir. Hier ist es etwas, das Nase und Hirn nicht recht greifen können, das ich als Kind als Heißeluftgeruch bezeichnet habe.

Vor Wochen hat der Sommer mit dem Gasblau des Freibeckens begonnen. Im Takt der Trainingseinheiten. Mit kilometerlangen Bahnen, die nachts an den Schultermuskeln zerrten und zu den letzten gehörten, die ich in diesem Jahr im Dunstkreis des Internats zurückgelegt habe. Kurz denke ich an das Gespräch mit Jochen und die Entscheidung, die mich hergebracht hat. Den Schwimmer habe ich zurückgelassen. Der, der heimkehrt, konnte nicht schwimmen, als er gegangen ist.

Vielleicht ist das immer so, wenn man wieder in die Heimat zurückgeht. Einen Teil bringt man mit, und einen Teil lässt man hinter sich. Einen Teil hat man für immer abgestreift, als man Jahre davor aufgebrochen ist, und einen anderen zieht man wieder bereitwillig über, obwohl er unbequem geworden ist. Wie bei einem alten Pullover, den man früher oft getragen hat und der jetzt nicht mehr passt.

Ich kurble das Fenster herunter. Der laue Fahrtwind

wirft mir ein paar Locken zurück in die Stirn, wo sie haften bleiben. Ich klappe die Beine auseinander, um das kleisterige Gefühl in der Leistengegend loszuwerden. Vergeblich. Meine Jeans klebt im Schritt und in den Kniekehlen, das T-Shirt am Leder des Sitzes.

Auf dem Höhenzug über der Ortschaft liegen die Höfe aufgefädelt wie an einer Perlenkette. Es sind große Güter und rundherum Flickenteppiche aus Ackerland, das manch einer hier noch in Morgen rechnet. Felder, auf denen ich im Herbst mit Legeflinten pinken Giftweizen in Mäuselöcher geschüttet und im Frühjahr Reihe um Reihe Fuchsschwanz aus der Saatgutvermehrung gerissen habe.

Eine Landschaft wie unruhige See und zwischen dem Wellenschlag die alten Namen: Tappenhof, Windhof, Sekkenhof, Ulmhof. Die Haupthäuser aus Fachwerk, Bruchstein oder weiß verputzt mit breiten Treppenaufgängen. Irgendwo das riesige Tor zur Diele und dahinter ein hoher toter Raum, den heute keiner mehr zu nutzen weiß.

Der Taunus quält sich über den Hügelrücken, im Seitenspiegel verwischt die Gegend wie Pastellkreide. Hier beginnt das Krumme Holz, die Mulde hinter der Perlenkette und die Zufahrt zum Gut meiner Familie.

Ich suche meinen eigenen Blick im Spiegel, mein verschwitztes Gesicht, das schon jetzt von Sommersprossen gesprenkelt ist.

»Ich hab noch mal versucht anzurufen«, sage ich. Und weil ich den Satz, seit ich eingestiegen bin, von der einen in die andere Backentasche geschoben habe, klingt er nicht mehr so geschmeidig wie in meiner Vorstellung.

Leanders Gesicht ist ernst, sein Mund eine neutrale Linie. Ich kriege keine Antwort, stattdessen beugt er sich vor, fummelt an den Knöpfen des Autoradios herum und schiebt nach einer Weile mit einem genervten Raunzer die herauslugende Kassette ins Deck. Es rauscht. Die Boxen knacken, und dann singt Christine McVie den Song, den ich letztes Jahr wieder und wieder mit Rosa gehört habe, bevor alles den Bach runterging.

Vor fünf Jahren bin ich gegangen, die haben Leander verändert. Das rote Haar ist gerade so lang, dass er es am Hinterkopf zusammengebunden hat. Kinn und Wangen verstecken sich hinter rostigen Stoppeln. Man sieht ihm an, dass er viel näher an der dreißig als an der zwanzig ist. Der Dreck ist verschwunden. Die schwarzen Sicheln unter den Fingernägeln, die schmuddeligen Arbeitsklamotten. Vielleicht ist er noch ein wenig drahtiger geworden, denke ich. Mein Blick bleibt an den sehnigen Unterarmen hängen.

»Ich wollte Bescheid sagen, aber die Leitung war tot.«

Es ist das Schweigen – auch ein bisschen Leanders bloße Anwesenheit –, aber vor allem sein Schweigen sorgt dafür, dass ich mich sofort rechtfertigen will.

»Oder, weiß nicht was ... aber ich bin nicht durchgekommen.«

Ich beobachte, wie er sich den Handrücken gegen die Stirn drückt. Er fängt meinen Blick auf, seine Augen werden eine Spur schmaler, sein Mund verzieht sich kurz. Zu kurz, um sagen zu können, ob es Spott oder Missmut ist.

»Was?«

»Deine Stimme.«

Er schmunzelt. Es ist Spott.

»Das ist krass.«

»Was?«, wiederhole ich. Schon ein wenig genervter.

Bevor ich wegsehen kann, hat er die Augen wieder auf die Straße gerichtet.

»Du warst noch nicht im Stimmbruch damals. Das ist ’n krasser Moment gerade.«

Ich merke, wie mir das Blut ins Gesicht schießt, und schaue in den Fußraum, auf meine ramponierten Turnschuhe. Drei oder vier Schuhgrößen sind seit damals dazugekommen. Vierzehn Jahre wächst man langsam vor sich hin, und dann schießt der Körper von heute auf morgen in die Länge. Wie die blöden Pappeln, denke ich, ätzend. Jetzt sind es neunzehn Jahre – fast zwanzig eigentlich –, und die Zeit hat meinen Körper von der Streckbank gelassen. Lang und schmal. Ein Endprodukt, mit dem ich kein bisschen zufrieden bin. Auch dagegen bin ich angeschwommen, mit mäßigem Erfolg.

»Angemeldet, hm?«, fährt Leander dort fort, wo ich ursprünglich angefangen hatte.

»Keine schlechte Idee«, fügt er hinzu, und ich erwidere nichts. Meine Stimme erscheint mir plötzlich wie etwas unfassbar Peinliches.

Die Hitze flirrt über dem vernarbten Asphalt. Leander drosselt das Tempo. Malenes Kindergesicht taucht kurz vor mir auf. Flackert über meine Netzhaut wie ein Dia. Dafür braucht es nicht viel. Den dunstigen Schweißgeruch im Auto. Das abklingende Licht der Nachmittagssonne. Und mein Wachstum stagniert, ich schrumpfe, werde zurückgeworfen in meinen Kinderkörper.

Ich auf der Rückbank in Schwarz gekleidet. Ein Siebenjähriger, unterm Hintern zwei Sitzkissen. Die Erinnerung an eine lang zurückliegende Beerdigung und die Heimfahrt danach.

Im Rückspiegel das Gesicht meiner Tante, die zwischen den Gräbern steht. Fassungslos und zerschmettert, weil Georg sie nach der Beileidsbekundung angegangen ist. Ihr

Jahre der Schuld aufgeladen und sie damit am Grab ihrer Schwester zurückgelassen hat.

Georg fährt. Damals schon den Rekord und neben ihm sitzt – wie ein Wachhund – Agnes. Der Schilling und seine Mutter. Das ist das Bild, das nun Jahre prägen wird. Zum offenen Fenster dringt die Brandung der Baumkronen herein. Neben mir Malene, die die Hände auf- und zuklappt und nicht müde wird, das Vaterunser aufzusagen. Ich will sie zum Schweigen bringen, aber ich fühle mich gefesselt und geknebelt. Seit Stunden schlucke ich Steine. Mein Bauch ist voll davon. Schwere, traurige Steine, die ungeweinte Tränen sind. Vielleicht mache ich mir deshalb in die Hosen, kurz bevor wir vorm Haus halten. Pipi aus Tränen.

Es gibt kein Richtig und kein Falsch, wenn man trauert, fährt Agnes dazwischen, als Georg mich an den Ohren aus dem Auto zerrt. *Du kriechst tagelang durch deine Kornzellen, und dein Sohn macht eben wieder in die Hose.*

Das war dieselbe Großmutter, die später einmal zu mir sagte, meine Mutter sei eine schwächliche Frau gewesen. Nur deshalb habe sie der Tod so früh ereilt.

Meine Hände zappeln. Immer mehr, je näher wir kommen. Mit Mühe zwinge ich sie in den Rhythmus der leiernden Kassette.

Kurz bevor der Wagen die Waldgrenze durchbricht, tauchen rechts die Arbeiterhäuser auf. Eins wie das andere. Wie drei Legobausteine akkurat nebeneinandergesetzt. Gissel, Teuken und Wisniewski. Familiennamen, die mir nicht abhandengekommen sind. Die Gesichter allerdings sind verschwommen.

»Wohnt da noch jemand?«

Leander schüttelt den Kopf. »Wisniewskis sind vor anderthalb Jahren als Letzte weg.«

Linker Seite, unter den ersten Bäumen, duckt sich das Verwalterhaus. Leanders Elternhaus. Anders als die Arbeiterhäuser in ihrem schlichten, gräulichen Putz kleidet sich das Verwalterhaus, genau wie die Hofgebäude, in Bruchstein, mit Treppenaufgang zur Haustür, fast eine Miniatur des Haupthauses.

Der letzte Verwalter, den der Hof gekannt hat, war Vilém Dorodzala. Ein Sudetendeutscher, den mein Großvater meinem Vater aufdrängte, weil er seinem Sohn nicht zutraute, den Betrieb allein zu führen. Eine alte Bitterkeit, die in meiner Familie vererbt wurde, wie bei anderen Leuten Krebs.

Vilém Dorodzala war mit zwei Armen aus dem großen Krieg zurückgekehrt. Bezwungen hat ihn erst vierundzwanzig Jahre später ein schrottreifer Miststreuer. Ein Jahr, nachdem ich geboren wurde. Die Maschine fraß seinen rechten Arm, als hätte sie nur auf diesen Moment gewartet.

Ich drehe den Kopf und schaue zurück, während die asphaltierte Straße unter den Autoreifen zu einem Kiesknirschen wird. Das schmale Bruchsteinhaus verblasst hinter der Staubwolke, die der Taunus aufwirbelt.

Der alte Hofverwalter wohnte gut dreißig Jahre in dem Haus, bis er schließlich darin starb. Bis Malene und ich ihn fanden. Er lag in seinem Bett. Rechts neben ihm auf dem Stuhl seine ordentlich gefaltete Kleidung und links, die verbliebene Hand fest umklammert, Leander.

Ein Tod, den man einem nur wünschen kann, war Agnes' nüchterne Aussage, nachdem wir brüllend auf den Hof gestürmt waren, um jemanden zu Hilfe zu holen. Nicht wegen des Alten, sondern wegen Leander, der das Bett seines Vaters auf keinen Fall verlassen wollte.

»Du hast Glück, dass ich schon Feierabend hab«, sagt Leander und schaut kurz herüber, wie um zu prüfen, ob ich noch neben ihm sitze.

Ich bin mir nicht sicher, ob die Bushaltestelle hier oben an der Landstraße überhaupt noch befahren wird. Die nächste liegt im Tal, kurz vor der Ortschaft. Von da bis zum Hof ist man mit dem Rad eine halbe Stunde unterwegs. Zu Fuß noch mal um einiges länger. Aber das sind Kindermessungen, wer weiß, wie lang ich heute gelaufen wäre.

Ich stoße von innen die Zunge gegen meine schiefen Schneidezähne. Der linke schiebt sich schon immer ein wenig vor den rechten. Rosa fand das gut, und ich nur deshalb irgendwann auch.

»Was ist es denn letztendlich geworden?«, nuschele ich.

Leander hat früher alles angefangen und alles abgebrochen. Das einzig Beständige in seinem Leben war die Arbeit bei meinem Vater.

Der Taunus holpert über die Zufahrt und spuckt das französische Gejaule von Desireless aus dem Kassettendeck. Die Musik verstummt. Ich würd's nicht zugeben, aber eigentlich mag ich den Song.

Leander beugt sich herüber, öffnet das Handschuhfach und wirft die Kassette hinein, dann knallt er die Klappe wieder zu. Ich höre, wie er sich leise räuspert.

»Krankenpfleger. Hab angefangen, kurz nachdem du weg warst.« Seine rechte Hand rutscht am Lenkrad hinunter, bis er es nur noch mit Daumen und Zeigefinger hält. Den linken Arm hat er wie ich im Fenster aufgestützt, die langen Finger massieren die Stirn. Migräne, denke ich. Ich weiß, dass Leander früher oft darunter gelitten hat.

»Im Krankenhaus?«

»Heila.«

Die Heilanstalt liegt ein bisschen außerhalb der Kreisstadt, im Tal, nahe der alten Bahntrasse, von wo aus zwei Jahre vor Kriegsende die letzten achtundachtzig Patienten nach Pfafferode abtransportiert wurden und nie zurückkamen. Wenn früher wieder einer aus der Anstalt abhaute, brachten die Eltern ihre Kinder tags drauf mit dem Auto zur Schule. Malene und ich fuhren mit dem Fahrrad, und darüber schüttelten sie im Ort nur die Köpfe.

Unsinn!, sagte Agnes dann beim Mittagstisch. *Die sollen mal einen Blick in ihre guten Stuben werfen. Das Küchenbuffet lässt man sich drunten schreinern, aber wehe, einer steckt die Nase zu weit über den Zaun.*

Gibt keinen Zaun mehr, Mutti, brummte unser Vater dann.

Und sie: *Mir doch egal!*

Die Schauergeschichten der Ängstlichen trieb Agnes uns bald aus, ersetzte sie durch andere Schauergeschichten, die noch hanebüchener waren, aber nichts mit der Heila zu tun hatten.

Malene begann währenddessen mit jedem in der Schule eine Prügelei, der den Flüchtigen zum Anlass nahm, sie mit ihrer toten Mutter aufzuziehen. Es war überall im Ort bekannt, dass die Frau vom Schilling in der Klapse gestorben war, nicht mal genug Anstand besessen hatte, ihr Leben der Kinder wegen zusammenzuraffen. Schwäche, wie Agnes schon ganz richtig erkannt hatte, war etwas Schändliches, das man – zumindest als Katholik – allenfalls in den Beichtstuhl trug und dort auch gefälligst zurückließ, ehe man sich wieder zwischen die ordentlich gestärkten und gefalteten Pflichten wagte.

Vielleicht ist es keine Migräne, denke ich, vielleicht ist es mein Auftauchen, das Leander Kopfzerbrechen bereitet.

Wieder mustert er mich. Mit dem unversehrten und mit dem kaputten Auge. Eins ist wach, das andere – unter dem schweren Lid – scheint konzentriert, blickt tiefer.

Ich bin nicht der Einzige, der nervös ist. Irgendwas ist komisch. Und dann endet der Wald plötzlich. Leander lenkt den Taunus durch hüfthohes Gras, unter dem die Kiesauffahrt meiner Kindheit begraben liegt. Gestrüpp schlägt gegen den Seitenspiegel, durchs offene Fenster, und lässt Pollen und Blütenblätter auf meiner Hose zurück. Im Licht des späten Nachmittags schimmert der Bruchstein vom Haupthaus fast golden. Es ist das Erste, was man sieht, wenn man das Ende der Zufahrt erreicht hat. Der hohe Mittelrisalit, der sich einem entgegenbeugt. Unter dem Giebel die Holzverzierungen, die Georg offenbar zuletzt hat streichen lassen, als ich noch zur Grundschule gegangen bin. Und das ziegelrote Gesims unter den viel zu großen Fenstern. Die vielen Schornsteine, wie Fabrikschlote, aus den Jahren vor der Ölheizung, und das bisschen Fachwerk, das sich unter der Traufe duckt.

Nicht nur die Kiesauffahrt ist von Wildwuchs bedeckt, eine Lawine aus Mauerwein ergießt sich über das Hausdach, fließt aus den Regenrinnen und hangelt sich an den Stromleitungen entlang Richtung Wald. Im aufkommenden Wind beginnen die Ranken behäbig zu schwingen wie nasse Wäsche.

Das Gewächshaus, rechts, im Schatten des Wohnhauses, schimmert grün. An die Innenseite der Scheiben drücken sich große speckige Blätter, dort, wo das Dach zusammenläuft, hat sich Grünspan abgesetzt. Es scheint dem früheren Dienstboteneingang, der eingekeilt zwischen Wohn- und Gewächshaus und unter dem Vorhang aus Mauerwein nur ein dunkler, offener Gang ist, die Luft abzupressen. Unter der Platane, die mit ihrer ausladenden Krone einen Teil der rechten Hausfront verdeckt, stehen Gartenmöbel. Kreuz und quer und verwittert. Dem Tisch knicken schon die Beine weg.

Die Zeit hat sich geholt, wogegen mein Vater auch damals bereits nicht mehr angekämpft hat. Mit Technisierung und schwindendem Personal verlor der Hof sein herrschaftliches Gesicht. Bekam ein neues. Ein wilderes.

Mein Blick verheddert sich für Sekunden in den gedrehten Eisen der alten Hundezwinger.

Ich höre Georg brüllen. Seine behaarten Hände wie Schraubstöcke um meine Handgelenke. Der Eisenbolzen, der ins Schloss rutscht. Die Hosenbeine seines Blaumanns rascheln im Gras, als er mich allein lässt, um in den Hof zu gehen. Über der Schulter den 98er-Karabiner, mit dem er Malenes Hund erschießt. Und in meinem Rachen der Gestank von Angst, Schweiß und Pisse. Ein feiner Schleier, der sich auf die Schleimhäute legt, den man schmecken kann.

Leander zieht neben mir geräuschvoll die Handbremse an. Er hat den Wagen vor dem Gewächshaus neben Georgs Rekord geparkt und steigt aus. Ich räuspere mich, schaue noch mal zu den Zwingern, die hinter wuchernden Sträuchern, hinter Unkraut und jungen Bäumen kaum noch zu sehen sind.

Leander wirft die Fahrertür hinter sich zu und geht zu der breiten Freitreppe, die von zwei Seiten zur Haustür hinaufführt. Er nimmt zwei Stufen auf einmal. Ich beuge mich vor, sehe zu, wie er nach meiner Schwester ruft und im Haus verschwindet. Er ruft sie *Lene.*

Ich lasse mich zurück gegen den Sitz fallen. Meine Schwester hatte viele Namen. Malen. Lene. Mali. Manchmal, wenn Agnes sich über sie ärgerte, war es: *Malesche.* Eines von Agnes' Alte-Leute-Worten.

Ich hatte nur einen Namen. Und der gehörte nicht mal mir, sondern meinem Vater. So wie auf den Höfen der Gegend alle erstgeborenen Söhne die Namen ihrer Väter trugen. Und die Erwartungen. Eine Begleiterscheinung, fest verankert in der Lücke zwischen Vor- und Nachnamen. Später dann der Stolz. In meinem Fall die Enttäuschung. Jene Enttäuschung, die mich von hier wegbrachte. Ich denke an Malenes Brief. An *ihre* Enttäuschung. Und an die Endgültigkeit ihrer Worte.

Komm nicht. Er hat sich entschieden.

Mit rechts taste ich noch mal nach dem Türknopf. Ziehe und drücke, ziehe und drücke. Bis ich mit den schwitzigen Fingern wegglitsche.

Angekommen.

II

'N alter Suffkopp ist das, sagt Agnes halblaut.

Was ist ein Suffkopp?

Einer wie der Dorodzala.

Ich sehe nach draußen, wo Vilém Dorodzala sich mit Karl Teuken unterhält. Grinsend. Die gelben Zähne entblößend, die mich an Runkelrüben erinnern.

Drei Monate zuvor hatte Vilém Dorodzala mich zum ersten Mal früh morgens aus den Hundezwingern befreit. Die Sonne hing gerade so über den Baumwipfeln und trocknete den Tau von der Wiese, als sich die Männer, die dieses Jahr Arbeit bei uns gefunden hatten, um meinen Käfig scharten. Von den meisten kannte ich nicht mal die Namen. Ihre sonnenverbrannten Gesichter feixten, während sie einander die Selbstgedrehten ansteckten, die sie abends zuvor beim Kartenspiel gewonnen hatten.

Als Leanders Vater auf den Hof kam und mich hinter den Zwingertüren entdeckte, zusammengefaltet in der hintersten Ecke wie eine verschreckte Fledermaus, rutschte das breite Grinsen von seinem Gesicht. Dem, der ihm am nächsten stand, schlug er die Zigarette aus der Hand. Mann für Mann machte er sie klitzeklein, bis sie alle betreten zu Boden schauten, obwohl sie kein Wort verstanden. Niemand lachte mehr.

Schämt euch! Alle Mann!

Er scheuchte sie davon. Dann holte er einen Bolzenschneider aus der Werkstatt und knackte das Schloss. Manch einer hätte das auch mit zwei gesunden Händen nicht geschafft. Vilém, der Einarmige, vollbrachte das Werk mit nur einer.

Dass es nicht die Arbeiter gewesen waren, die mich eingesperrt hatten, sondern Georg, das sagte ich ihm nicht. Erst als es ein zweites, ein drittes und viertes Mal passierte, musste es ihm dämmern.

Jetzt steht er dort – Runkelrüben bleckend –, schwatzt lachend mit den gleichen Männern, die er noch vor Monaten zusammengepfiffen hat, und niemand stört sich daran.

Agnes kippt das Fenster und beugt sich über das Spülbecken.

Halt sie nicht von der Arbeit ab, Vilém.

Vilém Dorodzala drückt das Grinsen hinter die Lippen, und die Männer trollen sich in den Hof.

Im Gegensatz zu Agnes hatte meine Mutter eine besondere Verbindung zu Vilém. Flüchtlingsseele, hat sie das genannt. Weil sie beide ihre Heimat zurückgelassen und versucht hatten, hier eine neue zu finden. Ich mochte die Geschichten über das verlorene Zuhause, das sie in den schillerndsten Farben heraufbeschwören konnten, wenn sie einmal darüber ins Plaudern kamen. Aber seit meine Mutter in der Anstalt verschwunden war, hatten die Märchen über Viléms Heimatort mit dem zuckerbäckerhaften Schloss, dem Fluss, der sich wie eine Spirale um das Dorf wand, und den Bären im Schlossgraben einen bitteren Beigeschmack. Sie fanden kein Echo durch das Fabulieren meiner Mutter. Standen in dem hohlen Raum, den sie in mir zurückgelassen hatten, sprangen von den Wänden und irrten einsam umher. Ich hörte auf, danach zu fragen, und Vilém hörte auf zu erzählen.

'N Säufer als Verwalter und die Wirtschafterin in der Klapse, murrt Agnes neben mir, und dann sieht sie zur Uhr und folgert: *Lottchen verspätet sich wieder.*

Sie bremst meine schlenkernden Beine und schiebt das Kinn vor.

Na hopp!

Vorsichtig rutsche ich vom Spültisch. Sie krempelt mir die Ärmel auf.

Hände waschen.

Lottchen heißt eigentlich Charlotte, aber niemand hier nennt sie so. Sie ist seit Jahren die einzige Konstante in diesem Haushalt.

Oma?

Agnes' schrumpelige Spülfinger halten inne. Sie schaut mich an.

Wo wohnt Lottchen?

Im Ort.

Ja, aber wo im Ort?

Das geht dich nichts an. Nu mach!

Ich recke mich über den Rand der Spüle und stecke meine Finger ins Wasser, zwischen die Weckgläser, die leise klimpernd gegeneinander schaukeln. In Agnes' Küche riecht es nach Essig. Sie will einkochen.

Am selben Tag, nach dem Mittagessen, frage ich Leander, warum sein Vater ein Suffkopp ist, und fange mir einen Klaps in den Nacken ein.

Leander liebte seinen Vater. Und ich liebte ihn auch. Egal, was er war.

Ich genoss die Heimlichkeiten, an denen er mich teilhaben ließ. Wenn ich zum Beispiel nach kurzen Schultagen am Verwalterhaus vorbeikam, lehnte Vilém Dorodzala sich zum Küchenfenster hinaus und winkte mich heran. Ich sprang vom Rad und schob es hastig über die Kiesauffahrt zur Außentreppe. Ich hatte einen festen Platz auf seiner mit Teppich bezogenen Truhe in der Stube, von wo aus ich in unveränderlicher Reihenfolge zuerst ein Glas Milch und dann eine Handvoll Bonbons in Empfang nahm. Meistens von Lottchen. Weil es keine Mutter im Haus gab, machte sie vormittags bei den Dorodzalas den Haushalt. Und seit es auch bei uns keine Mutter mehr gab, huschte sie zwischen Hof und Verwalterhaus hin und her, um Agnes ebenfalls zu unterstützen.

Die Agnes hält euch viel zu kurz, ließ Vilém Dorodzala gerne verlauten. Ich nickte daraufhin. Das Karamell verfugte mir die oberen und unteren Backenzähne, bis ich wieder auf dem Rad saß und nach Hause strampelte. Meist konnte ich schon von Weitem die Glocke im Giebel hören. Auf dem Hof war die Mittagspause vorbei.

Zügig, rief der Alte dann, scheuchte mich mit weiten Armen vor sich her, und ich trat noch heftiger in die Pedale, bis ich ihm davonfuhr.

Ich liebte Vilém Dorodzala nicht nur wegen seiner Karamellbonbons. In Leanders Familie wurde keine Bitterkeit vererbt. *Goldjunge,* nannte Vilém Leander oft. *Aus dem wird mal richtig was.* Das sagte er voller Stolz und Inbrunst und war einem Vater, wie ich ihn kannte, damit vollkommen fern.

Seit ich denken konnte, blieb der alte Dorodzala im Sommer nach Feierabend noch auf ein oder zwei Zigaretten auf dem Hof. Und wenn er dann abends mit den Männern beim Kartenspielen in der Leutestube zusammensaß, zog er mich auf seinen Schoß. Während er die Kippe in den Mundwinkel klemmte, kraulte mich seine knorrige Hand zwischen den Schulterblättern. Ich vergrub das Gesicht in seinen viel zu großen Leinenhemden, schloss die Augen und atmete den Geruch seines Tabaks ein.

Bis ich acht war, zog er mich auf seinen Schoß. Bis der Tod den besten einarmigen Suffkopp, der jemals gelebt hatte, aus meinem Leben pflückte.

Eine Schar Hühner nähert sich gackernd, als ich vom Beifahrersitz des Taunus' rutsche und meinen Rucksack aus dem Kofferraum hole. Eins der Tiere schafft es aufs Gartenmobiliar und beobachtet mit ruckendem Kopf, wie ich die Autotür noch einmal öffne, um Leanders Kassette aus dem Handschuhfach mitgehen zu lassen.

Auf dem Treppenabsatz verharre ich, schaue über das ganze ausufernde Grün hinweg. Seit wann durchdringt die Wildnis die Grasnarbe schon? Wann ist sie endgültig übergesprungen auf alles, was sich nicht zu wehren weiß?

Ich trete über die Schwelle der offenen Haustür und bleibe in der Eingangshalle stehen. Hier ist es deutlich kühler als draußen, die dicken Mauern sperren die Hitze aus, das ist gleich geblieben. Ich atme tief ein. Es riecht nach nassen Schuhen. Und nach diesem Phantomgeruch, den eigentlich nur Fremde wahrnehmen können. Bis man selbst fremd wird. Da erkennt man nach Jahren plötzlich: So riecht Zuhause.

Alles ist noch genauso alt wie damals. Das ganze innere Gehäuse meiner Kindheit, angeführt vom Bakelit der Drehschalter, über die oberflächliche Verkabelung der Elektronik bis hin zu den Lampenschirmen.

Das Schachbrettmuster der Fliesen unter meinen Schuhsohlen ist lasiert von braunen Schlieren. Mein Blick gleitet durch die Eingangshalle, über den Korridor, hinter dem das Wohnzimmer im Schatten liegt. Vorhänge sperren den Tag aus. Brokatvorhänge, die schwer sind von hässlichen Blumenmotiven.

Und rechts, ein paar Stufen hinauf durch einen viel zu schmalen Türrahmen, den Georg nachträglich eingesetzt hat, die frühere Leutestube. Dreckkammer, hat Agnes gern gesagt. Der letzte Überrest einer zurückgebildeten Küchenherrschaft. Ein Denkmal der Veränderung.

Wenn früher jemand von der Küche sprach, dann war die große Wirtschaftsküche im Keller gemeint. Die Größte aller umliegenden Höfe. Die Einzige mit einer gemauerten Eistruhe und einem Speiseaufzug ins darüberliegende Esszimmer. Die Wirtschaftsküche war das Refugium meiner Mutter. Bis die Großeltern die Stadt verließen, den Hof ihres Sohnes bezogen und Georg für Agnes im Altenteil des Hauses eine kleinere Küche ergänzte. Eine Kompromissküche zwischen Schwiegertochter und Schwiegermutter im Buhlen um die Haushaltsführung.

In den Jahren, in denen meine Mutter schließlich in sich verschwand und wir mittags immer häufiger auf Agnes' Eckbank Platz nahmen, begann Georg damit, Küchenbruchstücke aus dem Keller zu reißen, bastelte sie neu zusammen, baute meiner Mutter eine Küche auf der Wohnetage. Wie zuvor seiner Mutter. Schwiegermutter und Schwiegertochter ebenbürtig.

Allerdings verschwand meine Mutter nicht nur in sich selbst, sondern bald darauf in der Heila, und die frühere Leutestube wurde zu einem Sammelsurium. Einem Raum, der nie vorgesehen war, keinen rechten Nutzen hatte und doch am allermeisten von uns genutzt wurde. Und der Name blieb. Dreckkammer. Nicht Küche. Nicht Stube.

»Was treibst du denn?«, zerstreut Leanders Stimme meine Gedanken.

Ich mache einen Schritt vor den Durchgang mit den drei Stufen. Leander lehnt mit dem Steiß an dem großen Steinbecken, das irgendwann mal ein Futtertrog gewesen ist. Er raucht. Und beobachtet mich. Der Qualm zwirbelt sich vor seinem Gesicht. Ernte 23. Er raucht die Marke seines Vaters.

»Sagt Georg nichts?« Ich blicke auf seine Zigarette und setze den Rucksack vor einem Schuhregal ab.

Ein kurzes Lachen lässt Leander zucken. Es klingt wie ein Husten, das er unterdrücken will. Gleichzeitig fasst er sich wieder an den Kopf, ascht in das Steinbecken. Ich schaue ihn perplex an. Leanders Verhältnis zu meinem Vater ist eins, das ich nie ganz durchschaut habe. Aber es war nicht geprägt von Respektlosigkeiten.

Er zuckt mit den Schultern, nimmt einen letzten Zug, bevor er die Zigarette auf dem Küchenboden austritt und unter das Buffet kickt. Meine Augenbrauen rücken zusammen.

Leander wirft mir einen kurzen abschätzenden Blick zu, bevor er sich abwendet und das Innere einer herumstehenden Blechdose inspiziert.

»Ist er gar nicht zu Hause?«

Die Antwort ist ein müdes Kopfschütteln, bevor Leander fragt: »Trinkst du Kaffee?«

Ich nicke und steige die wenigen Stufen zur Küche hinauf. Im hinteren Teil des Raums verrammelt ein wurmstichiges Vertiko die Tür zum Dienstboteneingang. Ich brauche mich nicht anstrengen, um sie aus der Vergangenheit hereinschlurfen zu sehen. Die Männer auf Socken, schweißglänzend bis zu den Haaransätzen, wie sie an den beiden Resopaltischen Platz nehmen. Wie sie stumm und in beachtlichem Tempo vertilgen, was aufgetragen wird, und erst vor der Haustür wieder in fremden Sprachen Dinge erzählen, die ich damals nicht verstehen konnte.

Ich lehne mich neben Leander an das Steinbecken, das die Funktion einer Spüle hat und Türme aus gebrauchtem Geschirr beherbergt. Leander setzt den Filter in die Kaffeemaschine und schaufelt Kaffeepulver aus der Blechdose. Er ist ein paar Zentimeter kleiner als ich. Das Hemd spannt an den Schultern. Immer noch Leinen. Auch die Hose. Ich frage mich, ob ich es auch so halten könnte. Einfach in das Leben des Vaters schlüpfen. Seine Hemden überstreifen, seine Zigarettenmarke rauchen und seinen Wagen fahren.

»Und?« Leander klappt den Filter ein und schaltet die Maschine an. »Was hast du hier zu suchen?« Er räuspert sich. Vielleicht um die Schärfe aus der Frage zu nehmen. Vielleicht ist da gar kein Vorwurf in seinem Tonfall. Trotzdem verschränke ich die Arme vor der Brust und pinne den Blick zwischen unsere Schuhe.

Wie will ich antworten?

Mit der Wahrheit?

Oder mit der halben Wahrheit?

Die liegt unter den Klumpen aus dreckiger Wäsche am Boden meines Rucksacks. Ordentlich eingefasst in einen Briefumschlag, wie sich das gehört. Formell. Offiziell.

»Post vom Kreiswehrersatzamt.« Ein sperriges Wort, das ich mit der Ferse in den Küchenfliesen festtrete, um Leander nicht in die Augen sehen zu müssen.

»Hm«, macht er.

Was ich aus dem winzigen Laut heraushöre: Leander rechnet und kommt zu dem Schluss, dass ich erwachsen geworden bin. Ein bisschen prickelt die Enttäuschung darüber in meiner Brust, denn offenbar ist er nicht durch mein bloßes Äußeres zu der Erkenntnis gekommen.

»Vielleicht wirst du ausgemustert.«

»Pfff … vielleicht *will* ich ja zum Bund«, blaffe ich, und eigentlich will ich hinzufügen *Du kennst mich nicht, du weißt nicht, wer ich bin und was ich will.*

Leander lächelt nur und begutachtet eine Tasse, die er aus dem Spülbecken gefischt hat. Ohne besondere Präferenz, vermute ich. Wenigstens wäscht er sie aus, bevor er sie mir reicht.

»Und da hast du dir gedacht, endlich mal Zeit für einen Besuch bei der Familie?« Die ungleichen Augen blitzen. Das rechte Lid zieht sich, wie unter schwersten Anstrengungen, zusammen, und Leander wendet sich ab, sieht über die Sitzecke hinweg zum Fenster hinaus.

Ich verschweige Leander, dass es für mich gar keine Musterung mehr geben wird. Dass ich denen längst eine Antwort geschickt habe, weil ich so oder so noch ein Jahr die Schulbank drücken muss. Auch das scheint Leander entgangen zu sein. Dass ich damals eine Runde rückwärts gedreht hab.

»Und du hast angerufen, hast du gesagt?«, murmelt er nachdenklich.

»Bin nicht durchgekommen. Seit Tagen.«

»Ja«, antwortet er bloß. Er weiß, dass die Leitung tot ist. Das habe ich schon im Auto vermutet.

Ich stelle keine weiteren Fragen. Leander stößt irgendwann die Hüfte von der Spülwanne ab. Ich sehe den ausgetretenen Lederschuhen nach, wie sie die Küche verlassen.

»Willkommen zu Hause«, höre ich ihn noch sagen. Die Haustür donnert ins Schloss und springt wieder auf. Das war alles. Gespräch beendet.

Ich rutsche an der Wanne hinab auf den Boden und stelle die Beine auf. Der Kaffee schmeckt bitter. Ich starre in die

Tasse, stelle sie neben mich auf die Fliesen. Von hier aus kann ich Leanders Zigarettenstummel unter dem Buffet gegenüber sehen. Er hat Gesellschaft dort unten.

Ein Teil von mir wappnet sich. Für den Moment, wenn unten im Keller die schweren Stahltüren schlagen und die Heimkehr meines Vaters ankündigen.

III

Gegenüber der Dreckkammer steht die schmale Tür zur Telefonstube auf. Es ist nur ein kleines Kabuff, in dem nicht mehr als ein Bord mit einem Telefon und ein Stuhl Platz finden. Der Zufluchtsort meiner Mutter, wenn sie früher allabendlich den Kontakt zur Außenwelt suchte. Zu Klara Früchtenich vom Windhof. Oder zu ihrer Schwester Anja, die nur ungern und nach dem Tod meiner Mutter gar nicht mehr zu Besuch kam. Wegen Georg.

Ich denke an das letzte Weihnachten mit Anja. Das letzte überhaupt mit ihr. Manchmal frage ich mich, ob es ein übergeordnetes Gesetz in meinem Leben gibt, das mir immer diejenigen wegnimmt, an die ich mein Herz hänge.

Ich stoße die Kabufftür nach innen auf und finde das orangefarbene Telefon mit der Drehscheibe vor, der Hörer liegt wie abgeschüttelt auf dem Rücken. Unten in der Ecke die elektrische Heizung. Gegen kalte Füße an Winterabenden. Und dann, als ich die Tür schon wieder zuziehe, finde ich unter dem Bord das herausgerissene Kabel der Anschlussbuchse. Ich schiebe den Stuhl zur Seite, starre einen Moment auf die hervorsprießenden, bunten Adern und stelle mir vor, wie viel Gewalt dazu nötig war.

Und du hast angerufen, hast du gesagt?

Was für ein Idiot.

Hat er es aus der Wand gerissen?

Oder Georg?

Ich ziehe die Tür hinter mir zu, trete die Turnschuhe von den Füßen und pelle die verschwitzten Socken von den Hacken. Dann durchquere ich die Eingangshalle, gehe die drei Stufen hinauf zum Korridor, der sich über die gesamte Länge des ersten Stocks erstreckt. Wie eine Wirbelsäule. Und in der Mitte ein Querschnitt: die Wand, die Georg für meine Großeltern einzog. Mit der schweren Pendeltür darin, die manchmal, wenn jemand im hintersten Winkel ein Fenster aufgelassen hatte, leise quietschend im Türrahmen fächerte. Aber jetzt steht sie still. Kein Luftzug.

»Hallo?«, rufe ich der Pendeltür entgegen. »Agnes?«

Nichts tut sich.

Als mein Großvater noch lebte, traute ich mich an dieser Tür nicht vorbei. Ich blieb auf der Schwelle stehen, drückte sie nur ein Stück auf und rief den Namen meiner Großmutter in den dunklen Flur, wie ein *Sesam öffne dich.* Und wenn sie dann kam – meist aus der Küche, die Finger teigverschmiert, in der blauweißen Kittelschürze –, stemmte sie die Fäuste in die Hüfte und hob vorwurfsvoll die Augenbrauen.

Was hast du, Junge?

Sie nannte mich nicht Georg. Der Name war meinem Vater vorbehalten. Manchmal frage ich mich, warum ich nicht einmal einen Zweitnamen bekommen habe. Alexander hätte mir gefallen. Oder Johannes. Stattdessen erweiterte Vilém Dorodzala meinen Namen um eine Sprache, und so klang er fast wie ein anderer.

Jirka!

Agnes konnte einen scharfen Unterton darin verflechten.

Ich wollte zu dir, druckste ich.

Dann steh da nicht rum.

Sie winkte mich von der Schwelle, und ich folgte ihr, vorbei am Wohnzimmer, in dem der Großvater in seinem Sessel saß, mit dem Rücken zur Tür, sodass ich nur seinen blanken Kopf über die Lehne ragen sah.

Wie früher drücke ich auch jetzt die Tür ein Stück auf und rufe erneut in den dunklen Korridor. Auf der Schwelle verharrend, in Erwartung meiner Großmutter. Sie wird dann so etwas sagen wie *Ach ja, dass ich das noch erleben darf* oder *Was willst du denn hier.* Oder vielleicht sagt sie auch nichts, dreht sofort wieder um und schüttelt den Kopf, und darin liegen dieselben abfälligen Worte begraben.

Aber niemand antwortet. Die Wohnung der Großeltern bleibt still. Ich trete zurück, entferne mich, und die Pendeltür schwingt mir eine Weile nach.

Vor der langen Fensterwand, durch die man vom Korridor ins Wohnzimmer dahinter schauen kann, bleibe ich stehen. Ein Schaukasten. Unsere Familie in einem nachgebildeten Lebensraum für Familien. Ich überlege, wie oft wir darin als solche wahrgenommen worden wären. In den Jahren, in denen meine Mutter noch gelebt hat. In denen noch alles halbwegs in Ordnung gewesen ist. Wie oft sind wir da in diesem Raum gewesen, diesem Ausschnitt unseres Lebens?

Später jedenfalls kaum noch. Und wenn, dann in unsere Einzelteile zersetzt. Meistens war es mein Vater, der Gesellschaft verschmähte, zum Rauchen auf den Balkon ging und dann für die Abendstunden – wie schon sein Vater vor ihm – in einem staubgrünen Ohrensessel versank und ins Leere starrte. Irgendwann döste er ein. Manchmal, wenn ich hereinkam und eins der ächzenden Dielenbretter erwischte, fuhr er mit einem Schreckenslaut zwischen den Lippen aus dem Schlaf. Immer fragte ich mich, was er in seinem Kopf kurz zuvor noch gesehen hatte. Aber ich glaube, die eigentliche Frage war – und das verstand ich erst viel später –, was erwartete er vorzufinden? Wohin, glaubte er, aus seinem Traum zurückgeholt zu werden?

Mein Atem beschlägt die dünnen Glasscheiben. Die Haut in meinen Augenwinkeln spannt.

Sonnenlicht bricht durch die Schlitze der Vorhänge. Darin Staubpartikel, die im Licht schweben. So langsam, dass man das Gefühl bekommt, in dem Zimmer liefe alles in Zeitlupe.

Ob ich auch irgendwann so einen Ohrensessel besitzen werde? Und von da aus an die Wand gegenüber oder im besten Fall aus dem Fenster gegenüber starre? Und wenn ich einschlafe, was wird mich dann beim Aufwachen erwarten? Oder wer?

Ich sehe hinab auf meine nackten Zehen. Neben meinem linken Fuß verläuft eine Ameisenstraße. Die Treppe hinunter bis in die Eingangshalle. Vielleicht auf dem Weg in die Dreckkammer. Ich steige darüber hinweg und betrete das Wohnzimmer durch die Flügeltür. Unter meinem Gewicht knacken die Dielen, in der Vitrine gegenüber klirrt Porzellan.

Ich husche durch den Raum auf die Balkontür zu, ziehe den Hebel herunter, und sie schwingt mir entgegen. Ich atme tief ein, obwohl mir nur Wärme entgegenfließt.

Der Balkon ist schmal – zwei verhaltene Schritte von der Balkontür bis zur Reling. Er säumt beinah die gesamte Rückseite des Hauses. Darunter der Garten, hinterm Garten der Wald.

Schwalben, wie Papierflieger, die jemand besonders scharfkantig gefaltet hat, flirren durch Mückenschwärme über dem Schwimmbecken. Das alte Becken, das nicht mehr so tief scheint wie damals. Das Wasser liegt grünlich unter einem Läufer aus Seerosenblättern und spiegelt das Bild eines Reihers. Der spannt seine Flügel und flieht in die nahen Bäume, als er mich bemerkt.

Ich schiebe meine großen Zehen in die Lücken zwischen den Planken unter meinen Fußsohlen, stütze die Hände aufs Balkongeländer und lehne mich vor – aufgeplatzten Lack und Vogelscheiße unter den Handballen.

Der Garten ist mir fremd. Fremd, wie einem nur ein Flecken Land werden kann, sobald man ihn umgräbt und neu anlegt.

Agnes' Garten, den sie von meiner Mutter übernahm, war ein eingezäuntes Stück Rasen. Von der Rückwand der Scheune bis zur Obstwiese. Vom Waldrand bis zum Haus. Auf der Fläche eines Fußballplatzes baute sie Bohnen an, Sellerie, Rote Bete, Karotten, Zwiebeln, Kohl und Frühkartoffeln. Am Waldrand der Rhabarber, Johannisbeersträucher, Stachelbeeren, Himbeeren, und als es in Mode kam, auch Brombeeren. Ich sehe mich barfuß zwischen den Büschen, wie ich das Innere der Himbeeren sehr gründlich nach Würmern absuche, bevor ich sie mir in den Mund stecke.

Wenn Malene neben mir pflückte und mich dabei beobachtete, schnappte sie mir die Beeren aus der Hand und steckte sie selbst in den Mund.

Du lässt sie verkommen, wenn du so lang reinglotzt!

Aber ich glotzte immer wieder und immer länger. Ich ekelte mich vor den hellen, sich windenden Tierchen, die manchmal zum Vorschein kamen, wenn man die Beeren vom Strunk zupfte.

Nachdem er seinen Vater verloren hatte, fand ich Leander mittags oft hinter den Beerensträuchern liegend. Er hatte gerade die neue Lehre abgebrochen und angefangen, Zigaretten selbst zu drehen. Manchmal kroch aus dem Gebüsch aber nicht nur der Geruch nach Tabak, sondern eine weniger flüchtige, fast schon scharfe Indica-Note. Seine Joints drückte Leander in einer leeren Kassettenhülle aus, bis sich das Plastik unter dem heißen Glimmen verformte.

Die Sträucher existieren nicht mehr. Ebenso wenig wie der Zaun. Stattdessen stehen am Waldrand Rhododendren. Ich entdecke den Komposthaufen, damals noch hinter einem Gartentor gelegen, und den ausgetretenen Pfad, dem ich als Kind, die Böschung hinab, so oft in den Buchenwald gefolgt bin.

Unbekannt sind mir die aufgegrabenen Kuhlen und Kiesbetten. Nierenförmige Beete, aus denen Lavendel wuchert. Dazwischen Rosensträucher. Mäuerchen und Terrassen. Ein Wust aus Farben und Formen.

Ich grabe mit den Schneidezähnen tote Haut von meiner Unterlippe und beiße mir ins Fleisch, als ich eine Bewegung am anderen Ende des Balkons registriere.

Da sitzt jemand. Ganz hinten, unter einem Vorhang aus Mauerwein, über einen kleinen Tisch gebeugt.

Ich streiche mir die Locken aus der Stirn, gehe ein bisschen näher heran, versuche, mein Gesicht zu entspannen.

Es ist Agnes. Sie hebt den Kopf, und ich erstarre. Wieder das Kind, das von der Großmutter ertappt wird. Mit fadendünnen Lippen beugt sie sich über mein Kinderbett. Anstatt mich in den Arm zu nehmen, mich zu trösten, zieht sie mir mit missbilligendem Schmatzen die Finger aus dem Mund, bevor sie das Licht ausmacht. Kein Muttterersatz, nur eine andere Frau, die auf der Fehlstelle Position bezieht.

Durch mein Gedächtnis schreiten die Väter und Söhne der Nachbarhöfe, die den Sarg meiner Mutter zu Grabe tragen. Eine Prozession, die mich nicht loslässt. Wochenlang, monatelang, jahrelang nicht.

Jedes Mal, wenn ich in der Schule unvermittelt anfange zu weinen, entlässt der Lehrer mich aus dem Klassenzimmer. Auf dem Flur stecke ich mir Ring- und Mittelfinger in den Mund und höre zu, wie er meine Mitschüler dazu anhält, nachsichtig mit mir zu sein, weil ich keine Mutter mehr habe.

Ich komme in die zweite Klasse. Ich werde sieben. Dann acht.

Willst du noch an den Fingern lutschen, wenn du ein erwachsener Mann bist?

Agnes verschränkt die Arme vor der Brust. Diese Arme, die so vieles stemmen und halten. Aber nichts, gar nichts von Trost wissen.

Ich schüttle den Kopf. Schüttle das Bild des Mannes ab, der sich zwei schrumpelige Finger in den Mund schiebt.

Jahr um Jahr wächst meine Angst, niemals mit dem Nuckeln aufhören zu können.

Und dann bin ich neun, und Agnes beginnt, mir vor dem Schlafengehen eine Tinktur auf die Finger zu pinseln, unter deren ekelhaftem Geschmack sich die Schleimhäute zusammenziehen. Doch selbst die hält mich nicht davon ab.

Es wird irgendwann einfach aufhören, sagt Leander zu mir, als ich Agnes' Angstversion von dem Erwachsenen mit ihm teile.

Wirklich.

Agnes sagt, mich lachen bald alle aus in der Schule.

Leander schüttelt den Kopf.

Die wissen das doch nicht. Und du erzählst es einfach niemandem.

Er zuckt mit den Schultern.

Irgendwann wachst du auf, und dir wird klar, dass du schon eine ganze Weile nicht mehr nuckelst. Einfach so. Das merkst du gar nicht.

Und so kam es auch. Von einem auf den anderen Tag muss es einfach vorbei gewesen sein, denn ich erinnere mich nicht daran.

»Hallo Agnes.«

Ihr schmaler Mund verkrampft sich. Sie antwortet nicht. Hinter einer dicken Brille, die ihr schief im Gesicht sitzt, huschen wässrige Augen an mir auf und ab. Das Gestell ist vielleicht noch dasselbe wie damals – ein billiges Kassenmodell –, aber Agnes' Gesicht nicht. Das ist so hager, so eingeschrumpelt, dass die Brille unpassend groß wirkt.

Ich bin bis auf wenige Schritte herangeschlichen, strecke den Rücken durch und bleibe stehen. Agnes' Kopf ruckt zur Seite, als hätte sie etwas im Garten gewittert, dann zielt die Nasenspitze wieder auf das, was vor ihr auf dem Tisch ausgebreitet liegt. Ich räuspere mich erneut und sprudele denselben Sermon hervor, den ich schon Leander unterbreitet habe. Versucht anzurufen, Leitung tot, Musterung. Dabei schaue ich hier- und dahin, flüchte mich mit dem Blick in den Garten, und nach einer Pause, die ich lasse, um Agnes Raum für eine Reaktion zu geben, schmatzt sie leise. Als hätte sie mich überhaupt nicht gehört. Mit schaumigen Mundwinkeln, die mich ekeln. Ich betrachte die Tischplatte. Im selben Moment knurrt sie: »Ich puzzle.«

Perplex nicke ich, sage: »Ja ...« Suche nach einer besseren Antwort und füge hinzu: »Das sehe ich.«

Sie fischt ein neues Teilchen aus einem Haufen von Pappteilen. Nur das, was sie Puzzle nennt, sieht in Wirklichkeit aus wie ein Stück Teig, das man zu Weihnachten mit allerlei Ausstechförmchen bearbeitet hat. Es ergibt nicht den geringsten Sinn. Anscheinend beeindruckt das Agnes aber wenig, denn im nächsten Moment drückt sie irgendein Puzzleteil an den ausgefransten Rand ihres Gebildes, wo es ein wenig vom Tisch abhebt.

Ich lehne mich an die Mauer. Reibe den rechten Fuß am linken Unterschenkel auf und ab. Vielleicht könnte ich doch besser mit offenen Vorwürfen umgehen. Ich bin versucht, einfach zurück in die kühlen Schatten des Hauses zu tauchen und Agnes, wortkarg wie sie ist, mit ihrem misslungenen Puzzle allein zu lassen.

Trotz der Hitze trägt sie einen ganzen Berg an Klamotten. Ein fleckiges Nachthemd, darüber mehrere Strickjacken und als letzte Schicht ihren guten Hahnentrittmantel, der ihr heilig war. Der zu gut war für das Landleben, weshalb sie ihn nie anzog und der jetzt einen leichten Geruch von muffigem Schrank und Mottenkugeln verströmt.

Ich beobachte sie aus dem Augenwinkel. Wie sie innehält und aufschaut.

»Gorsch«, sagt sie und ihr bisher unsteter Blick fixiert mich plötzlich. Ich runzle irritiert die Stirn, betrachte ihr Gesicht. Wie die ausgeprägten Faltennester durch die Konzentration noch ein bisschen tiefer werden. Um die Augen, um die Lippen.

»Ey.«

Leanders Stimme kommt von unten, aus dem Garten. Er steht zwischen den Rhododendren und hält eine Hand über die Augen, als müsste er die Sonne abschirmen. Als ich mich ihm zuwende, lässt er den Zeigefinger derselben Hand ein paar Mal neben der Schläfe kreisen.

Ich starre ihn verständnislos an, zucke mit den Schultern.

Er seufzt. Ich sehe zu, wie er die Hände in die Hüften stemmt und kurz über die Schulter schaut, als könnte uns jemand belauschen.

»Keiner zu Hause«, ruft er halblaut.

Ich drehe mich zu Agnes um, die ein brummiges Gesicht aufgelegt und anscheinend noch mehr weiße Ablagerungen in ihren Mundwinkeln produziert hat. Wie ein tollwütiger Hund.

»Sie ist alt, sie ist demen-«

»Ja ja, versteh schon«, würge ich ihn barsch ab, trete vom Geländer zurück und aus seinem Sichtfeld.

Agnes schmatzt wieder. »Wer ist da?«, raunt sie.

»Leander«, antworte ich doch ein bisschen ungläubig.

»Hm?« Sie kneift die Augen zusammen und schiebt mir ihr riesiges Ohr entgegen.

»Leander«, wiederhole ich lauter, und jetzt bin ich es, der seufzt. Demenz. In dem Alter nicht mal ungewöhnlich, aber ich habe nie darüber nachgedacht. Nicht über Krankheiten. Oder Gedächtnisverlust. Gewappnet habe ich mich nur für die äußerlichen Veränderungen, die nach jahrelanger Abwesenheit unausweichlich sind.

Während ich Agnes beim Puzzeln zuschaue, werden die Schatten im Garten länger. Der Reiher kommt zurück ans Schwimmbecken. Das Gezwitscher und Gezirpe wird leiser.

»Hast du was dagegen, wenn ich mir eine anstecke?« Ich tippe auf eine rote Zigarettenschachtel neben mir auf dem Fensterbrett. Als Agnes stumm bleibt, ziehe ich mir den Stuhl ihr gegenüber zurecht und öffne die Pappschachtel. Filterlose Roth-Händle und Streichhölzer. Die werden Georg gehören. Ich schiebe mir eine Zigarette zwischen die Lippen und zünde sie an. Schon nach dem ersten Zug muss ich husten. Unten im Garten hebt Leander den Kopf, und ich rutsche tiefer in meinen polsterlosen Gartenstuhl.

»Roter Tod.«

Ich sehe Agnes überrascht an. Das hat sie oft zu meinem Vater gesagt. Sie mochte sein Gerauche nicht.

»Wie bitte?«

»Du rauchst zu viel.« Sie schüttelt den Kopf und wiederholt im selben Ton: »Du rauchst zu viel.«

Ich kneife die Augen zusammen und nehme noch einen Zug. Es knistert leise. Wieder rüttelt der starke Tabak an meiner Luftröhre, und ich kippe nach vorn beim Husten.

»Das ham se dir in Russland beigebracht«, kommentiert Agnes unbeirrt weiter, aber ich gehe nicht auf ihr Gerede ein.

»Was soll das überhaupt werden, wenn es fertig ist?«, presse ich stattdessen dumpf hervor und deute auf das Durcheinander vor uns auf dem Tisch. Ihre seidenpapierne Oberlippe kräuselt sich. Ich puste den Qualm zur Reling hin.

»Sieht ’n bisschen aus wie ’n Vogel. ’Ne Ente vielleicht.« Ich beuge mich vor, nehme ein Teil vom Tisch und drücke es an den linken Rand. »Guck, wenn du hier noch eins neben machst, dann sind das die Füße ... und hier«, ich zeige auf eine andere Stelle, »da hast du dann den Schnabel ...«

Agnes hält inne. Sie starrt auf das Puzzle. Nein, eigentlich starrt sie nur das Teil an, das ich neu angedrückt hab. Als könnte sie es so rückgängig machen.

»Tschuldige.« Ich pflücke das Puzzleteil wieder weg. Agnes wendet sich mir langsam zu und legt die Stirn in Falten.

»Wo warst du?«, fragt sie.

»Was meinst du?«

Aber im selben Moment sehe ich in ihren Augen, dass der Gedanke sich bereits verflüchtigt hat. Wie sich eine Wand aus Nebel in ihr Gedächtnis schiebt und sie nicht mehr weiß, worüber sie noch vor einer Sekunde nachgedacht hat.

Ich richte mich wieder auf und beobachte Leander, der einen Schlauch hinter sich herzieht und die Rhododendren wässert. Anscheinend ist der Reiher an ihn gewöhnt, denn er stört sich nicht an seiner Anwesenheit. Das Plätschern im Schlepptau schreitet Leander die Beete ab.

»Hat Leander deinen Gemüsegarten platt gemacht?«

Agnes brummelt leise ihr Puzzle an.

»Agnes«, spreche ich sie an, aber es hilft nichts. Sie stiert verbissen auf die Tischplatte und knurrt Sachen vor sich hin, die ich nicht verstehe. Ich resigniere und drücke meinen Zigarettenstummel in dem gläsernen Ascher aus, der neben der Schachtel steht.

Ich sitze noch auf dem Balkon, als die Dämmerung die Umgebung längst in verschiedene Grautöne unterteilt hat. Agnes hat ihren Platz mir gegenüber verlassen, ich habe sie nicht aufgehalten. Stattdessen beobachte ich Leander, rauche eine zweite und dritte Zigarette, bis der Tabak nicht mehr kratzt.

Ich will gerade aufstehen und mich auf den Weg in mein früheres Kinderzimmer machen, als Leander unten im Garten die Stimme erhebt.

»Kaninchen?«

Am Waldrand taucht ein Hund auf. Ein zottiges Vieh, das auf Leander zutrabt und sich von ihm den Kopf tätscheln lässt. Es ist auch nicht der Hund, mit dem Leander gesprochen hat. Jemand kommt unter dem Walnussbaum hervor. Selbst auf die Entfernung erkenne ich Malene sofort. Ich glaube, es ist die Art, wie sie sich bewegt. Selbstbewusst und raumgreifend. Ihr blondes Haar ist kürzer, als ich es kenne. Etwas länger als Leanders, das er in diesem Moment aus dem Zopf löst und über den Kopf nach hinten streicht.

Er geht ein Stück zurück zu den Rhododendren und holt den Wasserschlauch zwischen den Büschen hervor. Als er sich wieder aufrichtet, steht Malene schon bei ihm. In einem hellgrünen Kleid, mit schweren Schnürschuhen an den Füßen, aus denen sich braune Socken ihre Waden hinaufrollen. In einer Hand ein schlaffes Fellbündel und über der Schulter eine Flinte. Sie ist eine Art blonde, zopflose Pippi Langstrumpf. Ein Anblick, der sich widerstandslos in meine Erinnerungen einfügt. Malene war diejenige von uns beiden, die durchs Unterholz gekrochen ist, bis es dämmerte, und mit selbstgebastelter Zwille erst Stare, dann Schulkameraden abgeschossen hat.

Ich beobachte, wie ihre freie Hand in eine von Leanders Hosentaschen gleitet. Der wiederum macht unmerklich einen Schritt zur Seite, sodass ich sein Gesicht nicht mehr sehen kann.

War das Absicht?

Ich glaube schon, denn während sich Malene den Inhalt seiner Hosentaschen in den Mund steckt, senkt Leander seine Stimme. Vielleicht ist das der Moment, in dem meine Schwester erfährt, dass Leander mich wenige Stunden zuvor auf der Straße aufgelesen hat. Auch wenn die beiden dort unten gedämpft sprechen, kann ich erkennen, dass aus der Unterhaltung Streit wird. Malene stößt Leander gegen die Brust, der taumelt kurz. Sie kaut, spuckt aus, steckt wieder etwas in den Mund, kaut und spuckt aus. Dann wird sie laut, und ihre dunkle Stimme, aus der ich kaum ein Wort hätte herausfiltern können, peitscht auf. Vorsichtig rutsche ich tiefer in meinen Stuhl, ziehe den Kopf zwischen die Schultern, damit ich vom Garten aus nicht auffalle. Leander senkt den Kopf. Ich glaube, er lacht. Es ist ein hilfloses Lachen. Er reißt ein paar Gräser aus, knüllt sie zusammen wie einen Schneeball und wirft sie in die Wiese.

So stehen sie eine Weile da: Leander kämmt mit den Fingern die Gräser, und Malene krault den Hund hinter den Ohren.

Ich habe die Jahre verpasst, in denen Malene sich äußerlich am meisten verändert hat. Andersherum ist das natürlich genauso, nur ist bei mir nicht viel passiert. Ich bin ein bisschen größer geworden, schlaksiger noch, und es hat sich so etwas wie Bartwuchs entwickelt. Der ist allerdings nicht der Rede wert. Meine Stimme ist vielleicht nicht mehr dieselbe. Aber ich bin immer noch von dunklen Sommersprossen übersät zu dieser Jahreszeit, immer noch haferblond und gelockt. Meine Schwester dagegen hat alles Schmächtige verloren. Hinter Leanders flatterndem Hemd kann ich die Biegung ihrer Hüfte erkennen, einen drallen Arm und den Ansatz ihres Gesichts, das von hier aus, mit dem kleinen Kinn und der hohen Stirn, immer noch kindlich aussieht, aber auch runder.

Ich fummle eine vierte von Georgs Zigaretten aus der Schachtel und zünde sie an. Die Flamme verrät mich vielleicht. Aber die beiden zwischen den Rhododendren sind so beschäftigt, dass sie gar nicht darauf reagieren.

Ich schaue zu, wie Leander die Distanz zwischen sich und Malene wieder verringert. Ich schaue zu, wie er ihre zuckenden Schultern mit den Armen einfängt und Malene an sich zieht. Wie er seine Stirn an ihren Kopf lehnt. Wie sie beide einen Moment sehr eng beieinanderstehen. Eine menschliche Insel.

Ich kann nicht einordnen, was es ist. Dieses Gefühl, das plötzlich an mir zieht und rupft. Vielleicht Schwermut. Im Bauch, mehr noch in den Gliedern. Und noch etwas anderes. Tiefer. Etwas viel Dunkleres, Schlüpfriges, das mich nervös macht. Ich stoße Rauch aus und verschleiere die beiden Figuren für eine Sekunde. Meine Augenbrauen sind zusammengerückt. Entspannen funktioniert nicht.

Dann dreht Leander plötzlich den Kopf – die Nase noch in Malenes Haaren. Ich fühle, wie unsere Blicke sich in der Dämmerung begegnen. Mir schießt das Blut ins Gesicht. Ich will aufstehen, ins Haus laufen, aber ich bin zu langsam. Die beiden lösen sich voneinander. Leanders Lippen bewegen sich, und während er sich abwendet, hebt Malene den Kopf. Sieht mich aus den gleichen Augen an, aus denen mich vorhin in Leanders Auto mein Spiegelbild angesehen hat. Große, schwere Lider und Georgs schwarze Iris.

Ich fliehe ins dunkle Wohnzimmer. Hinter der Balkontür verharre ich. Ich fühle mich kleiner. Kleiner als heute Morgen, bevor ich in den Zug gestiegen bin. Kleiner als noch vor ein paar Stunden am Bahnhof. Es sind die Gerüche – Leanders Tabak, die Umgebung, das Haus –, die mich schrumpfen lassen. Vom Neunzehnjährigen zurück auf die Größe des Vierzehnjährigen. Zurück in die Gefühlswelt des Vierzehnjährigen.

Zwei Stunden später liege ich auf einer blanken Federkernmatratze, bewegungslos, die Augen auf die Zimmerdecke gerichtet. Durchs offene Fenster strömt kühle Luft und der Schimmer der Außenleuchte. Genau über meinem Bett ist ein riesiger, braunrandiger Wasserfleck. Je länger ich hochstarre, desto mehr habe ich das Gefühl, dass er sich bewegt. Wie eine Amöbe.

Mein Kinderzimmer. Immer noch die Tapete mit den popelgelben Ornamenten, zerkratzte Dielen und an der rechten Wand der wuchtige, weiße Kleiderschrank in Schieflage. Da passen zwei Kinder rein. Malene und ich, einander gegenüber mit angezogenen Beinen und gespitzten Ohren.

Hörst du noch was?

Wir lauschen angestrengt gegen die Stille der Kleider, der verriegelten Türen. Auf Ärger. Auf Unheil.

Ich schüttle den Kopf.

Sicher?

Sicher.

Sie nickt und löst die beiden Riegel aus ihren Schlössern. Es gibt ein leises Klacken, und Malene stößt die Tür vorsichtig auf. Frische Zimmerluft dringt durch den Spalt und macht mir bewusst, wie stickig es im Schrank ist.

Manchmal sitze ich auch allein darin. Außer Atem und mit Schweiß im Nacken. Draußen mein brüllender Vater. Seine harten Schritte, die durchs Treppenhaus donnern. Seine Prophezeiungen dessen, was mir bevorsteht, sollte ich mich am selben Tag noch einmal unten sehen lassen.

Ich rutsche vom Bett, gehe zum Schrank, drehe den kleinen Schlüssel in der Tür. Er ist leer bis auf eine Hutschachtel. Ich nehme sie heraus und öffne sie. Kurz ist es, als hätte ich einen Schatz gefunden, aber auch die Hutschachtel ist leer, und ich stelle sie zurück. Einen Moment zögere ich, betrachte die rot-weiß ausgekleidete Rückwand, dann klettere ich hinein. Ich falte die Schultern nach vorn, ziehe die Tür zu und taste in der Dunkelheit nach den Riegeln. Ein Erwachsener passt rein. Wenn ich den Oberkörper ein bisschen drehe. Meine Schultern sind zu breit geworden. Als Vierzehnjähriger war das noch unkompliziert. Da waren die Schultern schmal. Da habe ich die Füße gegen die eine und das Kreuz gegen die andere Wand gestemmt. In die Wolle der Winterpullover gestöhnt, eine Hand zwischen meinen Beinen. Ich dachte immer, der verzogene Schrank würde mich eines Tages verraten. Ich erinnere mich genau an das beschämende Gefühl, jedes Mal, wenn ich mit klebrigen Fingern zurück ins Zimmer stakste und die beiden Seitenwände gerade zog, bis alles wieder halbwegs aufrecht stand.

So eingekeilt, mit viel zu langen Armen und Beinen, schaffe ich es nicht mal, meine Hose aufzumachen. Ich lehne den Kopf gegen die Rückwand und schließe die Augen.

Hinter dem Schrank ist eine große Flügeltür und dahinter Malenes Zimmer. Ich drücke das Ohr gegen die Schrankwand und versuche, ein Lebenszeichen zu erhaschen. Aber alles, was ich höre, ist mein eigener Atem.

Ich stelle mir vor, dass ich, wenn ich jetzt aus dem Schrank klettere, zurück in das Leben von vor fünf oder sechs Monaten stolpere. Als die Zukunft weit hinten in meinem Kopf noch etwas flüsterte, das ganz anders klingt als der eigene Atem im Kleiderschrank meines Kinderzimmers. Das Telefonat mit Malene weit weg. Ebenso der Gedanke an den Heimweg.

Und dann vor sechs Wochen der zweite Anruf. Malenes Stimme, die erschöpft klingt am anderen Ende und mir von dem Brief erzählt. Wenige Tage später halte ich den Musterungsbescheid selbst in den Händen.

Tja, sagt meine Schwester am Telefon, *dann musst du dir wohl doch endlich mal die Ehre geben.*

Ihre Enttäuschung reicht kilometerweit und hängt sich in meinem Hals auf. Ein Haar, weit hinten im Rachen, das ich tagelang nicht runterschlucken kann.

Es stimmt, ihrer Bitte, ihrer Aufforderung nach Hause zu kommen, bin ich schon Monate zuvor nicht nachgekommen. Ich habe mein einstiges Zuhause ausgesperrt. Irgendwann auch Malene. Ich wollte alles ersticken und mir einreden, dass es nicht existiert, wenn ich keinen Gedanken mehr daran verschwende.

Was soll ich machen, Mali?

Das musst du selber wissen. Komm oder komm nicht.

Und dann – leise – fädelt sich etwas noch Schwereres durch die Telefonleitung, als sie sagt: *Wahrscheinlich ändert das sowieso nichts mehr …*

Ich schlucke hart, mein Kehlkopf rutscht zäh zurück an seinen Platz. Darunter kneift es. Ein bisschen zu heftig stoße ich die Kleiderschranktür auf, fummle Leanders Kassette aus der Hosentasche und werfe sie ins Zimmer. Ich räuspere mich und atme gegen den Sog unter meinem Brustbein an. So wird er vielleicht nicht größer. Dabei weiß ich, das hilft nicht. Ich weiß nicht, was hilft.

IV

Als ich aufwache, ist es längst hell im Zimmer. Ich muss ein paar Mal blinzeln, bis mir wieder einfällt, wo ich bin.

Leander. Georg. Agnes. Malene.

Meine erste Nacht zu Hause ist traumlos geblieben. Nur einmal bin ich aufgewacht und hinüber zum offenen Schrank geschlichen, dem Geräusch nach, das mich geweckt hat. Während Malene auf der anderen Seite der Wand geweint hat, habe ich auf den Wasserfleck an der Zimmerdecke gestarrt und darauf gewartet, dass ich wieder einschlafe.

Ich blinzle gegen die Reflexion des Sonnenlichts auf dem weiß lackierten Fensterbrett an. Zwei Gewitterwürmer zwicken mich in den Arm, aus meinem halb geöffneten Mund ist Speichel in die Matratze gesickert. Ich kämpfe gegen die schweren Augenlider. Rumpf, Kopf, Glieder, alles hat Gewicht. Die Hitze drückt bereits gegen die Fensterscheibe wie eine sich ausdehnende, alles überflutende Masse. Ich fühle mich ausgedörrt und übersäuert.

Vor dem Bett auf dem Boden liegt meine Brille. Ich angle nach den Bügeln und schiebe sie mir umständlich ins Gesicht. Für das Modell, eine Pantobrille mit hellem Gestell, habe ich ewig gespart. Es hat vor einem Jahr das alte abgelöst, das ich mit zwölf bekommen habe. Nachdem Agnes jahrelang meine Sehschwäche bestritten hat. Sogar heute fühle ich mich manchmal noch wie ein Betrüger, wenn ich sie trage, jemand, der vorgibt, nicht richtig sehen zu können, um die schlechten Leistungen beim Lesen zu rechtfertigen, um Faulheit zu verbergen. Vielleicht habe ich die Brille deshalb auf dem Weg hierher im Rucksack versteckt. Der Druck im Kopf tadelt mich jetzt. Meine Augen brauchen Unterstützung.

Ich puste die Gewitterwürmer von meinem Arm und stehe auf. Ziehe den Kleiderhaufen neben dem Bett an, unter dem eine Federmappe, lose Papiere und mein Skizzenheft zum Vorschein kommen. Und Malenes Brief. Ich schiebe ihn mit den Zehen tiefer unter einen Pullover, bis er nicht mehr zu sehen ist.

Ich lausche in den Flur, bevor ich den Fuß über die Schwelle setze. Das Haus schweigt sich aus.

Die Tür mit dem geriffelten Fenster steht einen Spalt breit offen. Dahinter das Badezimmer mit blauen Kacheln. In meiner Erinnerung kalt, nackt, von Neonröhrenlicht ausgekleidet. Aber der Sommer hat sich längst in den oberen Stockwerken eingenistet. Die Sonne reichert den Raum mit den zitternden Schatten der Platanenblätter an, mit einer schwappenden, schaukelnden Wasserlinie aus Licht, die das Bad zu einem Bassin macht.

Ich stelle mich vor den rechten Spiegel, in dem ich mich zuletzt gerade bis zum Kinn sehen konnte. Jetzt bin ich auf Brusthöhe herangewachsen. Ich schöpfe mir einige Hände voll Wasser ins Gesicht, zerfahre die platt gelegenen Locken und betrachte die humorlosen Mundwinkel. Ich schneide eine Grimasse und drücke Zahnpasta auf meine Zahnbürste, drehe meinem Spiegelbild den Rücken zu, lehne mich ans Waschbecken und schaue in eine Zimmerecke, in der sich ein Weberknecht mit dem Lüftungsschacht vertraut macht. Die schmalen Lamellen sind geschlossen. Sie öffnen sich nur, wenn man den Schalter neben der Tür anknipst, was ein unangenehmes Surren zur Folge hat.

Und?

Malene steht am anderen Ende des Speichers. Im Halblicht sehe ich nur ihre weißen Füße. Ein Bild, fahl und wacklig in einem Winkel meines Kopfes zurückgeblieben. Eines von denen, die anscheinend ohne Bedeutung sind und trotzdem überdauern sie Jahr um Jahr, während andere verschwimmen, egal wie sehr ich mich bemühe, sie zu halten.

Nee, antworte ich halblaut, und sie kommt herübergelaufen, schiebt mich zur Seite und presst ihr Ohr gegen das Gitter einer von vier Röhren, die wie Sehrohre eines U-Boots aus dem Boden ragen.

Haallo-oo, spricht sie dumpf hinein, sieht mich erwartungsvoll an und zuckt dann mit den Schultern.

Damals hatte sie die Belüftungsrohre auf einem ihrer zahllosen Streifzüge durchs Haus ausfindig gemacht. Sie mündeten in die Abzugshaube von Agnes' Küche oder die Luftschächte der Badezimmer. Tatsächlich war das nicht schwer herauszufinden, man musste nur die Nase an die Rohröffnung halten. Die, vor der wir standen, roch nach Rotkohl.

Was treibt ihr da oben?

Ich muss grinsen, Malene neben mir beginnt zu kichern.

Was gibt es heute zu essen?, ruft sie das Rohr hinunter.

Rotkohl, flüstere ich, sie schlägt mich gegen die Schulter und hält sich den Zeigefinger vor die Lippen.

Nichts, wenn ihr euch nicht benehmen könnt, dringt Agnes' Stimme zu uns hinauf. Malene verdreht die Augen.

Ich spucke einen Batzen Zahnpasta ins Waschbecken und sehe zu, wie er als schaumige Qualle gen Abfluss kriecht.

Der Dachboden gehört zu der verwinkelten Düsternis im Haus, der etliche Ungeheuer und Angstgestalten entsprangen. Agnes hatte zu viele Geschichten erzählt, die meine ohnehin schon wilde Fantasie weiter knospen ließen. Bucklige Monster, die sich aus den Giebelschatten schälten, vom Dachgebälk herabfielen und sich in Kindernacken verbissen, ihnen wurmgleich in die Ohrmuschel krochen, dort ihre Brut heranzogen, die sich von Albträumen und Furcht ernährte. Malene ihrerseits fühlte sich angelockt von Gänsehaut und Schreckmomenten. Durch die Lüftungen übermittelte sie mir alle Einzelheiten ihrer Gruselmission, während ich unten im Haus hockte und die Türen geschlossen hielt, damit ihre Ungeheuer mich nicht aufspüren konnten. Erst zum Mittagessen erschien meine Schwester wieder auf der Treppe und setzte sich staubzerzaust an den Küchentisch. Ihr Lieblingsobjekt war ein alter Räucherschrank, in dem ein Schinken hing, den irgendjemand vor etlichen Jahren dort vergessen haben musste und den Agnes entfernte, als sie davon erfuhr.

Später dann hing Leanders Boxsack unter den Dachsparren. Ein braunes Schwergewicht, das immerzu in Bewegung schien, ein leises Schaukeln zwischen den Schatten, als würde der Dachstuhl niemals in Ruhe sein, als hauste ein beständiges Beben in den Mauern. Der Boxsack war ein pendelndes Mahnmal für das, was Leander am Feldrand zugestoßen war. Die Nische, in der er hing, war der Ort, an den Leander sich seitdem verkroch, wenn die Wut ihn aufpeitschte.

Vilém Dorodzala war damals ein Jahr tot, und Leander lebte bei uns im Haus. Bis zum Erlangen seiner Volljährigkeit. Das war die Abmachung. Etwas verspätet begann er die Lehre im Werkzeugbau, die erste, die er kein ganzes Jahr durchhielt. Der Tod seines Vaters hatte Leanders Ziele und Wünsche fortgeweht. Fehlstellen hinterlassen, die die Sache am Feldweg neu gefüllt hatte. Mit rohem Hass. Einem so unbezähmbaren inneren Kampf, dass er von Zeit zu Zeit nach außen brach. Und es war ein Wunder, dass Leander es schaffte, dieses Gefühl auf den Dachboden zu sperren. Ich sah ihn nie Gewalt gegen jemand anderen als sich selbst richten.

Nachts hörte ich die dumpfen Schläge über meinem Kopf. Manchmal hatten sie einen so gleichmäßigen Rhythmus, dass sie mich in den Schlaf wiegten. Oder ich lag wach und zählte die Hiebe bis ins Unendliche. Bis ich eines Tages aus dem Bett stieg und hinaufschlich.

Musst du nicht längst im Bett liegen?

Sein Auge war mittlerweile verheilt, aber es würde nie wieder so aussehen wie zuvor. Mitunter zog sich das obere Augenlid seltsam vibrierend über den Augapfel, etwas, das Leander nicht kontrollieren konnte und dazu führte, dass er den Hof kaum noch verließ.

Ich kann nicht schlafen.

Tut mir leid, bin ich zu laut?

Ich schüttelte den Kopf, obwohl er es war. Leander sah mich lange an.

Habe ich dich erschreckt?

Er sprach nicht mehr vom Boxen. Seit dem Unfall war ich ihm aus dem Weg gegangen. Ich konnte nicht mal sagen, warum.

Ich antwortete ihm nicht, und er seufzte, zog die Boxhandschuhe von den bandagierten Händen und warf sie in eine alte Obstkiste.

Es nützt nichts, sich zu verstellen, Jirka.

Ich sah ihn verständnislos an. Er setzte sich auf den Boden und klopfte mit der freien Hand neben sich auf die staubigen Dielenbretter. Ich setzte mich zu ihm. Sein Körper strahlte eine Wärme ab, die mich sofort umfing.

Diese Männer –

Er unterbrach sich. Ich spürte, dass er nervös wurde, und diese Nervosität sprang auf mich über. Ich schob meine Zehen akribisch mit den Fingern übereinander.

Es gibt Kerle, die riechen, dass du nicht bist wie sie. Egal wie sehr du dich bemühst ... dass sie nichts merken.

Wir sahen beide auf unsere nackten Füße. Meine waren schmal und noch kindlich. Leanders schmutzig vom Boden hier oben.

Der Schmerz ist umsonst, wenn du dich verstellst.

Er war leise geworden. Was er sagte, galt nicht mir, sondern sich selbst. Er sprach nicht von körperlichen Schmerzen. Das konnte ich damals noch nicht verstehen, aber in den Jahren danach verstand ich.

Ich höre das Knacken des Gebälks. Sehe den Boxsack im Halbdunkel schwingen. Das Bild von Leander verschwimmt. Zerläuft und formt sich neu. Zu einem anderen Gesicht, anderen Händen. Und eine andere Stimme kriecht zwischen dem Staub und dem splittrigen Holzboden auf mich zu.

Enttäuscht?

Ich schüttle den Kopf.

Azzaro. Taubkalte Füße. Im Nacken der Schreck. In den Fingern ein Zittern.

Komm her, Picasso.

Ich drehe den Wasserhahn auf, schüppe mit der hohlen Hand Wasser nach, und die Zahnpastaqualle zerfließt. Mit ihr der kalte Erinnerungsschnipsel. Gesicht, Hände und Stimmen.

Der Weberknecht über der Lüftung ist immer noch da. Ich warte, bis er die Mitte der Lamellen erreicht hat, dann gehe ich zur Tür, drücke den Schalter, und er wird ins Rohr gesogen.

Auf dem Weg nach unten klammert sich die Anspannung wie ein Aufhocker an meinen Schultern fest. Ich habe vergessen, an welchen Stellen die Treppe Laut gibt und mich verrät. Als Kinder hatten Malene und ich ein gutes System, um die ächzenden Stufen beinah geräuschlos hinter uns zu lassen. Vor allem bis zur Biegung auf der Hälfte der Treppe, in der wir manchmal saßen und Gespräche belauschten, die uns Agnes zufolge nichts angingen. Malene beanspruchte dabei die Stelle für sich, an der in der Holzverkleidung eine Aussparung war, durch die man in die Eingangshalle spähen konnte.

Als meine Schwester achtzehn wird, sitzen wir ein letztes Mal zusammen im Treppenknick.

Malene ist kaum noch greifbar für mich, schon eine Weile nicht mehr. Als ich sie auf den Stufen sitzen sehe, kauere ich mich neben sie. Sie legt einen Finger vor ihre Lippen, und ich lehne den Kopf an ihre Schulter, schließe die Augen und horche mit ihr den Stimmen im Erdgeschoss nach.

Ich glaube, sie sagen ja.

Wozu?

Sie gluckst.

Wegen meinem Geburtstag.

Meines Geburtstags.

Klugscheißer.

In der Dreckkammer unterhalten sich Agnes und Georg über ihren Wunsch, dieses eine Mal ganz groß zu feiern. Nach dem Tod unserer Mutter hatte Malene das Feiern eingestellt. Der neunte war ihr letzter Kindergeburtstag. Ein dunkler Novembermorgen und ein Rührkuchen, auf dem sie ihre Kerzen erst abzählte und dann ausblies, sodass es schlagartig duster war im Esszimmer. Als Agnes das Licht anknipste, offenbarte es die müden Gesichtszüge meiner Mutter, die sich für den kurzen Moment der Finsternis nicht um ihre Mundwinkel bemüht hatte.

Weitere neun Jahre später bin ich derjenige mit den müden Augen.

Agnes und Georg sagen Ja. Malene lädt eine ganze Schar Menschen ein, und ich frage mich, woher sie die alle nimmt. Bis dahin halte ich meine Schwester für eine Einzelgängerin, aber vielleicht ist sie das gar nicht. Vielleicht trennt sie ihre Welten nur sehr bewusst.

Die Mühen, die sie ab da unternimmt, um das Gewächshaus aus seinem rumpeligen Dornröschenschlaf zu befreien und in die perfekte Fetenlokalität zu verwandeln, verblüffen mich erneut. Das tagelange Geräume, Gebastel. Das Schmücken, die Lichterketten.

Dann ist es so weit, und die Menschen, die in der Nacht hinter den beschlagenen Glasscheiben tanzen, sind nicht irgendwelche Menschen. Es sind tatsächlich Malenes Freunde und einige vielleicht auch Freunde von Malenes Freunden. Niemand kommt ohne Geschenk. Niemand verlässt die Feier vor Mitternacht. Und mir wird klar, dass meine Schwester ihre Welt ins Außen verlegt hat. Dass sie bemüht gewesen ist, etwas, das sie hier auf unserem Hof vielleicht vor ihren Freunden entlarven könnte, vor ihnen geheim zu halten. Und dennoch scheint es Malene wichtig zu sein, dass sich Außen und Innen verbinden. Das unterscheidet uns voneinander. Maßgeblich. Denn ich will das Innen gerne verlassen. Ich will nur das Außen.

Das Chaos der Küche ist scheinbar unberührt, kaum erkennbar, ob jemand frische Spuren hineingesetzt hat. Ein feiner Dampf steigt zwischen den auseinandergepflückten Zeitungen auf. Ich drücke den Papierhaufen herunter, etliche Kreuzworträtsel zerkrakelt und ausgefüllt. Dahinter finde ich eine halbvolle Kaffeetasse und einen Rest Honigbrot. Malenes, nehme ich an, beiße hinein und spüle den Kaffee hinterher. Ihr geisterhaftes Verhalten verunsichert mich. Das Weinen hinter der Wand gestern Nacht verunsichert mich. Dass nichts davon mir eine Antwort ist, verunsichert mich. All das Bekannte hier mischt sich auf unangenehme Weise mit fünf Jahren Abwesenheit und einer Nichtzugehörigkeit, die sich am eindrücklichsten in meinem Betrachten aus der Ferne widerspiegelt. Es gibt keine eindeutige innere Antwort. Kein *Gut, dass du hier bist!*

»Dein Termin ist erst nächste Woche.«

Ich zucke zusammen. Malene steht in der Eingangshalle. Im Gegensatz zu mir scheint sie die Lautlosigkeit noch immer zu beherrschen. Sie trägt ein anderes Paar Wollsocken, grüne, keine Schuhe diesmal und das Kleid von gestern. Jetzt erkenne ich es als das unserer Mutter. Die Schulterpolster haben ihre Form verloren und zeichnen eine knautschige Silhouette. Neben Malene steht der Hund. Das Hecheln füllt die Stille, beult den hageren Körper in Schüben, zieht ihn wieder zusammen.

Ich nicke. Beschließe, die Ausrede der Musterung kein weiteres Mal zu bedienen.

»Ich geh nicht hin«, entgegne ich also wahrheitsgemäß.

»Ich hab dich sechs Jahre nicht gesehen«, ist Malenes Reaktion darauf.

»Fünf«, fahre ich sie an.

Sie zuckt mit den Schultern.

Warum rundet sie auf?

Und warum habe ich das Bedürfnis, sie zu korrigieren?

»Du bist nie zu Anja gekommen.«

»Anja konnte mich nicht leiden.«

»Quatsch«, ich schnaube, »sie hat dich jedes Jahr eingeladen.«

Aber es stimmt, was Malene sagt. Unsere Tante war ihr gegenüber immer irgendwie unterkühlt. Vielleicht nicht unhöflich, aber eben auch nicht zugewandt.

»Ich hab dich auch jedes Jahr eingeladen«, spuckt meine Schwester den nächsten Vorwurf durch den Raum.

Ich starre sie an. Wir sprechen von Weihnachten, und ich sehe vor mir, wie Malene allein mit Georg und Agnes hier gesessen haben muss. Gleichzeitig spüre ich Anjas feste Umarmung, für die ich die achtzig Kilometer zwischen ihr und dem Internat zurückgelegt habe, so oft ich konnte. Malene tut mir leid. Und ich frage mich, ob da nicht vielleicht doch irgendetwas unausgesprochen zwischen ihr und unserer Tante stand. Etwas, das sie nun nicht mehr bereinigen können. Weil Anja nicht mehr lebt und weil ich mich versteckt habe. Vor diesem Hof. Vor Georg und Agnes. Aber eben auch vor Malene.

Der Hund dreht den Kopf und blinzelt sie fragend an. Dann tapert er los, erklimmt die Stufen und hievt sich zu mir in die Küche. Ich rühre mich nicht, lasse die nasse Schnauze meine Hände beatmen, meine nackten Füße und schließlich meinen Schritt.

»Wir können nicht noch jemanden mit durchfüttern.«

Ihre Worte erschrecken mich. Und ihr Tonfall. Sofort schäme ich mich dafür, dass ich ihr Honigbrot gegessen habe. In meinem Schritt macht der Hund ein lautes Schnaufgeräusch, bevor er seine Schnauze vollkommen gegen meinen Schwanz drückt.

»Grandel«, ruft Malene laut, aber mehr als wackelnde Brauen über den Bernsteinaugen bringt das nicht hervor. »Grandel!«, wiederholt sie, diesmal schärfer, kommt die Stufen herauf und angelt nach dem Hundehinterteil, um es anzuschieben.

»Gut erzogen«, stelle ich halblaut fest und beginne, unbeholfen den struppigen Kopf zu betatschen. Malene hakt die Finger in das lederne Halsband des Hundes.

»Sie hört schlecht.« Mit erhobener flacher Hand bedeutet sie der Hündin sich hinzulegen, diesmal gehorcht sie. Und wie am Tag zuvor, als Leander die Zigarette auf dem Küchenboden ausgetreten hat, frage ich mich auch beim Anblick des Hundes: Duldet mein Vater das?

»Ist Georg draußen?«, frage ich. Nicht weil ich mich danach sehne, ihm gegenüberzustehen, sondern um es hinter mich zu bringen.

»Nee.«

Ich stippe Zuckerkrümel vor mir von der Tischplatte und lecke danach die Fingerspitzen ab, während Malene sich Zeit mit einer Antwort lässt. Sie geht zum Buffet und fischt etwas aus einem großen Glas, das sie Grandel zu fressen gibt, dann bleibt sie stehen, gegen das Spülbecken gelehnt wie Leander gestern.

»Sondern?«

»Keine Ahnung, grad nicht da halt.«

Ich verdrehe die Augen und wende mich rechtzeitig ab, damit es meiner Schwester entgeht.

»Du hast nie erwähnt, dass es Agnes so schlecht geht.«

»Ihr geht's nicht schlecht.«

Ich kann ein genervtes Schnaufen nicht unterdrücken.

»Offensichtlich hat sie keine Ahnung, wer ich bin.«

»Du warst ja auch lange nicht da.« Malene wartet, bis Grandel aufgefressen hat, dann klopft sie mit der flachen Hand auf ihren Oberschenkel und verlässt ohne ein weiteres Wort mit der Hündin im Schlepptau den Raum. Ich bleibe ratlos zurück, höre wie sich Pfoten und nackte Fußsohlen auf dem Korridor Richtung Dienstboteneingang entfernen und kurz darauf draußen Motorengeräusche.

V

Die Sonne wandert langsam ums Haus, während ich in der Küche sitze, lustlos zwischen B2- und B8-Mine wechsle und die Landschaft des Buffets in meinem Skizzenheft kartografiere. Meine nackten Füße auf den Küchenfliesen sind eiskalt. Die Ameisenkolonie hat es längst hergeschafft, drüben auf dem Buffet sehe ich sie zwischen Butter, Marmelade und Krümeln wimmeln.

Im Flur höre ich das Krachen einer der alten Türklinken. Die Türen im Haus haben eigene Stimmen. Jede Klinke, jedes Scharnier, jede Zarge. Im Keller die Eisentür, deren Hall spät abends bis in den allerletzten Winkel fuhr, wenn Georg sie beim Heimkehren hinter sich zuwarf. Ein stumpfer Donner. Die Badezimmertür oben, die hohl klingt, nach dem kalten leeren Raum dahinter und nach der geriffelten Scheibe im Türgehäuse. Die Tür zum Wohnzimmer mit ihren eigentümlich knackenden Scharnieren, als kugelte man ihr die Gelenke aus. Und jetzt das harte Krachen, das erklingt, wenn jemand die Klinke zu Agnes' Schlafzimmer herunterdrückt, und das die Stille entzweibricht. Dem folgt ein weiches Schlurfen, das sich nähert, die Stufen hinab zur Eingangshalle, und dann ist es wieder still. Ich horche. Ein anderes Geräusch ersetzt die Schritte. Ich stehe auf und gehe auf den Durchgang zu. In ihrem Nachthemd, mit moosgrünen Puschen an den Füßen, steht Agnes vor der Haustür und zerrt an der angelaufenen Messingklinke. Ich starre auf ihre Füße. Die geschwollenen Knubbel unter den Stützstrümpfen. In Hausschuhen.

Als meine Großmutter auf den Hof umzog, wurde sie in allen Dingen pragmatisch. So auch in modischen. Mode war nicht pragmatisch. Also existierte sie nicht. Agnes steckte ihre Haare jeden Morgen mit langen Nadeln am Hinterkopf fest, im Nacken, genau über der kleinen Mulde, wo die Wirbelsäule auf den Schädel trifft. Jeden Morgen. Immer auf die gleiche Weise. Und jeden Morgen band sie sich eine Schürze um. Sie hatte drei. Für besonders schmutzige Arbeiten noch einen Überbinder. Meine liebste war eine ärmellose Kittelschürze mit blauen Klecksen, aus denen ich Figuren las wie aus Wolkenformationen. Wenn sie mittags am Herd stand, saß ich manchmal zwischen ihren Füßen und ließ den Stoff durch meine Finger gleiten, suchte Orientierung in den immer gleichen Motiven. Ein Elefant. Ein Baum. Zwei Vögel.

Die Schürze begleitete Agnes durch den Tag. Hinab in den Keller. In die Küche. In den Garten. Zum Essen legte sie sie ab, danach band sie sie wieder um. Küche. Garten.

Darunter guckten meist ein Faltenrock und eine Bluse hervor. Buttergelbe Blusen. An andere erinnere ich mich nicht. Sie trug niemals Hausschuhe. Nicht so wie ich es später in anderen Familien kennenlernte. Sie stand morgens auf und zog ihre ausgebeulten Galoschen an, die leise quietschten und sie stets ankündigten. Was es leichter machte, sich nicht bei Heimlichkeiten erwischen zu lassen.

»Agnes«, rufe ich sie vorsichtig und gehe zu ihr. Sie dreht sich um und lächelt kindlich. Ein Ausdruck, den ich in ihrem Gesicht nie zuvor gesehen habe. Der sie fremd aussehen lässt.

»Hm?«, macht sie.

»Was machst du?«

»Ich wollte –« Sie schaut zur Tür, dann wieder mich an, auf ihren Lippen dieses vage Lächeln. Ihr Satz findet kein Ende. Lose lässt sie ihn zwischen uns zerbröseln, beginnt keinen neuen, weiß vielleicht schon nicht mehr, dass sie überhaupt etwas sagen wollte.

Ich greife die müde herabhängende Klinke, die dringend mal jemand nachziehen müsste. Die Tür ist verschlossen. Ich hebe den Blick ganz automatisch nach links, wo der Haustürschlüssel an einem Nagel neben dem Rahmen hängt. Schon immer.

»Es ist abgeschlossen.«

Vermutlich aus gutem Grund, wenn Agnes diese Spaziergänge öfter unternimmt, schlussfolgere ich. Ich warte, dass sie reagiert. Sie nickt träge und starrt auf die Klinke. Ich versuche, mir ihre Gedanken vorzustellen. Frage mich, ob sie überhaupt welche hat oder ob ihr Kopf nur noch voll von wattigem Nebel ist, hinter dem sich ganz selten mal etwas Gegenständliches hervortut.

»Möchtest du zurück in dein Zimmer?«

»Ich wollte«, beginnt sie wieder. Ich sehe zu, wie sie die Lippen auf- und zuklappt wie ein Fisch und zur Haustür sieht.

»… nach draußen?«, vervollständige ich, aber sie antwortet nicht. Ich nehme den Schlüssel vom Nagel und öffne die Tür. Schneller, als ich es ihr zugetraut hätte, setzt Agnes sich in Bewegung und marschiert nach draußen. Ich eile ihr nach und greife ihren rechten Arm, als sie sich anschickt, die Außentreppe hinunterzustiefeln, die Finger bereits um den Handlauf geschlossen. Sie versucht, mich abzuschütteln und gleichzeitig voranzukommen. Und diese Geste, dieses frenetische Ablehnen von Hilfe, kommt mir dann doch irgendwie bekannt vor, und ich nehme Abstand.

Unten angekommen, hält sie auf die Platane zu und setzt sich auf die ehemals weiße Holzbank darunter, als wäre genau das ihr Plan gewesen. Ich folge ihr, setze mich dazu und betrachte das Gesicht meiner Großmutter. Die Wasseraugen, die gleichsam verklärt und dunstig wirken und im nächsten Augenblick mit feinsinniger Präzision ihre Umgebung begreifen. Der Mund eine Fuge und dann wieder der Sumpf aus Murmeln und Schmatzen. Jede Falte, die ihr Alter in sich trägt und doch vom einen auf den anderen Moment unsichtbar scheint, wenn sich das Kindergesicht aus seinem Jahrzehnte alten Körper nach außen stülpt.

Während ich sie ansehe, betrachtet Agnes das Wogen der Wiese und befingert abwesend eine Kette um ihren Hals. Ein goldenes Medaillon, an dem ich als Junge gern herumgedrückt habe. Von der Größe eines Fünfmarkstücks, mit kleinen Einprägungen darauf. Das dünne Metall ließ sich eindellen und klang dabei wie der Deckel eines verschlossenen Joghurtbechers, den man zusammendrückt. Darunter vermutete ich immer ein gut gehütetes Geheimnis. Das Foto eines früheren Geliebten. Oder ein Stück Papier mit einer heimlichen Botschaft. Agnes ließ mich nie herausfinden, was sie wirklich darin verbarg. Unter ihren Schrumpelfingern ploppt es leise und rhythmisch. Ich betrachte ihren konzentrierten Ausdruck, der sich, seit sie die Treppe hinuntergeeilt ist, nicht verflüchtigt hat. Etwas hat sich in den Windungen ihrer Demenz festgefressen.

»Schreib dem Gorsch nichts vom Gestellungsbefehl. Das bringt ihn nur auf.«

Gestellungsbefehl?

Und wieso »schreiben«?

»Sprichst du von dem Musterungsbescheid?«

Sie reagiert nicht auf meine Worte, es ist, als hätte mich jemand stumm gestellt.

»Der ändert da nu auch nichts mehr dran.«

Ich räuspere mich. »Woran denn?«

Sie sieht mich direkt an und erkennt mich nicht. Für sie bin ich offensichtlich jemand anderes. Nur wer?

»Dass du nu auch musst. Da hat der Gorsch nicht mitzureden.«

Ich runzle die Stirn, suche jede Regung in ihrem Gesicht ab. Nach Indizien. Nach dem Ort, an dem sie sich befindet. Hält sie mich für meinen Onkel? Mein Vater hatte einen jüngeren Bruder, Pit, den ich nicht kennengelernt habe. Im Gegensatz zu Georg ist er nicht aus dem Krieg zurückgekehrt.

»Warum glaubst du, regt ihn das auf?«

Agnes gurrt leise, bevor sie spricht.

»Der wollte doch von Anfang an nicht, dass du gehst. Du gehörst auf den Hof, nicht in den Krieg.«

Es ist unheimlich, wie sie mir zulächelt, mir ihren Sohn überstreift.

»Recht hat er«, fügt sie leise hinzu.

Mechanisch greife ich zu dem Medaillon auf ihrer Brust. Sie lässt mich machen, und ich drehe es zwischen den Fingern, bis ich die beiden kleinen Vertiefungen erkenne. Eine vorne, eine hinten. Die Abdrücke meiner Eckzähne. Milchzähne. Ausgeburt etlicher Italowestern.

Warum beißen die immer auf das Geld?

Vilém Dorodzalas Filmvorlieben begleiteten mich durch die Grundschulzeit. Da er mich mit Karamell und Milch angefüttert hatte, suchte ich wochenends des Öfteren auch abseits meines Schulweges das Bruchsteinhaus am Waldrand auf. Und immer, wirklich immer, wenn er mir die Haustür öffnete, schossen sich in der zugehängten Stube gerade zwei Halunken über den Haufen oder Pierre Brice und Lex Barker ritten gemeinsam durch die Prärie.

Das machen die, um zu prüfen, ob das echtes Gold ist. Weißt du, er öffnete seinen Mund, in dem sich auch einiges an Gold befand, und drückte mit den Fingern in seinem Gebiss herum, *sonst bleibt ein Abdruck vom Zahn.*

Beinah ein dutzend Mal saß ich neben ihm auf dem Sofa, wenn Old Shatterhand die sterbende Nscho-Tschi in seinen Armen hielt. Ich hatte an dieser Stelle so oft zu weinen begonnen, dass er mittlerweile bei den geringsten Anzeichen vorschlug, lieber umzuschalten. Dann schüttelte ich vehement den Kopf. Das Ausblenden der Sterbeszene war keine Option. Ich klebte wie gebannt am Fernseher, sobald Winnetous Schwester den tödlichen Schuss abbekam.

Aber du weißt doch, was passiert.

Zur Antwort schob ich mir die halbe Hand in den Mund, vergaß zu blinzeln und nahm die Szene bis aufs Mark in mir auf.

Na gut, aber nicht, dass du erzählst, was wir hier anschauen. Sonst gibts Ärger zu Hause.

Und dann kam es wie immer, Nscho-tschi starb, ich heulte wie ein Schlosshund, und als Gegenmaßnahme steckte Vilém Dorodzala mich in meinen Anorak, und wir fuhren in seinem Taunus hoch ins Feld, auf die Kruppe über dem Waldstück, die eine fantastische Aussicht runter ins Tal bot. Bis zum Kloster, das wie ein riesiger weißer Pappkarton zwischen den Häusern in den Himmel ragte. Bis zum Puddelhammer, von wo aus in den Abendstunden manchmal das Donnern der Stahlwerke durch die Ortschaften rollte. Und bis zur Heila, deren Gelände durch einen einzigen dampfenden Fabrikschlot in der Ferne gekennzeichnet war, wie eine Stecknadel in die Landschaft gedrückt.

Im Herbst, wenn der weite Blick verhangen war und Möwen die Äcker spickten, jagte der Alte mich manchmal übers Vorgewende. Von links nach rechts. Bis der Hochnebel die Vögel verschluckte. Alles verschluckte. Die Welt nur noch aus der Kruppe und den höher gelegenen Nachbarhöfen bestand, umgeben von Wolkenbrei.

Ist es gut jetzt?

Mir stand der Schweiß unter den Locken, unter dem Anorak verdampfte mein Kinderkörper. Ich nickte.

Keine Tränen mehr?

Ich schüttelte den Kopf.

Weißt du, Jirka, über den Tod sollte man nicht allzu lange weinen. Er ist das Einzige, was uns allen sicher ist, und daran ist nichts Schlimmes. Daran bemisst sich das Leben.

Er hatte natürlich recht, aber ich war erst acht. Hatte der Reihe nach meinen Großvater, meine Mutter und ein Jahr später schließlich auch ihn verloren. Für mich bemaß sich daran nur, dass einem überhaupt nichts sicher war.

»Agnes, was hast du in diesem Medaillon?«

Sie wendet sich mir zu. Die Konzentration hat sich in der diesigen Nachmittagsluft aufgelöst, ihre Augen schauen milchig an meiner Stirn vorbei. Sie schließt den Anhänger in ihrer Faust ein.

»Welches Jahr haben wir?«

Sie antwortet nicht. Hinter ihrer Stirn mahlen die Mühlen. Stück für Stück zerreiben sie die Erinnerung und lassen nur grauen Staub zurück. Ich sehe, wie er ihr durch die Finger rinnt, wie sie nach einer Antwort sucht und keine findet.

»Ist schon gut«, sage ich, »ist nicht wichtig.«

Ich schaue über das grün-braune Meer hinweg, in dem die beiden fehlenden Autos eingestanzte Parkplätze hinterlassen haben, höre dem ab- und anschwellenden Insektengezirpe zu. Die Abwesenheit meines Vaters ist in diesem Moment so greifbar für mich, als hätte jemand die Kontraste hochgedreht. Alles wirkt schärfer und lauter, befreit von einem seltsamen Nebel, der mir als Kind nicht bewusst war.

Seine Abwesenheit muss auch für Agnes spürbar sein. Warum sonst webt sich die Vergangenheit in ihrer Gegenwart ein Netz und gaukelt ihr vor, mein Vater sei fort, im Krieg. Noch nicht in die Fußstapfen des toten Bruders gestiegen. Noch nicht der Landwirt, der er nicht sein wollte.

»Kuchen.« Ein Wort, das Agnes plötzlich unbestimmt in die Gegend sagt.

»Wie bitte?«

»Kuchen.«

»Du willst Kuchen?«

Sie nickt.

»Na gut … ich glaube zwar nicht, dass ich in diesem Durcheinander welchen gesehen habe …« Ich rutsche von der Bank und verharre einen Moment skeptisch. »Du bleibst hier, in Ordnung?«

Wieder nickt sie, und ich nicke ebenfalls und mache dann große fliegende Schritte zur Treppe hin.

Der Kühlschrank gibt wie erwartet nicht viel her. Jemand könnte mal feucht durchwischen. Ein Gurkenglas schwimmt in einer bräunlichen Substanz, die es wahrscheinlich irgendwann am Boden festklebt. In einem anderen wächst ein flaumiger grauer Teppich heran. Ich öffne ein paar Türen im Buffet, aber mir wird schnell klar, dass hier oben nirgendwo Kuchen sein wird. Die Ameisen hätten ihn sonst längst gefunden. Und die sind immer noch vollauf damit beschäftigt, die Frühstücksreste abzutragen.

Früher wurde jegliches Gebäck im Vorrat gelagert, unten im Keller neben der Wirtschaftsküche. Sowohl von meiner Mutter als auch später von Agnes. Backen konnten beide vortrefflich. Und Süßkram war das Einzige, das Georg gerne aß. Alles andere schob er nur zweckmäßig zwischen die Zähne. Dass das gemeinsame Mittagessen dadurch einigermaßen kurz ausfiel, machte Essen für mich schon vor dem Internat zum Sport. Wenn der Hausherr das Besteck niederlegte, war Schluss. Dann legten auch alle anderen das Besteck nieder, ob man satt war oder nicht. In den Jahren, in denen Leander mit uns am Tisch saß, beobachtete ich manchmal, wie er nach dem Essen in den Hühnerstall schlich und rohe Eier an den Zähnen aufschlug. Er war damals in der Hochphase seines Boxtrainings und das, was er in der kurzen Spanne am Esstisch in sich hineinschaufeln konnte, deckte vermutlich weder seinen Hunger noch den Bedarf, den sein wachsender Körper einforderte.

Auch die Kellertür ist verschlossen. Und auch hier ist der Schlüssel nicht aufwendig versteckt, er liegt auf der Kante über der Tür. Agnes' Schlurfen erklimmt bereits die Außentreppe. Bevor sie in der Eingangshalle auftaucht, schließe ich hinter mir eilig wieder ab. Dann stehe ich im Dunkeln. Der Lichtschalter ist am Ende der Treppe. Weit unten ist ein Schimmer zu sehen, der wahrscheinlich von der Tür zum

Garten hereinfällt. Der Moder steigt mir in die Nase, mir stellen sich die Nackenhaare auf. Wenn das Wetter umschwingt, riecht man das hier unten. Die Erinnerung an Herbstabende kriecht mir unter die Haut. Die Erinnerung an den Jungen, der glaubte, in jedem Schatten lauere etwas. Draußen und auf den Fluren und in dunklen Ecken.

Jirka!

Nur in den warmen, erleuchteten Zimmern ist man sicher. Und tagsüber, wenn die Sonne dem Haus ein paar düstere Nischen nimmt.

Jirka!!

Ich stehe auf der zweiten Stufe der Kellertreppe. Schon eine ganze Weile. Sodass meine Füße kalt sind und die Gänsehaut langsam an meinen Beinen hochwächst. Kinderfüße. Kinderbeine.

JIRKA! WASCHEN! KOMM!!

Fahrig suche ich das Schloss, schließe die Tür hinter mir wieder auf und falle die Treppe hinauf ins Licht, zurück in die Eingangshalle. Zurück in die Gegenwart. Mein Schienbein kollidiert mit der scharfen Kante der letzten Stufe, was mich fluchen lässt. Ich bleibe einen Moment sitzen. Im Rücken die Sommerhitze, die zur offenen Haustür hereinschwappt und vor mir der kalte Atem des Kellers. Der Herbstabend aber hat sich verflüchtigt. Auch Georgs Rufe und die Angst. Nur meine Zunge fühlt sich seltsam pelzig an, den Ekel kann ich noch schmecken.

Ich starre für ein paar Sekunden auf die ausgetretenen Stufen, dann gebe ich mir einen Ruck und steige die Treppe hinab. Der Keller ist nur ein halber Keller, weil das Gelände um das Haus herum ein Gefälle hat. Während im vorderen Teil die Fenster bloß schmale Schlitze sind, die draußen ein paar Zentimeter über dem Boden liegen, kann man den Keller auf der Hinterseite durch die schwere Stahltür in den ebenerdigen Garten verlassen. Genau auf diese Tür gehe ich zu, durch das bleiverglaste Fenster darin dringt Sonnenlicht.

Die letzte Tür auf der linken Seite ist die zur Vorratskammer, ich stoße sie auf und betrachte die Regale. Eingekochtes gibt es hier immer noch. Eine ganze Reihe Gurken, Obst, Marmelade und natürlich Kompott. Kuchen steht ganz hinten. Es ist ein Ofenblech, abgedeckt mit einem Geschirrtuch. Ich schaue darunter. Bingo: Kirschkuchen.

Mit dem Blech in den Händen gehe ich den Flur entlang zurück. Vor dem Waschkeller verharre ich noch einmal.

Wenn du nicht bei drei hier antanzt ...

Der ganze Raum riecht nach ihm. Meine Lippen klappen auseinander. Ich atme durch den Mund. Versuche, den Gedanken zu verdrängen, dass sein Geruch sich so im Innern meiner Mundhöhle einnisten kann, dass ich ihn schmecke, sobald ich schlucke. Vor mir schimmert sein Rücken. Die dunkle Haut unter den schwarzen Haaren. Wie Fell. Nass von Schweiß und Regen.

Malene und ich reden nie darüber, aber ich weiß, dass es sie genauso ekelt, ihn zu waschen. Keiner hat Mitleid für den anderen, wenn Georg einen von uns in den Keller ruft. Es überwiegt die Erleichterung, heute nicht an der Reihe zu sein.

In der Küche spüle ich zwei Teller. Anstatt einen Tortenheber zu suchen und Gabeln abzuwaschen, schiebe ich die bloßen Hände unter den Kuchen, um ihn aus dem Blech zu heben – eine äußerst klebrige Angelegenheit, wie sich herausstellt. Damit die Ameisen sich nicht direkt auf das neue Festessen stürzen, decke ich das Blech wieder ab und schiebe es vorerst auf den Kühlschrank.

In jeder Hand einen Teller, stemme ich mich mit der Schulter gegen die Haustür, um sie aufzuschieben. Auf dem Absatz gerate ich ins Stocken. Die Bank unter der Platane ist leer, Agnes nirgendwo zu sehen. Verwirrt blicke ich umher, das Adrenalin schießt mir in die Adern.

»Agnes?«, rufe ich und gehe nach unten. Die Kuchenteller stelle ich auf dem verwitterten Gartentisch ab.

»Mist!« Ich laufe auf die Wiese hinaus, suche nach dem Weiß ihres Nachthemds, irgendwo zwischen den Bäumen, in der Wiese, am Waldrand. Ich rufe noch einmal. Noch zweimal. Keine Antwort. Dann renne ich nach hinten in den Garten, was schwieriger ist, als durch ein Getreidefeld zu rennen. Die Wiese ist so verwachsen, dass ich ständig in irgendetwas hängen bleibe und stolpere. Ich haste zwischen den Rhododendren den Hang auf der anderen Seite wieder hinauf und durch das Tor in den Innenhof der Wirtschaftsgebäude. Da steht sie plötzlich. Mit ihren Moospuschen zwischen einem Dutzend Hühnern, eines davon hält sie an die Brust gedrückt. Ich höre, wie sie leise *Gack-gack* macht, während das Huhn auf ihrem Arm den Kopf einzieht.

Ein bisschen aus der Puste gehe ich auf sie zu. Als ich sie erreiche, lächelt sie und hebt das Huhn.

»Ja, toll«, antworte ich, aber mein genervter Unterton kümmert sie nicht. »Komm, lass das Huhn hier, ich hab dir Kuchen geholt.« Ich versuche, ihr das Tier abzunehmen, aber sie wehrt sich fast ebenso störrisch wie vorhin, als ich ihr beim Treppensteigen helfen wollte.

»Nein.«

»Was, nein?« Langsam verliere ich die Geduld. »Du wolltest unbedingt Kuchen.«

Doch anstatt mir zu antworten, marschiert sie wieder

voran. Ich stöhne und schließe mich an. Als sie den Kuchen auf dem Gartentisch sieht, legt Agnes einen Zahn zu. Das Huhn gurgelt leise. Ich bin mir nicht sicher, ob es sich in ihrer Gesellschaft so wohl fühlt.

In der wolkenlosen Mittagsglut sehe ich Trauben von Mückenschwärmen die Luft umwälzen. Der Schatten der Platane lässt mich aufatmen. Wir setzen uns an den Tisch. Agnes starrt den Kuchen an.

»Du musst das Huhn schon loslassen, wenn du essen willst.«

Das Huhn landet auf dem Tisch. Ich rette meinen Kuchen, bevor es sich darauf stürzen kann. Agnes hält es anders, sie sammelt die Streusel oben ab und schiebt sie dem Huhn zu. Dann beginnt sie selbst zu essen. Dabei schafft sie es, drei große rote Flecken auf ihr Nachthemd zu machen.

VI

Gegen Abend beginne ich, die Küche aufzuräumen. Agnes sieht mir dabei zu, das Huhn bleibt draußen.

»Das hast du vergessen.«

Ich folge Agnes' Geste. Sie deutet zum Buffet, das immer noch schmierig glänzt und auf dem sich ebenfalls Geschirr stapelt.

»Mach ich noch«, murmele ich und stecke die Hände zurück ins Spülwasser. Einige Teller sind so verkrustet, dass ich sie einweichen muss. In manchen Töpfen haben sich eigene Milieus entwickelt. Mein angewidertes Gesicht lässt Agnes jedes Mal glucksen.

Als es zu dämmern beginnt, höre ich draußen den Rekord und bin doch irgendwie erleichtert, dass es meine Schwester ist, die zusammen mit der Hündin wieder auftaucht, und nicht Georg.

Malene bleibt im Türrahmen stehen, als sie mein Treiben registriert. »Ist Leander hier gewesen?«

»Nee«, sage ich, und in der Ecke echot Agnes: »Nee.«

Malene nickt. Ich merke, dass sie mich beobachtet.

»Auf dem Buffet hast du noch was stehen.«

Agnes verfällt in leises Kichern, ich verdrehe die Augen. Malene geht hinter mir zum Kühlschrank.

»Willst du dich einschleimen?«, fragt sie.

Ihr provokanter Tonfall legt sich klamm in meine Ohrmuscheln. Ich drehe mich um. Sie macht eine Bewegung mit dem Kinn hin zum Spülbecken, und ich entgegne ein Schulterzucken, wische die feuchten Hände an der Hose ab.

»Sah aus, als würd es sonst keiner tun.«

»Sich einschleimen?«

»Putzen.«

Sie öffnet eine Milchflasche, fixiert mich und trinkt. Als sie absetzt, hat die Flasche eine dünne weiße Sichel zwischen Nase und Oberlippe zurückgelassen.

»Soll das lustig sein?«

Ich seufze. »Nein ... ich wollte dir einen Gefallen tun.«

»Hm.« Sie nimmt noch einen Schluck, die Milchsichel wird breiter. »Lass es.«

Meine Finger suchen die Kante der Anrichte. Ich schüttle ratlos den Kopf.

»Ich dachte eigentlich, ich hätte mich klar ausgedrückt heut Morgen.«

»Was meinst du?«

»Dass wir nicht noch jemanden durchfüttern können«, faucht sie, und ich starre auf die Sichel, die wie ein weißer Schnauzer zittert, wenn Malene spricht. Ich zeichne sie im eigenen Gesicht nach, und Malene wischt sich wütend über die Oberlippe. Das fahle Abendlicht versilbert ein paar ihrer Haarsträhnen. Hängt sich bläulich unter die unteren Wimpernkränze. Schmiegt sich um die runden Schultern. Malene trägt ihre Erschöpfung wie ein fließendes Gewand, das erst auf den zweiten Blick sichtbar wird.

Ich hatte Angst davor, Georg unter die Augen zu treten. Doch diese Angst ist nichts gegen das furchtbare Gefühl, das Malene mit ihrer Abwehr in mir auslöst.

»Du wolltest doch, dass ich komme.« Ich bin hilflos.

»Du hast den richtigen Zeitpunkt verpasst.«

Ich verschränke die Arme vor der Brust. Stumm und zugeschnürt.

»Der wäre vor vier Monaten gewesen.«

Ich sehe zu, wie sie ihr Lächeln zwischen den Lippen zerdrückt, wie ihre Augen schattig werden.

»Stattdessen tauchst du jetzt auf. Jetzt, wo alles gelaufen ist.«

Ich schweige.

»Kannst du mir das erklären?«

Ich schüttle den Kopf.

»Hm?«, setzt sie nach.

»Nein, kann ich nicht«, flüstere ich und hole tief Luft für meine nächsten Worte. »Das ist auch mein Zuhause.«

Malene klappt den Mund auf, prustet Ungläubigkeit, die im Raum zu Wut kondensiert. Und dann wird sie sich bewusst, dass sie immer noch die Milchflasche in der Hand hält. Es sind nur Millisekunden, in denen ihr rechter Arm vorschnellt und ein weißer Schwall mein Gesicht und mein Hemd durchtränkt.

»Oh«, kommt es von der Eckbank, wie von einem unbeteiligten Erzähler, »sie ist böse.«

Ich keuche. Ziehe den rechten Arm übers Gesicht und schaue kurz in Agnes' Wasseraugen. Die großen Kinderaugen in dem Großmuttergesicht, die, aufgescheucht von der Milchpfütze am Boden, zu mir und dann zu Malene huschen.

»Nein, das ist es nicht mehr, Jirka. Warum sollte es?«

Ich höre mein eigenes, hölzernes Lachen. Und bevor ich überhaupt Luft holen kann, um etwas zu erwidern, setzt Malene erneut an.

»Wie oft hast du in den letzten Jahren entschieden, dass

es das nicht mehr ist? Immer und immer wieder. Und zuletzt nach unserem Telefonat im März. Jetzt plötzlich, jetzt, wo es dir in den Kram passt –«

»Moment, Moment – was soll denn das? Wieso hab ich das entschieden? Wann hab ich das bitte entschieden?«

Hinterm Küchentisch beginnt Agnes, etwas zu summen. Das Geräusch bringt unseren Streit für Sekunden aus dem Takt. Ich sehe Malenes Augen schimmern, als sie sich wieder dem Kühlschrank zuwendet. Ich höre sie leise schnauben, sehe zu, wie sie die leere Glasflasche zurückstellt. Von meinem Kinn tropft es.

»Wenn jemand damals irgendwas *nicht* entschieden hat, dann ja wohl ich.«

»Ach Jirka, das sind doch Ausreden.« Ihre Stimme schraubt sich in die Höhe. »Du warst doch froh, dass du wegkonntest.«

Wir sind beide lauter geworden. Wir spucken die Vorwürfe in Halbsätzen in den Raum. Zusammen mit der Wut. Zusammen mit der Enttäuschung.

»Glaubst du nicht, dass es dafür auch einen guten Grund gab?« Meine Stimme bricht. Ich spucke auch die Hilflosigkeit in den Raum, ein Flehen eigentlich. Aber Malene geht darüber hinweg. »Es gibt für alles immer irgendwelche Gründe.«

Mein Schluchzen klingt, als würde jemand große Stücke Tapete von den Wänden reißen. Ich wende mich ab, weine trübweißes Wasser in den zerfasernden Spülschaum. In meinem Rücken schürft der Küchentisch über die Fliesen. Puschengeräusche.

»Agnes.« Die Erschöpfung weicht Malenes Stimme auf.

Agnes' Schlurfen verlässt den Raum und echot in der Eingangshalle von den Wänden. Mit ihm ihr verklärtes Summen.

»Warte.«

Ich wische die Tränen aus den Augen, räuspere mich mehrfach.

»Da ist zu. Du kannst nicht in den Keller«, höre ich Malene.

»Vielleicht will sie den Kuchen.«

»Was? So'n Quatsch.«

»Den habt ihr doch da unten stehen.«

Malene sieht mich einen Moment verständnislos an. Ich steige die Stufen hinab.

»Ich hab ihr heut Vormittag welchen geholt.«

»Mann, Jirka«, ruft sie und kämpft gegen Agnes krallende Finger am Türknauf an. »Bist du bescheuert. Sie hat Zucker.«

»Woher soll ich das denn wissen?«, brülle ich perplex.

»Ja, weil du gar nichts weißt.«

Hinter meinen Rippen bildet sich eine heiße Quellwolke.

»Du kannst mir mein Zuhause nicht absprechen, nur weil ich eine Weile nicht hier war.«

»Nach sechs Jahren –«

»Fünf!«

»Blödes Arschloch«, speit sie und schiebt Agnes aus der Eingangshalle auf den Korridor zu. »Du tauchst hier auf, setzt dich ins gemachte Nest, und jetzt glaubst du, du hast das Recht –«, sie unterbricht sich. Und dann schreit sie wieder. »Du hast überhaupt kein Recht!«

Ich lasse sie gehen. Sehe ihr nach, sehe Agnes nach, die wirrer denn je scheint, und tropfe dabei aus den säuerlich riechenden Kleidern. Ich betrachte die Spur, die ich hinterlassen habe, die schon bald eine Ameisenspur sein wird, weil niemand sie wegwischt. Ich ziehe mir das Hemd über den Kopf, lasse es mit einem Klatschen auf die Fliesen fallen, und wie betäubt nehme ich die Treppe nach oben.

Eines Tages kriegst du das alles zurück.

Agnes' Stimme bohrt sich in meinen Kopf. Die harte Stimme, die von früher. Und mit ihr ein weiterer verloren geglaubter Schnipsel in meinem Gedächtnis.

Glaub ich nicht, sagt Malenes zehnjähriger, voller Mund. Eingebildet und großspurig.

Ich sitze neben ihr und sehe zu, wie sie sich das letzte Stück Kuchen in den Mund schiebt. Das Stück, das auf meinem Teller lag, bevor sie mich vom Stuhl geschubst hat.

Wart mal ab, orakelt Agnes.

Meine Großmutter geht nie dazwischen, wenn Malene austeilt. Über die Jahre sammle ich vor allem an den Oberarmen eine beträchtliche Auswahl an verschiedenförmigen Hämatomen. Pferdeküsse sagt Malene dazu.

Obwohl Agnes mich ständig zusammenstaucht, das Herummemmen sein zu lassen und mich endlich zur Wehr zu setzen, bringe ich nur eine schwache Verteidigung zustande. Anstatt zurückzuschlagen, umschmeichle ich Malene, wann immer ich kann, und verpasse über Jahre den Moment, um »es ihr zurückzuzahlen«.

Selbst als sie mir mit fünfzehn schon längst keine blauen Pferdeküsse mehr auf den Oberarm drückt, bin ich um Malenes Gunst bemüht. Was sie zu nutzen weiß.

Brüderchen?

Sie kann katzenfreundlich sein, wenn sie meine Hilfe braucht. Ihr Gesicht steckt dann im Türspalt zu meinem Zimmer, und kurz darauf liegen ihre Deutschhausaufgaben auf meinem Schreibtisch. Obwohl ich zwei Klassen unter ihr bin.

Bei einem von Agnes' Landfrauenkränzchen, mit denen sie versucht, sich den Status meiner Mutter anzueignen, legt Klara Früchtenich das schachtelige Wort auf den Tisch, zwischen Frankfurter Kranz und Zuckerdose: Lese-Recht-schreib-Schwäche. Agnes weiß darüber nur die Lippen zu schürzen. Herbeifantasierte Begriffe, die Faulheit entschuldigen wollen! Das Wort wird am Abend zusammen mit den verstreuten Kuchenkrümeln vom Tisch gefegt und nie wieder aufgedeckt.

Malene schummelt sich mit meiner Hilfe von einer Versetzung zur nächsten, und weil es Agnes irgendwann reicht mit den schlechten Noten, macht sie einen Lehrbetrieb für Malene ausfindig.

Meine Schwester packt tüchtiger an als manch ein Bauernsohn. Sie kann kaum eine gerade Naht setzen und weder Rollbraten noch Kartoffeln kochen. Aber sie ist schon als Kind in der Lage, Roggen- von Weizenkörnern zu unterscheiden und Weizen- von Gerstenkörnern. Sie schätzt die Abstände, in denen man Holzkisten vom Pflückschlitten in die Plantagen werfen muss, besser ein als Vilém Dorodzala. Kann die guten von den schlechten Wasserschossen unterscheiden und ist flinker mit der Hippe an den Krebsgeschwüren der Bäume als die meisten Saisonarbeiter.

Als ich dreizehn werde, tauscht meine fast erwachsene Schwester die Saatgutvermehrung gegen Sonderkulturen und Obstbau. Sie wohnt plötzlich fünfzig Autominuten weiter östlich. Auf den trockenen Dörfern. Und diese Dörfer sind weit genug entfernt, um Malene aus meinem Universum zu rupfen. Sie ist nicht da, als ich den Boden unter den Füßen verliere. Sie ist nur diejenige, die ihre Unfähigkeit, die richtige Tochter zu sein, neben meine Unfähigkeit, der richtige Sohn zu sein, legt und es Ungerechtigkeit nennt, als klar wird, dass Georg zwar die landwirtschaftliche Lehre duldet, aber ihr noch lange nicht den Hof vermachen wird.

Wie oft habe ich später im Bett gelegen und mich gefragt, ob ihr mein Fortgehen den erhofften Frieden gebracht hat? Dann kam ihre Bitte um Rückruf, und das Bild meiner Schwester als Hoferbin zerbröselte und verflog.

Er will alles verkaufen, Jirka.

März. Vier Monate zuvor. Ich stehe auf dem scheckigen Linoleumboden des Schulflurs und wickle mir die Schnur des Münztelefons um die Finger.

Da ist das Internat, der Ort, an dem mein Inneres wieder zusammengewachsen ist. Krumm, und mittendrin ein riesiger Spalt. Aber lebensfähig. Und da ist der Hof, der zu mir gehört wie meine Gliedmaßen, den ich nicht wegdenken kann, den ich meide und der mir trotzdem fehlt wie sonst nichts in meinem Leben. Plötzlich stehen diese beiden Orte einander gegenüber und stellen sich gegenseitig infrage. Gibt es die alte Welt überhaupt noch, wenn man in der neuen längst ein anderer geworden ist?

Was heißt alles?, flüstere ich in die Muschel.

Ich weiß nicht genau. Letztes Jahr hat er den Schlag neben Dorodzalas abgegeben.

An wen denn?

Daller.

An diesen rechten Knochen?

Hatte vermutlich das meiste Geld.

Wir schweigen. Ich werfe ein paar Münzen nach. Wir schweigen weiter.

Bist du noch dran?

Ich nicke benommen.

Jirka?

Auf Anjas Beerdigung hast du gesagt, du willst den Hof übernehmen. Was hindert dich dran. Mach doch. Juckt mich nicht.

Aber tief in mir weiß ich, dass sie nicht am Telefon ist, um meine Erlaubnis einzuholen. Ich höre sie schwer atmen.

Da war die Situation noch anders.

Was hat sich geändert?

Kannst du nicht einfach herkommen und mich unterstützen?

Ich trete mit meinen Gummisohlen Putzplacken von der Flurwand, wie schon andere vor mir. Es rieselt weiß, und zwei Meter weiter donnern die Handknöchel des Hausmeisters gegen die Glasscheibe seines Kabuffs. Er hebt drohend den Zeigefinger, ich bin versucht, ihm den mittleren zu zeigen, drehe mich dann aber einfach weg.

Ich weiß, dass dieses Gespräch kein Kinderspiel für Malene ist. Ich ahne es eigentlich schon, als Jochen mir nach dem Mittagessen von ihrem Anruf berichtet. Und auch für mich ist es eine Überwindung. Anstatt in seinem Büro zu telefonieren, schleiche ich zum Münzapparat und schiebe die letzten Pfennige durch den Schlitz, bis das Tuten meinen Herzschlag unterlegt.

Georg interessiert das doch 'n Scheiß, was ich dazu sage. Ehrlich, Mali, 'n Scheiß.

Ist es dir so egal, dass du's nicht mal versuchst?

Geht's um den Hof? Oder nur um das Land?

Sie schnaubt.

Das war hier mal der größte Hof in der Gegend. Ist dir das klar?

Wie's scheint, holen Dallers ja mächtig auf.

Sie sind längst an uns vorbeigezogen.

Ist das denn so wichtig?

Ich verspreche ihr gar nichts. Sie lädt mich ausdrücklich

zu Ostern ein. Wir legen auf, und drei Tage später lasse ich mich von Jochen zusammen mit Rosa und Gernot beim Kiffen erwischen. Heimsperre. So ist es einfacher. Für mich gibt es nichts mehr zu entscheiden.

Ich sage Malene nichts davon. Ich tauche einfach nicht auf.

Stundenlang sitze ich bei geschlossenen Türen in meinem Kleiderschrank und kämpfe. Gegen die Tränen. Und auch gegen die Wut. Gegen die Lücke in meiner Mitte, durch die es pfeift und zieht, als würde tiefster Winter und nicht der sommermüde Juliabend gegen die Fenster drücken.

Ich will Leanders Mixtape in meinen Walkman schieben, und aus dem Kassettenfach rollt mir ein Joint entgegen, was mich zum Explodieren bringt. Ich boxe die rechte Faust gegen die Schranktüren. Das dünne Holz splittert, Lichtfasern schießen zu mir herein und beleuchten meine aufgeplatzten Knöchel. Ich fange an zu heulen, ramme den Ellenbogen gegen die Türen, trete mit den Hacken hinterher, bis das Türfutter vollständig ausbricht und ein Fenster in mein Kinderzimmer freilegt.

Später stehe ich im Flur und schaue über die Obstwiese hinweg in die Ferne. Als der Horizont schon fast wieder Feuer fängt und den züngelnden Schlot der Heila aus der Landschaft pellt, fasse ich einen Entschluss. Ich zerre meinen Rucksack unter dem Bett hervor und stopfe den auf dem Boden liegenden Kleiderhaufen hinein.

Unten in der Eingangshalle bleibe ich vor meinem Milchhemd stehen und sehe in die dunkle Küche. Wieder überrennt mich die Traurigkeit. Erst jetzt merke ich, dass ich gehofft hatte, hier etwas zu finden. Einen Sinn vielleicht. Vielleicht auch nur Trost. Oder ein Zuhause. Und die Schwester, die ich irgendwo zwischen den trockenen Dörfern und dem Internat verloren habe.

Ich schlüpfe in meine Schuhe, schwinge mir mein Gepäck auf den Rücken und gehe hinaus. Die Treppe hinunter, den Fahrspuren der Autos folgend in den Wald.

VII

Der Bahnhof ist einer dieser Provinzbahnhöfe. Zwei Bahnsteige, dazwischen fünf Meter Wind. Im Bahnhofsgebäude die eine Spelunke, in der die Fenster nur eine schmierig schimmernde Behauptung sind. Am Tresen vier Gestalten, die verwundert aufschauen, als ich den dicken Vorhang hinter der Eingangstür zur Seite schiebe und frage, ob ich das Klo benutzen kann. Die Wirtin schiebt den Daumen über die Schulter zum nächsten schweren Vorhang, hinter dem sich die Toilettenräume befinden. Links die ausgekugelte Türklinke der Damenkabine, das kaputte Türschloss auf der anderen Seite, von dem ich nur weiß, weil Malene mich vor Jahren mal dazu verdonnert hat, Schmiere zu stehen, während sie gepinkelt hat. Vor fast sechs Jahren. Als sie das erste Mal auf die trockenen Dörfer fuhr und ich sie sonntags abends zum Bahnhof begleitete. Auf dem Bahnhofsvorplatz saß Agnes im Rekord und wartete. Zu Hause saß Georg und wartete. Er hatte Malene ziehen lassen, aber es blieb offen, ob sie jemals wieder zurückkehren konnte. Damals verstand vielleicht nur Agnes den Verrat, den Georg empfand. Sie konnte sehen, was geschah. Für Georg geschah. Dass das Fortgehen seiner Tochter parallel lief zu meinem Versagen als Sohn. Beide Kinder folgten nicht ihren vorgegebenen Pfaden.

Ich starre die Klinke an, den gelben Lichtspalt der Tür, in dem ich damals, von einem Knie zum anderen gespannt, die Unterhose meiner Schwester sah.

Ich hab richtig Muffe, sagte sie mit nach vorn gebeugtem Kopf zur Kloschüssel.

Wovor?

Weiß nicht so genau. Muffe einfach.

Sie holte tief Luft. Und schob etwas nach, ganz leise nur. Etwas, das bis zu mir in die Gegenwart nachhallt. Ein Geständnis tief empfundener Angst, über das ich damals noch lange nachdachte.

Sie sagte nichts weiter. Ich hörte die Spülung, und dann lief sie an mir und dem Waschbecken vorbei, sah mich nicht an und stieg fünfzehn Minuten später in den Zug.

Sie hatte Angst. Aber sie tat es dennoch. Malene drehte nicht um. Sie hatte ein Gefühl dafür, dass sie den Hof verlassen musste, um anderswo zu wachsen. Dieses Gefühl fehlte mir bisher. Vielleicht bin ich deshalb heute Nacht aufgebrochen. Vielleicht stehe ich deshalb noch immer am Bahnhof, habe drei Zügen nachgesehen und bin in keinen davon eingestiegen.

Ich drücke die Spülung und starre in die Toilette. Spüre dem Reißen in der Brust nach. Wie ein Tauziehen über den Gleisen, die mich fortbringen könnten. Ich kann nicht gehen.

Der Weg zurück zum Hof ist eine Tagesaufgabe, die mich schon bei ihrem Antritt ermüdet. Kein Heißeluftgeruch, sondern die glühende Stadt. Kaum ein Lüftchen, auf den Straßen nur sonnengebräunte Bauarbeiter und Autofahrer, die ihre Wagen mit offenen Fenstern fahren. Keiner reagiert auf meinen ausgestreckten Daumen, eher hupen sie mich an, wenn ich der Fahrbahn zu nahe komme. Irgendwann gebe ich auf, wähle die Schattenseite der Straße und folge der Busstrecke.

Weiß nicht genau. Muffe einfach. Wenn ich diesmal gehe, gibt es kein Zurück. Dann war's das vielleicht.

Malenes größte Angst war es, den Hof zu verlieren. Ich verstehe das erst jetzt. In der Rückschau. Und ich kann meine Angst darüberlegen und sie vergleichen.

Ich hab richtig Muffe. Wenn ich gehe, dann werde ich für immer gehen. Der Hof ist mir dabei fast egal. Aber Malene, die ist so verwachsen mit diesem Ort, dass es auch zu ihr kein Zurück geben wird.

Sobald man es aus den eng bebauten Straßen rausgeschafft hat, erstreckt sich vor den Stadttoren die Weite der Börde. Besserer Boden als in unserer Gegend. Fruchtbar, wenig Hanglage und der Ernte so viel näher. Das erkenne sogar ich. An den blonden Ähren, die ihr Korn sofort ausspucken, wenn man sie zwischen den Händen raspelt. Hier unten werden die Mähdrescher ihre Schneisen als Erste in die Fluten schlagen. Erkennbar schon aus der Ferne an dem trockenen Staub, den die Schneidwerke in die Luft wirbeln und der den Autofahrern das Armaturenbrett bepudert.

Georg fuhr auch gern mit heruntergelassenen Fenstern. Wenn sich uns die Schwaden entgegenwalzten, trieb er mich und Malene auf der Rückbank zum Kurbeln an. Und wir verstanden es als Wettbewerb. Meistens brüllte Malene ihr »Erster« vor mir durch den Wagen. Ehe wir verschluckt wurden von Spelzenwolken, von ihrem Knistern auf dem blank polierten Autolack.

Nachdem ich etwa zwei Stunden Weg hinter mir habe und meine Sohlen heiß gelaufen sind vom Teer der Landstraße, gabelt mich endlich ein Bus auf. Der Fahrer, dessen

Wallrossschnauzer mich an den von Jochen erinnert, winkt mich ohne Fahrschein durch. Keuchend schiebe ich mich den Mittelgang hinunter, vorbei an all dem menschgewordenen Kondenswasser, das unter Hemdkragen und Haaransätzen glitzert.

Wir schlängeln uns durch die Felder, vorbei an Kasernen und riesigen Kornsilos, verlassenen Tankstellen. Hier mal ein Haus, dort mal zwei, eine Ortschaft, Bauernhöfe, kleine Kotten, wieder Felder und Felder und Felder.

Der Bus arbeitet sich unter Motorenwürgen aus der Börde über den Höhenzug. Kaum jemand steigt noch ein oder aus. Die Wärme zieht mich hinab in den Schlaf, verklebt Busscheibe, Haare und Schläfe, und ich schrecke hoch, kurz bevor ich rausmuss. An der Landstraße, an der Leander mich aufgegabelt hat.

Fast vierundzwanzig Stunden später bin ich wieder zurück.

Als ich die Wiese durchquere und auf das stumme Haus zugehe, beleuchtet die Sonne nur noch den Dachgiebel. Aus der Scheune dringt das Heulen des Industriestaubsaugers, offenbar macht Malene die Lagersilos sauber, trifft letzte Erntevorbereitungen. Die Schwalben zerschneiden auch an diesem Abend wieder die Luft mit ihren Manövern. Ich lasse den Rucksack vom Rücken rutschen, stehe einen Moment in der Wiese und schaue zu, wie sie die Mückenschwärme zerschlagen und zurück in ihre Nester segeln.

Ich gehe ins Haus. Niemand bekommt es mit. Meine Schuhe finden denselben Platz wie zuvor im Schuhregal. An der Garderobe gegenüber hängen Georgs Jacken, ein ungewöhnlich schicker Kurzmantel und eine Jeansjacke. Ich lasse den Blick zurück zu meinen Turnschuhen schweifen und betrachte das unberührte Paar Schnürschuhe daneben.

Nichts ist hinzugekommen oder hat seinen Platz verlassen. Die Abwesenheit meines Vaters führt sich konsistent fort. Die Lehrstelle bleibt. Und je länger sie bleibt, desto weniger kann ich mir vorstellen, wie eine Begegnung nach so vielen Jahren aussehen wird.

In der Küche sehe ich mich um. Sie ist nicht mehr die chaotische, wüste Landschaft, sondern aufgeräumte Stille. Ich sammle mein Hemd von den Schachbrettfliesen und trage es hinunter in den Waschkeller. Dann schleiche ich wie ein Hund mit eingezogenem Schwanz zurück in mein Zimmer.

Ich sehne mich nach Müdigkeit, die mich einholt und den Schlaf erzwingt. Aber die letzte wache Nacht, all das Grübeln haben nur Kopfweh verursacht. Ein vom Nacken unter die Schädelkante kriechendes Pochen.

Kopfschmerzen?

Ich nehme die Finger aus den zusammengekniffenen Augen und verneine.

Brauchst du 'ne Aspirin?

Nee.

Jochen sitzt mit halber Arschbacke auf dem Fensterbrett, die Arme vor der Brust verschränkt. Seine verwaschenen Jeans pludern sich über den frei gekrempelten Knöcheln. Darunter Birkenstocks, von denen er mindestens noch zwei weitere Paar in derselben Ausführung im Schrank liegen hat. Immer das gleiche Modell, in unterschiedlichen Abnutzungsgraden.

Du bist doch viel zu klug, um dich schon wieder erwischen zu lassen.

Ich reagiere nicht. Ich starre auf Gernots ungemachtes Bett. Als wär er bloß kurz raus, gleich wieder da.

Offensichtlich nicht, presse ich zwischen den Zähnen hervor.

In Ordnung, du willst nicht reden, versteh ich. Aber ohne Konsequenzen kommst du mir auch nicht davon.

Mir scheißegal.

Ah ja … na dann, hast du sicher nichts dagegen, nach dem Mittagessen noch mal bei mir reinzuschauen. Dann kannst du noch mal genauer erklären, wie scheißegal dir das ist.

Er stößt sich vom Fensterbrett ab und bewegt sich Richtung Zimmertür. Bleibt aber noch einmal vor mir stehen.

Guck mich mal an.

Genervt hebe ich das Kinn und gönne ihm die Aussicht auf meine Pupillen. Der Haikersche Drogenblick haben wir das unter uns immer genannt.

Den hat er drauf, der Herr Psychologe, hat Rosa mal zu mir gesagt und süffisant gezwinkert.

Wir vergaßen gerne, dass der Gangvater auch der Internatspsychologe war, denn im Gegensatz zu den anderen Gangvätern hatten wir mit Jochen eine ziemlich entspannte Nummer erwischt. Gespräche mit ihm wollte niemand als etwas anderes wahrnehmen als eben genau das. Ein Gespräch. Keine Therapiestunde oder so. Das hätte es vielleicht in beide Richtungen kaputt gemacht. Denn klammheimlich hatten wir überhaupt nichts einzuwenden gegen diese Gespräche im Monatsrhythmus. Und vielleicht war auch jedem von uns klar, dass es einen Grund hatte, warum gerade wir unter Jochens Augen zusammengewürfelt worden waren. Ein Trupp aus Chaoten.

Ich halte also dem Haikerschen Drogenblick stand, und Jochen nickt zufrieden.

Lass dich nicht noch mal erwischen. Das nächste Mal fliegst du!

Er verlässt das Zimmer, und ich horche seinem Birkenstockschlurfen auf dem Flur nach. Unter meinem Kopfkissen greife ich Gernots Walkman, öffne die Lade mit dem Joint, den er mir zu seinem Schulabschluss geschenkt hat, und klappe sie wieder zu.

Nein, nochmal wird mich niemand erwischen. Es wird kein Nochmal geben. Malene wird sich kein drittes Mal melden, und ich werde keine dritte Ausrede brauchen, um zu bleiben, wo ich bin.

Der Dienstag fließt zäh dahin. Ebenso der Mittwoch. Und schließlich auch der Donnerstag.

Ich bemühe mich, nicht zu früh aufzustehen, verschlafe die Vormittage und krieche irgendwann aus dem Bett, wenn die Nachmittagshitze mein Zimmer in einen Hochofen verwandelt.

Eher aus Langeweile greife ich irgendwann das Skizzenheft vom Schreibtisch, zusammen mit dem Walkman und Leanders Kassette und schleppe mich zum Zeichnen in den Garten. Die Mittagssonne arbeitet mit harten Kanten, an denen sich meine Graphitminen entlanghangeln. Das Flächige liegt mir nicht. Ich gehe gern mit der Linie, was mich zum besten Aktzeichner in unserer AG gemacht hat, auch ohne Schraffuren.

Du hast ein sehr genaues Gefühl für die Proportionen und für die Dynamik von Körpern, hat Rosa damals gesagt, als wir uns kennenlernten. Sie war der Grund für die Wahl meiner AGs.

Mein Talent ist eins, dass ich nie gepflegt habe. Ich bin schludrig damit umgegangen. Wie mein Vater.

Mit zwölf stoße ich auf dem Speicher auf die beiden gerahmten Zeichnungen. Einen Rehbock und einen Pfau. Oder ihre silbrig schimmernden Köpfe. Zwei Wunder, die ich zwischen ausrangiertem Mobiliar und Gerümpelhalden hervorziehe und in ihren Rahmen in mein Zimmer schleppe. Unter den richtigen Lichtverhältnissen bewegen sie mich noch mehr.

Ich habe Glück, dass Georg mein Zimmer das nächste Mal nicht in cholerischem Rausch, sondern mit meinem unterschriebenen Zeugnis betritt. Als er die riesigen Bilderrahmen an die Wand gelehnt entdeckt, lässt er sich rückwärts auf mein Bett sinken.

Hast du die vom Speicher?

Ich nicke beklommen. Er nickt ebenfalls und ein rauchzartes Lächeln tritt auf seine Lippen. Eine weiche Nische tut sich darin auf.

Die gefallen dir?

Sie sind ziemlich gut.

Hm, macht er, *ja das stimmt wohl. Hab sie ganz vergessen.*

Ich erfahre von Agnes, dass es seine Zeichnungen sind. Dass er sie als junger Mann angefertigt hat. In eben jenem Internat, in das er zwei Jahre später mich schickt.

Ich zeichne Agnes, zeichne Grandel. Zeichne die Hühner und das Gewächshaus, den Geräteschuppen und die Hausfront. Ich zeichne mir Malene und unseren Streit aus dem Kopf und mein altes Zuhause hinein. Ein wenig sehne ich mich auch nach langen Nachmittagen zwischen Büchern und lesenden Menschen. Danach, zu lesen, während Rosa neben mir liest. Oder schreibt. In das kleine gelbe Notizbuch, das ich ihr zum Geburtstag schenke.

Gegen Abend sind fünf Seiten des Skizzenheftes eine genaue Dokumentation meines Tages, aber Malene schwebt immer irgendwie mit. Dass sie mir aus dem Weg geht, schwebt mit. Dass sie mich nicht da haben will. Dass sie denkt, ihre Entscheidungen damals hätten nichts mit meinen zu tun gehabt. Vielleicht ist jetzt der Moment, mit dem ich insgeheim gerechnet habe, als ich aufgebrochen bin.

Kann ich dich anrufen?

Wenn du angekommen bist?

Nein, ich weiche Jochens Blick aus, hefte meinen auf das heutige Paar Birkenstocks, *auch sonst.*

Ich bin mir sicher, dass er um die Bedeutung meiner Rückkehr weiß, es vielleicht sogar vor mir wusste. Die Sekunden tröpfeln aus irgendeinem Waschraum beständig in die Stille des Gangs. Ich zähle zehnmal Pling, dann hebe ich den Kopf. Natürlich ist da ein Lächeln in Jochens Gesicht. Gegengleich zu dem gebogenen Schnauzer.

Da spricht nichts dagegen.

Tja, doch, denke ich, dass irgendein Idiot das Telefonkabel aus der Buchse gerissen hat. Deshalb trage ich den Gedanken an ein Gespräch mit Jochen gegen Abend die Auffahrt hinunter in den Wald. Der Weg zu Leander ist beschwerlich, weil am Rand Zweifel und Ängste wachsen.

Sie bleiben unbeantwortet: Die Einfahrt neben dem Bruchsteinhaus ist leer, der Taunus fehlt, und die Fenster blicken lichtlos in den trockenen Buchenwald. Seit unserer ersten Begegnung ist Leander wie vom Erdboden verschluckt. Jeden Abend, wenn ich mit nackten Füßen den Spaltenboden des Balkons ablaufe, hoffe ich auf sein Leinenhemd zwischen den Rhododendren, auf das Rascheln des Gartenschlauchs im Staudenbeet und auf die Chance einer Unterhaltung mit jemandem, der bei Verstand ist und mir nicht grundlegend feindselig gegenübersteht.

Ich trete niedergeschlagen den Rückweg an. Und dann fällt mir etwas auf. Ich habe meine Entscheidung eigentlich längst getroffen. Dazu brauche ich Jochen vielleicht gar nicht. Sonst wäre ich nicht umgekehrt vor ein paar Tagen.

VIII

Striche an der Wand neben meinem Bett zählen mein Aufwachen. Als ich zum fünften Mal in meinem Kinderbett die Augen aufschlage, ist der Griff zum Bleistift unter dem Kopfkissen schon Routine. Die Fragen sind schon keine Fragen mehr, alles nur noch Bestandsaufnahme. Wo bin ich. Wie spät ist es. Und wie lang bin ich schon hier. Die weiche B8-Mine notiert zwischen den Hügeln der Raufasertapete das Fortschreiten der Zeit. Eine Frage bleibt ungewiss: Wie lang wird mein Vater noch fort sein? Während das für Malene und Leander nur ein hinzunehmender Umstand zu sein scheint, fällt es mir schwer, mich an Georgs Abwesenheit zu gewöhnen.

Dafür gewöhne ich mich langsam an die Hündin. An die feuchten Flecken, die ihre Nase auf meiner Haut hinterlässt, das Klimpern der Hundemarke und das weiche Tappen der Pfoten auf dem Teppich im oberen Geschoss, das Grandel ankündigt wie das Schlurfen der Moospuschen die wirren Spaziergänge meiner Großmutter.

»Na komm her«, murmele ich vormittags im Halbschlaf der Schnauze im Türspalt zu und strecke die Hand nach dem rauen Tierfell, schließe die Augen und taste mich über den First ihrer Wirbelsäule, durch die Haarnester.

Grandels Anwesenheit ist auch immer ein Indikator für

Malenes Anwesenheit. Egal wohin meine Schwester von Zeit zu Zeit entflieht, ob mit geschulterter Flinte in den Wald oder mit dem Rekord Gott weiß wohin, Grandel lässt sie nicht zurück.

Die Hündin folgt mir in die Küche und steht schwanzwedelnd hinter mir. Ich hole ihr ein paar Brocken Hundefutter aus dem Glas auf dem Buffet und lasse sie aus meiner Hand fressen. Ich selbst esse kaum etwas, seit ich hier bin. Aber dass ich noch da bin, kann man am sich weiter leerenden Kühlschrank ablesen. Ich geniere mich, Malene nach Geld zu fragen, um einen dringend nötigen Einkauf zu erledigen. In meiner Börse befinden sich nämlich nur noch wenige Münzen. Geld, das vom Internat verwaltet wird und das ich fast restlos für die Fahrt hierher ausgeben musste.

Während ich abends im Keller meine Wäsche aus der Maschine nehme und aufhänge, höre ich Malene in der Wirtschaftsküche hantieren. Vielleicht hat sie mich gehört, aber meine Schwester etabliert mir gegenüber eine stoische Ignoranz. Ihr Körper zieht sichtbare Grenzen. Die Schultern, die ihre Neigung wie ein eigener Organismus ausloten, um mich abzuschirmen, sich wiegen, nach links und nach rechts, oder wie Fühler einer Schnecke zu ihren Ohren kriechen, wenn ich in ihrem toten Winkel ein Geräusch verursache. Und manchmal nicht einmal das. Manchmal ist Malene nur eine blonde Rückansicht, der Rücken ein Schild und die Fersen in ihren Gummistiefeln fest in den Boden gestemmt. In mir kreist die Frage, ob es am Ende wirklich ihrer Abgrenzung dient oder ob sie die vielen kleinen Hiebe, die sie mir Tag für Tag versetzt, berechnet. Kalkulierter Schmerz.

Als ich den Waschkeller verlasse, erhasche ich einen

Blick durch die halboffene Tür zur Wirtschaftsküche. Malene steht abgewandt an der Anrichte und rupft Federn von zwei großen Vögeln. Die nackten Waden stecken in den Gummistiefeln, darüber hängt der Saum des grünen Seidenkleids und neben ihr steht ein Blecheimer, in dem Grandel ihre Schnauze versenkt. Malene zischt sie an, hievt den großen Kopf aus dem Eimer und sieht über die Schulter. Sie zuckt zusammen, als sie mich bemerkt, und ich sehe, wie ihr Mund Worte formen will, und dann den Schatten, der ihr hart in die Stirn fällt und alles zerstreut, was da vielleicht im Begriff war, ihr über die Lippen zu kommen.

»Malene?« Ich halte sie aus, die abgewandte Rückansicht und ihre Grenzen, die mich abschirmen. Ich atme tief in meinen Brustkorb und frage schließlich: »Weißt du wirklich nicht, wann Georg zurückkommt?«

Sie hält inne. Dann schüttelt sie den Kopf.

Ich schlucke den kurzen Moment der Erwartung hinunter, er ist zu einem Gestein angewachsen, und ich schlucke und schlucke, aber das Gefühl löst sich nicht. Es bezieht Quartier. Manchmal ein scharfkantiger Felsbrocken, der schmerzhaft rumpelt. Diesmal ein runder Kiesel, der sich glatt geschliffen und passgenau in die hohlen Winkel meines Kragens schmiegt. Herz und Kopf sind ohne Kontakt, und ich im Blindflug.

Ich starre auf die Wand neben meinem Kopfkissen. Sieben Striche. Sieben in einer Reihe, jeder von der Größe eines Streichholzes. Streichholztage, die bedeutungslos abbrennen, während ich nichts tue.

Die Zeitschaltung löscht draußen das Licht und die Schemen in meinem Zimmer versickern im Dunkel. Zwölf Uhr. Schlafenszeit. Aber ich bin hellwach. Die Wärme weicht mittlerweile nicht mal mehr nachts. Meine Decke knubbelt sich am Fußende des Betts. Alle viere von mir gestreckt, lechze ich nach einem Luftzug. Das Geräusch der Insekten flirrt draußen über der Wiese. Auch daran habe ich mich mittlerweile gewöhnt.

Nebenan knarrt die Türschwelle. Ich drehe den Kopf, als könnte ich durch die Wand gucken. Malenes Schritte entfernen sich. Ich überlege. Und schwinge schließlich die Beine aus dem Bett.

Nirgends brennt Licht. Ich taste mich bis zur Küche vor und fülle mir ein Glas mit Leitungswasser. Unterm Esstisch liegt Grandel und blinzelt zu mir herauf. Ich gehe vor ihr in die Hocke und kraule ihr den Bauch.

»Du hast es gut«, flüstere ich ihr zu. Ich bin fast schon versucht, zu ihr unter den Tisch zu krabbeln und mich an den großen Hundekörper zu drücken wie an ein überdimensionales Kuscheltier.

Grandel rollt sich auf den Rücken und streckt die langen Beine in die Luft. Ihre Pfoten stoßen an die Unterseite der Tischplatte. Ich lächle, rücke ein Stück weiter unter den Tisch, und gleichzeitig stehe ich zwei Köpfe kleiner hinterm Garten im Wald, einen Spaten in der Hand, verheult und zitternd. Neben mir sticht Malene große Teile Erde ab. Sie weint nicht. Ich kann sehen, dass sie all ihre Kraft einsetzt. Manchmal bewundere ich sie für die Art, wie sie ihre Gefühle im Griff hat.

Ich rufe Georg nach, bis mir der Hals so brennt, dass ich aufgeben muss. Damals nenne ich ihn noch Papa. Damit höre ich erst fünf Jahre später auf, als klar wird, dass sie mich aufs Internat schicken werden. Die Plantagen gibt es schon nicht mehr, und Vilém Dorodzala auch nicht. Leander hat noch kein zersprungenes Gesicht, und Malene findet zum ersten Mal Zuflucht im Außen, auf einer Klassenfahrt. Für mich ist das furchtbar. Ohne meine Schwester zu sein, bedeutet, es gibt niemanden, der sich vor mich stellt.

Ich denke noch oft an meine Mutter in dieser Zeit. In meinem Kleiderschrank hängt eins ihrer Nachthemden. Doch mit den Jahren ist ihr Geruch verflogen, und mir ist nur die Haptik des Saums geblieben, der durch das tausendfache Betasten meiner Kinderfinger ganz grau geworden ist.

Papa.

Das Wort hat keine Bedeutung mehr. Ein Sack Scherben, der mir den Rachen aufschneidet. Georg kommt nicht zurück.

Ich höre den Hund jaulen und quieken, ein furchtbares, jämmerliches Geräusch, das bald mehr schmerzt als die zerbrochenen Rufe in meinem Hals.

Der Schuss fällt. Unvermeidbar. Er durchbricht die Stille nicht. Er fügt sich einfach ein in den frühen Morgen, entlädt sich in der noch feuchten Luft zwischen den Wipfeln der Pappeln. Zwischen ihrem flackernden Laub, im ersten Sonnenlicht.

Ich lasse die Eisen des Hundezwingers los, sacke mit dem Gesicht gegen das Gitterwerk und weine. Erst lautlos, dann heule ich blechern und tief, bis alle Splitter rausgespült sind und der Schmerz abflacht und leise wird.

Grandel schnauft ausgiebig. Ich stoße mir den Kopf an der Tischkante, bevor ich etwas steif zurück auf die Beine komme. Ich trinke mein Glas aus, fülle es erneut und zucke zusammen, als ich Malene im Türrahmen stehen sehe.

»Gibst du mir auch eins?«

»Leerst du es dann über meinem Kopf aus?«

Die Anspielung ist ein Wagnis, aber auf ihrem Gesicht zeichnet sich der Anflug eines Lächelns ab. Ich fülle ein zweites Glas am Wasserhahn und reiche es ihr. Sie trinkt. Ich halte mich am Spülbecken fest. Wir schweigen, bis es unangenehm wird. Dann schweigen wir weiter, und sie verlässt den Raum.

Ich habe das Gefühl, dass ich immer einen Atemzug länger brauche. Immer einen Schritt hinter ihr bin. Nicht schnell genug, um die lästigen Lücken zu füllen.

Ich drehe mich zum Spülbecken um. Ich könnte mich ganz hineinlegen. Wie in eine Badewanne. Sogar ersäufen könnte ich mich hier drin. Ich starre in den Abfluss. In den glitschigen Rest des Spülwassers. Grauen Schaum. Essensreste. Haare und Dreck. Und dazwischen: Herbstkatzen. Rotes nasses Fell. Fünf kleine Körper aufeinandergeworfen.

Ich in grünen Gummistiefeln vorm Becken, meine Kinderhände am Rand, das Kinn neugierig oben aufgelegt. Ein umgedrehter Zinkeimer. Ich fische die toten Kätzchen aus dem Becken, lasse sie an ihren kurzen Schwänzen auf den Boden fallen, zu einem rostroten Haufen werden.

Irgendwo da hat das Ganze begonnen. Fast jeden Herbst fand Georg Katzenjunge auf unserem Strohboden. Wir bekamen zwei Mark für jedes, das wir ihm brachten. Und wir waren fleißig. Zwei aufeinanderfolgende Jahre ertränkte Georg die Jungkatzen in unserer Spüle, ohne dass wir es mitbekamen. Nur eine schaffte es, ihm zu entwischen. Ein schwarzer Kater, den wir lediglich am späten Nachmittag zu Gesicht bekamen, wenn er sich auf der Bank unter der Platane streckte und putzte.

Georg schoss mehr als einmal aus dem Küchenfenster, traf jedoch nie.

Und dann kam der Abend, an dem er seine Feierabendzigarette rauchte. Auf der Bank unter der Platane. Zeit für einen Waffenstillstand, hat der Kater sich vielleicht gedacht. Er sprang hinter Georg auf die Lehne, von dort auf die Sitzfläche und platzierte sich wie eine Marmorstatue neben meinem Vater.

Georg schoss nie wieder auf den Kater, und von Zeit zu Zeit sah man sie nebeneinander unter der Platane sitzen. Immer nach Feierabend. Georg mit der Zigarette. Und wenn er sie aufgeraucht hatte, gingen beide wieder ihrer Wege.

Auf dem Weg zurück ins Bett erspähe ich Malene auf dem Balkon. Sie steht am Geländer und pustet bläulichen Qualm in die Nacht. Ein wenig zögerlich gehe ich zur Tür. Als die Scharniere knacken, dreht Malene kurz den Kopf. Neben ihrer linken Hand, die sie auf der breiten Balustrade abgestützt hat, erkenne ich einen gläsernen Aschenbecher. Sie tippt mit dem kleinen Finger auf den Rand, fährt ihn ein Stück nach und verharrt wieder.

Schweigend bleibe ich neben ihr stehen und schaue hinunter in den Garten. Ich merke, wie sie den Kopf erneut dreht, mich in Augenschein nimmt und den Zigarettenrauch aus dem Mundwinkel in die andere Richtung pustet. Ihr kleiner Finger kreist unablässig auf dem Ascher.

»Die Brille steht dir übrigens nicht«, sagt sie. Ich nicke. Sie nickt ebenfalls. Dann reicht sie mir ihre Zigarette. Ich frage nicht.

Meine Züge sind zu laut. Alles um uns herum tut sein Werk ohne Geräusch. Außer der Wind, der durch das Gras der Wiese fährt. Ich rauche eilig. Dann drücke ich den Stummel in den Aschenbecher, frage mich, ob Malene ebenfalls nach Worten sucht.

»Also muss ich mich wohl damit abfinden, dass du hier bist.«

Ich runzle die Stirn und überlege, ob das eine Frage ist. Und ob sie eine Antwort erwartet. Sie zieht die Augenbrauen hoch und wirft mir einen fragenden Blick zu. »Oder?«

»Als du mich im Internat angerufen hast ... wegen des Bescheids vom Bund ... da dachte ich –«

Sie macht ein genervtes Geräusch. »Was dachtest du?«

»Ich dachte erst, das ist ein Vorwand, damit ich doch noch komme.«

Sie lacht auf. Ein fieses Lachen, das mich trifft.

»Ich hab damit abgeschlossen, als du Ostern nicht aufgetaucht bist.«

»Ich hab angenommen, es freut dich, dass ich komme.«

Das Nachthemd mit den schmalen Trägern kann Malenes Rundungen nicht verstecken. Sie ist nicht zierlich, trotzdem ist da immer noch etwas sehr Feingliedriges an ihr. Vielleicht die schlanken Finger. Vielleicht die welligen Haare und wie sie ihr ins Gesicht fallen. Vielleicht auch der Mund mit der etwas spöttischen Oberlippe. Oder die Nase, die in der Mitte diesen kleinen Huckel aufweist, ganz anders als alle anderen Nasen in der Familie. Für einen Moment beneide ich sie darum.

»Nein.« Sie schickt das Wort allein über die Balustrade; kurz dahinter kippt es vorn über in die Nacht, und ich bin mir nicht mehr sicher, ob ich es mir nur eingebildet habe.

»Ich hab doch ziemlich deutlich geschrieben, dass du nicht mehr kommen brauchst.«

Ich nicke.

Sie hat mehr von unserem Vater, als ihr lieb wäre, denke ich. Die ganze Physiognomie des Gesichts. Der harte Kiefer. Alles strafft sich irgendwie, als würde das Gesicht versuchen, nach vorn zu fliehen, einen Schnabel auszubilden. Und die Augenbrauen. Die rutschen zusammen, werden dichter, zittern und sind gleichzeitig starr und unnachgiebig. Ich neige den Kopf und ziehe die Schulter ein wenig hoch. Instinktiv. Um mich abzuschirmen. Dann suche ich ein neues Gesprächsthema.

»Wo ist Leander eigentlich?«

»Was meinst du?«

»Ich hab ihn seit einer Woche nicht gesehen.«

»Ach so ... Nachtschicht, schätz ich mal.«

»Lässt er sich dann gar nicht blicken?«

»Wonach sieht's denn aus?«

»Und der Garten?«

»Was ist mit dem?«

»Da geht doch alles ein.«

Jetzt zuckt sie mit den Schultern. »Was soll's.«

»Habt ihr Streit?«

Sie legt den Kopf in den Nacken und stöhnt. »Bist du immer noch scharf auf ihn?«

Ein Lachen platzt aus mir heraus. Eins, das ein bisschen zu nervös ist und mich vor mir selbst entlarvt. »Was?«, schiebe ich reflexartig nach.

»Stellst mir bescheuerte Fragen ohne Ende«, blafft sie, schüttelt den Kopf und stampft ohne ein weiteres Wort ins Haus. Ich bleibe mit glühenden Wangen zurück. Und mit der unausgesprochenen Erinnerung an den Hund, die ich so gern mit ihr geteilt hätte und für die kein Platz war.

Der Hund war ein Jagdhund. Ein Deutsch Drahthaar, der aussah wie ein Griffon. Mit bernsteinfarbenen Augen, die einem das Blut gefrieren ließen, wenn sie einen fixierten.

Er war auch der Hund meiner Mutter. Sie hatte ihn aus

Schlesien mitgebracht, noch eine Flüchtlingsseele. Ihr Vater, seinerseits Jäger, hatte den Hund abgerichtet. Er apportierte totes und lebendes Viehzeug, als hinge sein Leben davon ab. Als ich noch sehr klein war, hatten wir auf dem Hof ein Pfauenpaar. Georg beschwerte sich sehr über die Vögel, die gerne auf seinen Autos Platz nahmen, um sich in der Lackierung zu betrachten. Meine Mutter stellte daraufhin Spiegel im Wald auf, und fortan sah man vor allem das Pfauenmännchen mit gespreiztem Rad vor den Spiegeln posieren. Doch die Spiegel befanden sich am Boden und der Pfau folglich auch. Ein Leichtes für einen Jagdhund. Aus Trauer über den Verlust seines Gefährten verließ das Pfauenweibchen schließlich den Hof.

Auch meine Mutter verließ den Hof aus Trauer. Nicht wegen der Pfauen. Ihre Trauer war nichts greifbares. Ein schwarzer Strom, der sie bis ins Tal spülte und schlussendlich in die Tiefe riss.

Der Hund überlebte meine Mutter. Unglücklicherweise überlebte der Kater den Hund nicht.

Als Georg am Vorabend von Malenes Rückkehr seinen allabendlichen Platz auf der Bank unter der Platane einnahm, kam das Tier nicht. Der Hund kam. Und er legte ihm die neu gewonnene Freundschaft wie eine Trophäe in den Schoß. Tot.

Ich stand am Fenster und sah zu, wie mein Vater haltlos schluchzte. Ein Bild, das einzigartig war. Ich hatte Georg bis dahin nie, und danach nicht wieder, weinen sehen.

Mir war der Hund nicht egal, aber Malene hatte ihr Herz an ihn gehängt, das Einzige, was ihr von unserer Mutter geblieben war. Und andersherum war es nicht anders. Die beiden ergaben eine untrennbare Einheit, eine Trostgemeinschaft. Ich sah es als meine Pflicht an, mich Georg in den

Weg zu stellen, als er den 98er aus dem Waffenschrank hob und den Hund am Halsband in den Hof zerrte. Mein Flehen und Betteln war nicht von Belang. Von Belang war für Georg der Schmerz, den er nur in Wut umzuwandeln wusste, und deshalb räumte er mich aus dem Weg, sperrte mich weg. Ließ mich schreiend in den stinkenden Hundezwingern zurück und verschaffte sich die Erleichterung, die sein Herz brauchte.

Heute bin ich mir fast sicher, dass das Erschießen des Hundes nichts leichter gemacht hat. Es war nur ein logischer Schritt. Eine Art Gesetz, dem es zu folgen galt. In Georgs Innerem.

Der tote Hund lag noch im Hof, als Agnes Malene tags darauf von der Schule abholte. Meine Schwester sah den Kadaver vorm Geräteschuppen liegen, bekam schmale Lippen und holte einen Spaten. Sie verlor kein Wort darüber. Sie verlor allerdings auch tagelang kein Wort mehr an Georg, handelte sich deshalb eine Menge Ärger ein, aber blieb ihrer Linie treu. Bis sie befand, es gut sein zu lassen.

IX

Unterm Schuppen, zwischen der alten Zapfsäule und einer Ansammlung verschiedener Laubbesen, Harken, Spaten und Rechen, finde ich ein Fahrrad. Es ist weiß mit tiefem Einstieg und einem breiten Sattel. Am Lenker klemmt eine rostige Klingel, die sich kaum mehr benutzen lässt. Ich zerre es zwischen den Geräten hervor und schiebe es auf platten Reifen zur Schmiede. Je ein Bein in der Luft, schauen die Hühner aufgeschreckt herüber. In der Scheune höre ich abermals den Industriestaubsauger röhren. Früher wäre das auch die Zeit gewesen, in der vorm Schuppen bereits der Mähdrescher gestanden hätte. Die Wartungsklappe aufgesperrt und all das Gekröse der Maschine freigelegt. Mein fluchender Vater zwischen den Rädern, und vorm Schneidwerk ein armseliger Helfender beim Messerschleifen, der sich den ganzen Tag anhören musste, wie Georg den alten Kasten zum Jordan wünschte. Wenn er im Juli den Mähdrescher zur ersten Durchsicht aus der Scheune vorfuhr, hoben schon alle auf dem Hof die Schultern an die Ohren und verzogen sich in ihre Ecken. Drei Sommer nacheinander, in denen jedes Mal irgendein Landmaschinenmechaniker antanzen und das Problem lösen musste. Danach wurde die rote Schrottmühle verkauft, und das nächste Ungetüm angeschafft. Neuer, moderner und vor allem teurer.

Vor zwei Jahren schrieb Malene dann, dass der Mähdrescher zusammen mit der Pflanzenschutzspritze für 70 000 vom Hof gegangen war. Seitdem mussten sie einen Lohnunternehmer für die Ernte beauftragen.

Die Tür der Schmiede steht offen, wie die meisten Türen hier. Das war schon immer so. Nichts wird abgeschlossen, nicht die Maschinen, nicht mal die Haustür.

Die Wände der Schmiede sind schwarz vom Ruß. Ich bleibe vor dem klobigen Amboss in der Mitte des Raums stehen. Unter dem Fuß liegen breite Holzschwellen, die noch von der alten Bahntrasse im Tal stammen. Ich beuge den Rumpf über den Amboss, falte meinen Körper zusammen wie einen Teppich zum Ausschlagen.

Der Wind, der den Geruch von Regen durch die klappernde Tür hinter mir drückt, existiert nur in meiner Erinnerung. So wie der Ruß, den meine Fantasie von den Wänden rieseln ließ, wenn sich hinter Georg die Holztür schloss. Schwarzer Schnee, der unter meinem Blick in Bewegung geriet.

Unter den Schuhsohlen drückt sich das Katzenkopfpflaster in meine Füße wie hervorstehende Handknöchel.

Da ist das Sausen des Leders, wenn Georg es mit einem Ruck aus den Hosenlaschen zieht. Das Klimpern der Schnalle.

Fang an!

Ich kneife die Augen zusammen. Das hat noch nie geholfen. Das Wasser drückt sich durch meine Wimpern, hinterlässt Salzwege von der Nasenwurzel bis zum Haaransatz. Durch das Schluchzen fühlt es sich an, als wollte der Amboss eine Höhle in meinen Bauch stemmen.

Eins ...

Ein Sirren in der Luft. Mein hoher quiekender Aufschrei.

Selbst als meine Stimme irgendwann dunkler wird, findet sie ohne Anstrengungen zurück zu dieser Tonlage.

Zwei ...

Das Zählen hilft. Auch wenn er glaubt, es sei eine zusätzliche Strafe. Es hilft.

Und irgendwann hört der Ruß auf zu rieseln, ich spüre auch das Pflaster nicht mehr. Ich zähle und zähle, immer schneller, bis alles nur noch ein unendlich scheinender Rhythmus aus Schmerz und Zahlen ist. Das sind die Jahre nach dem Zwinger. Nach dem toten Hund und dem toten Kater. Malenes Kampfjahre. Sie beugt ihren Rumpf öfter über den Amboss, aber sie hält es aus. Wenn sie die Schmiede verlässt, wischt sie sich höchstens die tropfende Nase, aber nie die Augen. Ihre Augen sind wild und wütend, wenn sie nach Georg den Hof überquert.

Du darfst ihm nicht zeigen, dass er dir wehtut, sagt sie einmal zu mir, als ich mich weinend in ihrem Bett verkrieche.

Aber es tut mir doch weh.

Nein, hier drin, sie drückt ihren Zeigefinger auf meine Brust, *da darf es dich nicht erreichen. Scheiß auf den Hintern, ist gut für die Durchblutung.*

Ich starre sie fassungslos an, aber sie zuckt nur mit den Schultern.

Ich richte meinen Körper wieder auf. Den ausgewachsenen, der seit fünf Jahren nichts mehr kennt von Gürteln und roten Händen auf nackten Hintern.

Die Scharniere der Tür quietschen leise. Nun ist doch ein bisschen Wind aufgekommen.

Draußen schraube ich die Kappen von den Ventilen des Fahrrads. Als ich den kleinen Kolbenkompressor in der Schmiede anschmeiße, zucke ich zusammen. Es faucht und rattert, als wollte einem das Ding um die Ohren fliegen.

Unter dem durchdringenden Krach nehme ich den Druckluftschlauch von der Wand und ziehe ihn bis zum Fahrrad. Früher habe ich mich nicht getraut, den Kompressor selbst anzuwerfen. Stattdessen suchte ich – meinen abgewetzten Fußball unterm Arm – unter den Saisonarbeitern nach Freiwilligen, dackelte nach nebenan in die Scheune, wo sie am Sortierband standen, oder wartete, bis sie mittags von den Plantagen kamen. Mir war jede Gelegenheit recht, um mich den Männern zu nähern, die wie Zugvögel für ein paar Monate Quartier bei uns bezogen, Jahr für Jahr, und dann eines Tages nicht mehr auftauchten. Nur wenige blieben in diesem fremden Land.

Das waren die frühen Jahre, die Obstjahre, die in meiner Erinnerung verklärt behaglich anmuten, weil ich noch nichts wusste von den Jahren danach.

Über die Treppe hinter der Vertäfelung der Dreckkammer schlich ich manchmal zu den Gesindekammern, wenn die Männer draußen bei der Arbeit waren. Der Geruch nach Schweiß lag einem schwer in der Nase, wenn man ihren Flur betrat. An manchen Morgen hing noch ein anderer Duft zwischen den Wänden, herber und süßlicher. Nachts lag ich im Bett und horchte auf das Lachen über meinem Kopf, die gelegentlichen Pfiffe und die tanzenden Sprachmelodien. Mich packte eine innere Unruhe, die mich hinauftrieb, sobald die Männer den Hof in Richtung Stadt verlassen hatten. Ich glitt in das große Badezimmer, das Jahre später nur noch von mir und Malene benutzt werden sollte, und hielt die Nase an die kleinen Glasfläschchen, die sie auf den Waschbecken, unter den Spiegeln oder am Rand der Badewanne zurückgelassen hatten. Nicht selten wählte ich eins aus und besprühte mein Schlafanzugoberteil damit, nur um später – zurück im Bett – daran zu riechen, bis meine Nase stumpf war und mein Geruchssinn kapitulierte.

Malene grinste verkniffen, als ich ihr eines Nachts von meinem Geheimnis erzählte und sie zum Beweis an meinem Ärmelsaum schnuppern ließ. Sie fühlte sich keineswegs davon angezogen, und sie machte auch sonst eher einen Bogen um die jungen Männer, was nichts Außergewöhnliches war, denn sie machte in diesen Jahren um die meisten Menschen einen Bogen. Selbst die wenigen Besuche, die Agnes mit uns in der Anstalt anleierte, verweigerte sie. Das Gelände war ihr suspekt. Die Gestalten waren ihr suspekt. Und unsere Mutter war ihr suspekt. Malene verließ sich schon damals vor allem auf sich selbst.

Bis ich acht wurde, bezogen jedes Jahr vier bis acht Männer den Flur über unseren Köpfen. Dann starb mein Großvater. Und die landwirtschaftliche Beratungsstelle machte Georg darauf aufmerksam, dass, sollte er auf reinen Ackerbau umstellen, es keinen Verwalter mehr bräuchte, keine zusätzlichen Arbeiter neben den Selbstversorgern, die am Waldrand Deputat und pachtfrei Hofanschluss genossen. Mein Vater dachte nicht zweimal darüber nach.

Einen Sommer später spülte uns der Obstbau ein letztes Mal zwei Portugiesen ins Haus. Der Sommer, in dem ich lernte, Doppelkopf zu spielen. Der Sommer, in dem Vilém seine Anstellung bei uns verlor und Georg beschloss, die Plantagen zu roden und umzupflügen und die Sortiermaschine, die nun seit einem Jahr als Museumsstück unter dem Schuppendach thronte, an einen Bekannten aus dem Alten Land zu verkaufen.

Den halben Vormittag drücke ich mich auf dem Hof herum. Agnes hat einen ihrer verlorenen Tage, weshalb ich sie bald wieder allein lasse. Auch das fühlt sich nicht gut an, aber ich halte es nicht aus, wenn sie mich mit großen, traurigen Augen ansieht, als wollte sie, dass ich sie in den Arm nehme, ihr ein bisschen Trost spende. Dazu bin ich nicht bereit. Stattdessen mache ich Wäsche, spüle und beginne damit, einige meiner Zeichnungen von den letzten Tagen über meinem Bett an die Tapete zu pinnen. Ein paar gute sind dabei. Zwei auch von Agnes, eine auf der sie schläft. Nichts daran wirkt ungewöhnlich, man sieht den Kasper, der hinter ihrer Stirn sitzt, nicht, einzig die alte Frau. Daneben hänge ich ein großes Blatt mit vielen schnellen Skizzen von Grandel. Das restliche Gekrakel wandert gestapelt unter mein Bett zu dem leeren Rucksack und der Hutschachtel aus dem Kleiderschrank. Aus dessen zertretener Tür quillen Klamotten und ein Kopfkissen, das es mir ein wenig bequemer macht, wenn ich nachts aus dem Bett in den Schrank schlüpfe, um den letzten Albtraum auszusperren und meinem eigenen Atem zu lauschen.

Es gibt nicht viel, was auf der anderen Seite, hinter der Flügeltür in Malenes Zimmer, passiert, und trotzdem beruhigt es mich, wenn drüben das Bett knarrt, das Rascheln von Decken und Kissen zu hören ist, das Seufzen des Fensterflügels und manchmal ein Knie, ein Ellbogen oder vielleicht ein Fußballen, der gegen die Tür zwischen unseren Zimmern stößt. Es ist naiv zu glauben, so könnte ich ihr irgendwie nah sein. Und doch stelle ich mir fast jede Nacht vor, ich sei wieder Kind, müsste nur hinübergehen und zu ihr unter die Decke flüchten, um alles andere zu vergessen.

Mit der linken Gesichtshälfte liege ich auf dem Küchentisch, ziehe meinen rechten Zeigefinger gedankenverloren immer wieder durch die Ritze in den beiden Tischhälften. Mein Blick hängt irgendwo draußen am Dach des Gewächshauses, meine Gedanken entfernen sich seit einer Stunde immer weiter von hier. Vielleicht sind es auch erst Minuten. Vielleicht auch schon Stunden.

»Du bist ja immer noch da.«

Ich schrecke auf. Leander lässt einen prall gefüllten Jutebeutel zu Boden sinken und öffnet den Kühlschrank. Die Tür verdeckt ihn, und ich wische mir hastig Brotkrümel von der linken Wange.

»Kannst dich mal nützlich machen.«

Wie hat er es so lautlos hier hereingeschafft?

Ich schaue auf die hochgekrempelten Hosenbeine und die trockene Haut an seinen Fußknöcheln.

»Wie sieht's aus?«

Die Kühlschranktür schließt sich, und Leander sieht mich fragend an. Ich zucke mit den Schultern und halte es aus, dass in Erwartung einer Antwort auf seiner Stirn Runzeln erscheinen.

»Na schön«, sagt er, »komm mit.«

Ich folge ihm hinaus zum Geräteschuppen, wo er eine zementverkrustete Schubkarre, die vor zehn Jahren schon genauso aussah, mit Hacke, Schüppe und Eimern belädt.

Vorbei an den Resten des einst blühenden Maschinenparks. Die Schare von Sämaschine und Pflug sind verklebt von Ackerresten, die der Wind von Zeit zu Zeit abträgt und in staubigen Fahnen über den leeren Hof fegt. Vorbei an dem Schlepper, den Georg wie eine blitzende rote Trophäe für alle sichtbar auf dem Hof positionierte, als er neu war. Ein schickes Teil. Die Bauern der umliegenden Höfe sagten dazu nur: Immer die modernsten Gerätschaften, aber vom Ackerbau kennt der Schilling nichts.

Leander geht an der großen Lagerhalle vorüber, der Scheune, den Silos und der Trocknung. Die Hündin liegt flach hingestreckt in der prallen Sonne vor dem Kornsumpf. Ich schaue in das verschattete Innere der Scheune und erkenne Malene vor der Schalttafel der Trocknung. Sie dreht den Kopf in unsere Richtung.

»Überarbeite dich nicht.«

Ich verdrehe die Augen, gehe vor Grandel in die Hocke und kraule ihr aufgeheiztes Bauchfell.

»Hast du die Gerste gemessen?«, ruft Leander über die Schulter.

»17 Prozent.«

»Hm. Willst du noch nicht dreschen?«

»Ich hab Jupp schon angerufen. Muss warten, bis er frei ist, in der Börde sind sie schon ein paar Tage zugange.«

Jupp ist der Lohnunternehmer, den Georg seit Jahren beschäftigt. Auch schon bevor er den Mähdrescher verkauft hat. Ein runder, rotgesichtiger Mann mit Vollbart, der nicht viele Worte verliert, was Georg sicher zu schätzen weiß.

»Die sind ja immer früher dran. Seh's morgens immer auf dem Heimweg. Die ganzen Staubwolken.«

»Freut sich deine Allergie.«

Leander winkt ab. »Ach geht schon. Solang sie hier oben nicht anfangen, hält es sich in Grenzen.«

Malene lacht. »Kannst die Fenster direkt mal abkleben und dich einmauern. Früchtenichs fangen heute mit Grassamen an.«

Leander bläst die Backen auf. Ich lausche ihren Worten wie einer Geheimsprache. Es geht ums Dreschen, so viel verstehe ich. Um den Ernteauftakt. Deshalb verschlucken Kornscheune und Silos meine Schwester in den letzten Tagen vermehrt. Es liegt diese Spannung in der Luft, die auch mich ergreift. Wenn die Ernte kurz bevorsteht, beginnt das Wuseln. Die Hektik. Ständiges Abwägen und schlaflose Nächte.

Mit großen Schritten schiebt Leander vor mir die Karre zwischen den Gebäuden hindurch, den Hang hinunter in den Garten. Eine Weile stehe ich unbeholfen da, sehe zu, wie er den Gartenschlauch ausrollt, hinüberschleppt, die Rhododendren wässert und dann fachmännisch die Beete begutachtet. Ich weiß nicht, ob es an der Zeit ist, sich Sorgen zu machen, aber der Sommer hat den Pflanzen schon jetzt übel mitgespielt, und wenn man den Sprechern im Radio glauben kann, dann bleiben uns Hitze und Trockenheit noch eine Weile erhalten.

Leander murrt irgendetwas, während er mit den Händen durch ein paar Gräser fährt.

Ein Bild von Vilém drängt sich mir auf, wie er früher am Wegrand parkte, um kurz ein paar Schritte ins Feld zu gehen und sich einen Eindruck davon zu verschaffen, was da wuchs oder nicht wuchs. Während ich auf der Rückbank ungeduldig hin- und herrutschte, glitt Malene vom Sitz und pulte mit ihm in der Erde, zerrieb Getreide zwischen den Fingern, rupfte Blätter vom Boden und betrachtete deren Gelbstich oder die Fressspuren irgendwelcher Mäuse oder Schnecken. Manchmal kontrollierte er mit meiner Schwester die gelben Plastikschalen, die er auf dem Acker verteilt hatte, fischte winzige schwarze Käfer heraus und zog daraus Schlüsse, von denen ich nichts verstand, nach denen ich aber auch nicht zu fragen wagte, weil ich Malenes besserwisserische Antwort scheute.

»Brauchst du Handschuhe?«, fragt Leander, und ich überlege, ob das eine ernsthafte Frage ist oder ob er sich eher über mich lustig macht.

»Du tust gerade so, als hätte ich noch nie 'ne Schüppe in die Hand genommen.« Ich schiebe mir die Haare aus der Stirn und trete vorsichtig zwischen die Stauden, um nichts platt zu trampeln.

»Denen passiert nichts, wenn du sie berührst.« Leander grinst, als ich aufschaue, und ich nicke verkniffen. Wenigstens hat er nicht gesagt »*Dir* passiert nichts«.

»Also ... ich bin hier lange nicht durch.« Er hebt einen der Eimer aus der Karre und sieht sich um. Ich sehe mich ebenfalls um. Leander schiebt die Stauden auseinander, zeigt mir Storchenschnabel, den ich bitte nicht ausreißen soll, und Hahnenfuß, der ihm leider sehr ähnelt, den ich unbedingt ausreißen soll. Oder nicht ausreißen – *»Bloß nicht ausreißen!«* –, sondern sorgfältig ausstechen. Ein Unterschied, der maßgeblich zu sein scheint für das Ergebnis unseres Unterfangens. Er erwähnt auch, dass ich keine Freude daran haben werde, weil der Boden durch die Trockenheit hart sein wird.

»Mach's trotzdem ordentlich, sonst kannst du in 'ner Woche wieder anfangen.«

Ich kann mir das Augenverdrehen nicht verkneifen. Ich glaube, es bereitet ihm Vergnügen, mich an die Arbeit zu kriegen.

»Ich hab nicht gesagt, dass es Spaß macht,« sagt er, als hätte er meine Gedanken gelesen. Wieder steht er abwartend da, die Brauen ein wenig zusammengerückt, und ich spüre: Auch zwischen mir und Leander gibt es ein Kräftemessen, das ich ohne Umschweife mittrage. Gar nicht anders kann, als es mitzutragen, aber mich gleichzeitig zu fragen, geht diese Streitlust von mir aus oder von ihm? Wer setzt hier den Maßstab?

Ich mahle mit den Zähnen. In meinem Kopf reiben sich

Wut und der Wunsch nach Harmonie aneinander. Ich überlege auszusprechen, was da stumm, aber groß wie ein Denkmal zwischen uns steht. Weiß Leander überhaupt, worum es geht? Geht es uns um dasselbe?

Wieder sehe ich die Fahrt im Taunus vor mir. Die Minuten von der Landstraße bis zum Hof vor über einer Woche. Schon da saß das Unausgesprochene mit uns im Auto. Eine dritte Person, schweigend, aber übelriechend. Nicht übergehbar, aber auch keineswegs willkommen. Und je länger ich daran denke, desto mehr kribbelt es mir unter der Haut, wird mir das Gewicht in meinem Brustkorb bewusst, das dort seit einer Woche baumelt und nicht leichter wird.

Leander reicht mir eine kleine spitze Schaufel, und ich folge ihm weiter zwischen die Funkien, durch büschelweise Tafelblatt und Lungenkraut. Wieder fallen mir die dottergelben Blüten des Hahnenfußes auf. Währenddessen spricht Leander über andere Ärgernisse, über Gartenschaumkraut, das wie viele andere Wildkräuter essbar ist. Über Quecken, an denen er zieht und deren Wurzeln wie weiße Schnürbänder im Boden liegen. Ich höre ihm zu, versuche zu behalten, was er anmerkt, worauf er meine Aufmerksamkeit lenkt, zeichne im Kopf kleine Unkrautsteckbriefe und lache über die Namen, von denen einer sonderlicher ist als der nächste.

Als Leander schließlich durch ist mit der Schulstunde, fange ich an, mich zwischen die Pflanzen zu knien und zu buddeln, auszustechen, rauszureißen und darauf zu achten, dass alles, was nicht in die Beete gehört, im Eimer und später in der Karre landet. Schubkarre um Schubkarre fahre ich in den Wald, schütte einen Berg aus Grünzeug auf und fange wieder von vorne an. Die Sonne brennt mir ein Loch ins Hemd, bis ich es ausziehe und für jeden Luftzug dankbar bin, der mir über den nass geschwitzten Rücken fährt.

Das Gewicht baumelt weiter, aber die Arbeit wiegt schwerer, und insgeheim bin ich froh, endlich etwas zu tun zu haben.

Ich weiß nicht, wie viel Zeit vergangen ist, als Leander wieder auftaucht, mir eine Käsestulle und eine Tasse Kaffee reicht und mein fortgeworfenes Hemd aus den Hortensien fischt.

»Komm mal her«, sagt er, und ich stapfe kauend zu ihm auf die Gehwegplatten, spüle Kaffee nach, nehme noch einen großen Bissen und schnaufe zufrieden, weil ich erst beim Essen spüre, wie hungrig mich die Arbeit gemacht hat.

Leander legt mir das Hemd um den Kopf, zieht es mir in die Stirn und ein wenig über die Ohren. Ich halte still, meine Hand mit der Kaffeetasse schwebt zwischen uns, stößt an seine Brust, als er sich vorbeugt. Ich kaue langsamer, konzentriere mich auf seine Kieferlinie, bringe die Hand vor einer weiteren Berührung in Sicherheit.

»Sonst kriegst du 'n Sonnenstich«, sagt er, während er das Hemd in meinem Nacken verknotet, in seiner üblich konzentrierten Art, um die ich ihn als Kind immer beneidet habe. Ich konnte nicht mal ein Buch lesen, während das Radio lief, Leander hingegen las, wo ihm gerade danach war, und man musste ihn anstoßen, damit er zurück in die Gegenwart fand.

»Wie wär's, wenn du das zur Gewohnheit werden lässt?«

Ich runzle die Stirn und schlucke den letzten Bissen Brot herunter. Leander weitet die Augen und deutet auf alles um uns herum. »Oder hast du was anderes zu tun?«

»Ich hab überhaupt nichts dagegen.« Genervt drücke ich ihm die Tasse zurück in die Hand.

»Umso besser«, entgegnet er, und ich schlurfe zurück ins Beet.

Für den restlichen Tag lässt Leander mich allein. Die Sonne ist schon fast auf der anderen Seite des Hauses hinter die Pappelkronen gesunken, als er noch einmal um den Glasbau des Gewächshauses herumkommt.

»Jirka, Abendessen. Mach Schluss.« Er kramt in den Hosentaschen. Im Gehen dreht er eine Zigarette.

Ich zupfe mir das Hemd vom Kopf, die Haare darunter kleben vom Schweiß. Ich fahre mir durch die Locken und atme tief ein, Wind kommt auf. Mein Versuchsfeld sieht nicht aus, als hätte ich wirklich viel Arbeit geleistet. Doch bevor die Frustration darüber um sich greift, setze ich mich in Bewegung und gehe zum Haus.

Schon auf der Treppe rieche ich, dass jemand kocht. Wie befohlen, beginnt mein Magen zu grummeln. Ich schiebe mich zur Haustür herein und trete mir die Schuhe von den Füßen. Aus der Küche fällt ein warmer Lichtschein in den Eingang. Ich höre Leanders Stimme. Ich höre, dass er beim Reden grinst und kurz darauf sein Lachen. Malenes Lachen stimmt mit ein. Verschämt stehe ich in der Eingangshalle und rühre mich nicht. Ich fühle mich erinnert an jenen ersten Abend, als ich die beiden vom Balkon aus beobachtet habe. Falls es einen Streit gegeben hat, scheinen sie ihn beigelegt zu haben.

Ich zögere Ewigkeiten, bis ich es schaffe, den einen Schritt nach vorne zu machen, der meine Anwesenheit offenbart. Es tut weh, wie schnell die Stimmung in dem kleinen aufgeheizten Raum umschlägt, als ich ihn betrete.

Ganz hinten am Esstisch sitzt Agnes. Geparkt auf der Eckbank mit einem breiten Kissen auf dem Schoß, dessen gehäkeltes Muster sie unablässig befingert, während ihr verklärtes Lächeln den Raum bis zu mir durchquert.

Malene steht neben Leander, in der Hand eine Flasche Bier. Eine bauchige mit Bügelverschluss, der beim Öffnen ein eigentümliches Knallen erzeugt. Dieses Geräusch ließ mich als Kind immer aufschrecken, wenn die Männer zum Feierabend der Reihe nach die Flaschen aufploppten. Ein Schusswechsel aus Bügelverschlüssen und raue Stimmen, die über meine Schreckhaftigkeit lachten.

Leander steht am Herd, den Kopf halb verhüllt von Dunstschwaden, die aus einem großen Bräter aufsteigen. Er hat sich abgewandt, als ich hereingekommen bin. Malene hingegen fixiert mich. Beide sind verstummt.

Ich bin müde, zu erschöpft, um Konversation zu machen, mir bleibt nur auszuhalten, dass ich der Grund für die plötzliche Stille bin. Langsam gehe ich hinüber zum Tisch und setze mich zu Agnes. Unter dem Tisch robbt Grandel hervor und legt ihren Kopf in meinem Schoß ab.

Malene löst sich von der Anrichte und geht zum Radio. Das vertraute Rauschen, gepaart mit dem Pathos eines italienischen Schlagers füllt den Raum erneut mit Geräuschen. Gianna Nannini, vermute ich, und ich bin meiner Schwester dankbar, dass sie es geschafft hat, auf so beiläufige Art die Beklommenheit zu vertreiben. Ich entspanne mich ein wenig und sehe zu, wie Malene den Kopf an Leanders Nacken schmiegt und die Augen schließt. Wie Leander seinen rechten Arm nach hinten reckt und kurz ihr Haar streichelt. Erst als Grandel einen Laut von sich gibt, weil ich ihre Ohren zwischen meinen Finger zerknautsche, wird mir bewusst, dass irgendetwas an diesen liebevollen Gesten zwischen Leander und Malene mich stört. Deutlich stört. Nicht nur, weil ich jedes Mal zu Stein werde und die beiden anstarre. Vielmehr ist es der kurze Moment danach, in dem ich mich ebenso hilflos fühle wie vorhin in der Eingangshalle. Wie ein Fremdkörper. Schlimmer noch: wie ein Parasit. Weil ich nicht einfach nur da bin. Nein, ich will teilhaben. Ich will etwas abhaben. Von genau diesen Momenten. Von dieser Welt, die hier ohne mich herangewachsen ist und die nie so attraktiv auf mich gewirkt hat wie in diesem Moment. Selbst Agnes hat einen Platz darin. Einen weichen, gut gepolsterten Platz, unter dem Deckmantel ihrer infantilen Demenz.

»Kann ich was helfen?«, frage ich Grandels Wimpern, anstatt noch einmal hinüberzuschauen.

»Kannst den Tisch decken«, brummt Malene, ohne ihre Position aufzugeben. Leander jedoch schiebt sie – wenn auch sehr behutsam – zur Seite und nimmt einen Stapel Teller aus dem Buffet, die er mir reicht. Zieht die Besteckschublade auf und übergibt mir Messer und Gabeln. Und wie, um mich zu ermutigen, greift seine linke Hand meine linke Schulter und drückt sie kurz. Für den Bruchteil einer Sekunde sind wir Verbündete, und ich komme zurück zu der Frage, die ich mir heute Nachmittag zwischen den Stauden gestellt habe. Wer treibt diese Streitlust voran? Wahrscheinlich bin ich es. Und vielleicht sollte ich damit aufhören. Vielleicht kann ich dann doch Teil hiervon werden. Vielleicht ist das alles gar nicht so unerreichbar.

X

Seit dem Morgengrauen höre ich einem Marienkäfer zu, der nicht müde wird, gegen mein Fenster zu fliegen. Mit einem knisternden Geräusch, wenn der kleine Chitinpanzer auf das Glas trifft.

Meine Nacht war kurz. Nebenan ist es still geblieben. Selbst, als ich noch einmal in den Schrank geklettert bin und mein Ohr gegen die Rückwand gepresst habe, war nichts zu hören. Keine Bettfedern, kein Ellbogen an der Wand, kein Atmen. Ich vermute, dass meine Schwester noch vor dem Morgengrauen das Haus verlassen hat und bisher nicht zurückgekehrt ist. Auch das passiert hin und wieder. An solchen Tagen hinterlässt sie Zettel. In der Küche am Kühlschrank, im Flur, an der Tür zum Keller, an der verschlossenen Haustür und der verschlossenen Korridortür, die zum Hinterausgang führt. Für Agnes. Hinweise und Erinnerungen, damit unsere Großmutter sich zurechtfindet, während Malene irgendwo im Wald hockt und Viehzeug abknallt. Oder unterwegs ist in der Welt, die außerhalb des Hofs existiert. Manchmal muss ich mich daran erinnern. Dass es da draußen noch mehr gibt. Dass sich alles fortwährend weiterbewegt.

Ich steige in meine Jeans und folge den Zetteln durchs Haus. In Agnes Zimmer finde ich drei, die sie an die bunten

Pillen in ihrem Setzkasten erinnern. Ich weiß, Malene wird das später kontrollieren, sie verlässt sich nicht auf die Notizen.

Ich fische die Pillen aus ihren Fächern und wecke Agnes. Sie will nicht aufstehen. Ihre farblosen Wimpern flattern. Sie dreht sich weg und schweigt. Das bedeutet, ihre Demenz ist abgesunken, in ihrem morastigen Gedächtnis untergegangen.

Agnes' Zustand ist ein unbemannter Kutter, der hin- und herirrt zwischen der kindlichen Agnes, die impulsiv und selig ist und einer trübseligen Version meiner früheren Großmutter. Wenn Letzteres der Fall ist, schwimmt Agnes' Bewusstsein an der Oberfläche. Vielleicht erkennt sie mich sogar von Zeit zu Zeit. Schwer zu sagen, denn diese Agnes starrt fast durchgehend apathisch in die vergilbten Ecken ihres Zimmers, lässt nichts ihren Blick kreuzen, stemmt sich vehement, fast schon wütend, gegen jeglichen Funken von außen, der ihre Verlorenheit durchbrechen könnte. Ich unternehme nichts dagegen. Wenn Agnes in diesem Zustand ist, halte ich es selbst kaum aus in ihrer Nähe. Jedes ihrer weißen Haare, jede Falte und jeder Schweißtropfen suhlt sich in Selbstmitleid, in einem See aus Unzufriedenheit.

Ich schiebe die Moospuschen hin und her, seufze und die Pillen kullern zurück ins Kästchen.

Malene bekam Tabletten als Kind nicht durch den Hals. Sie würgte, als würde sie an ihnen ersticken. Da half auch der Schlag in den Nacken nichts. Einmal spuckte sie Agnes das unliebsame Ding vor die Füße. Und Agnes begann damit, Malenes Tabletten in Leberwurststullen und Kartoffelbrei zu verstecken.

Wie meistens liegt ein kleiner Haufen Post hinter der Haustür. Ich sammle ihn auf und schaue ihn durch.

In der Küche drehe ich das Rädchen am Radio auf, lasse ein Stück Neue Deutsche Welle hereinschwappen und gehe zum Tisch, unter dem die Hündin leise schnarcht, obwohl Malene nicht da ist, das beweist die Fehlstelle des Rekords.

Ich schiebe meine Füße in das Hundefell und massiere mit den Zehen Grandels Brustkorb. Der Sprecher im Radio betitelt den Song, sagt, die Hitze werde andauern und dann folgt ein Werbeblock, der in diese zeitlose Welt seltsam reingestanzt wirkt.

Das Schrillen der Türklingel lässt erst mich und dann Grandel zusammenfahren. Ich stehe auf und schiebe die halben Spitzengardinen vom Fensterglas, um die Auffahrt zu inspizieren, aber die ist immer noch frei von Autos.

Es klingelt noch mal. Was nicht ungewöhnlich ist. In großen Häusern muss man die Bewohner immer erst zusammenklingeln. Aus den allerletzten Hauswinkeln, dem Garten oder dem Keller.

Ich durchquere die Eingangshalle und schließe die Eichentür auf. Vor mir steht eine alte Version von Klara Früchtenich. Über ihr Gesicht huscht erst Überraschung, dann Verwirrung und zuletzt bleibt ein Ausdruck von Neugierde.

»Na, das ist ja ein seltener Anblick. Was machst du denn hier?«

»Ein bisschen aushelfen.« Was für eine blöde Antwort. Ich sehe in diesem Moment wirklich nicht nach Arbeit aus. Das muss auch Klara sofort erkennen, aber sie nickt höflich und wählt ein formloses Lächeln als Entgegnung.

»Sind schon Ferien im Süden, woll?«

Ich stolpere über das kleine Wörtchen am Ende, das sie passgenau in dieser Region verortet. Eins, das in diesem

Haus nicht existiert hat. Die Herkunft unserer Familie, das Industrielle, verbirgt sich schon im kleinsten Teil des Sprachgebrauchs. Agnes' ewiges »wonich« entlarvte ihre städtischen Wurzeln fast ebenso wie der sterbende Betrieb das fehlende Landwirtschaftsgen meines Vaters. Keine Bauernfamilie. Aber Früchtenichs waren da nicht so. Spätestens als meine Mutter ihren Ruf als Geflohene mit harter Arbeit und einem gut situierten Haushaltsgeschehen aufpoliert hatte, duldeten auch die anderen Bauern das Treiben auf dem Hof der Schillings, das nicht immer den Regeln entsprach. Auch wenn diese nirgends geschrieben standen. Aber Regeln waren es doch.

»Seit Anfang des Monats«, beantworte ich Klaras Vermutung, und sie nickt. Dabei erfasst sie mit ihren Augen jedes Grübchen in meinem Gesicht.

»Wie alt biste jetzt?«

»Neunzehn.«

Ich rechne fast damit, dass sie die Hand ausstreckt, um mir ins Gesicht zu fassen, aber sie beherrscht sich.

»Ich hab unser Leneken gestern Morgen nicht zu packen gekriegt, wollt noch mal fragen wegen dem Maibock, den wir bei euch aufm Eis haben.«

Ich stutze über das Vertrauliche, über die Verniedlichung. Unser Leneken.

»Die ist grade nicht zu Hause.«

»Und der Georg ist auch noch auf Achse?«

Ich zucke mit den Schultern.

»Ist besser, dass er sich rar gemacht hat. Die Malene weiß schon, was se tut. Tüchtiges Mädchen.«

Ich nicke unverbindlich, beschäftige meine Hände mit dem Krempeln meiner Hemdsärmel und unterdrücke das Bedürfnis nachzufragen. Klara scheint informierter als ich, aber das ist ihre Rolle. War es schon immer. Die bindet sie jeden Morgen mit der Kittelschürze vor den Bauch.

Liberale Ansichten und beste Aussichten, so bezeichnete es Vilém Dorodzala früher. Der Windhof, als kleinster, liegt am höchsten von allen Höfen. Dort haben die Früchtenichs den Weitblick gepachtet. Nördlich die Börde und die Hellwegstädte, als bläulicher Horizont die Beckumer Berge. Im Süden die Fichtenlinie des uralten Waldes und der Spiegel der Talsperre, die mit ihrer Wasserversorgung Klaras Heimat mit der von Agnes verbindet. Weit über den Sprachgebrauch hinaus. An klaren Tagen ist diese in der Ferne sogar erkennbar. Ihre Kraft- und Zementwerke, ihre Schornsteine und deren stetiges Paffen.

»Klärchen.«

Sie macht einen Schritt rückwärts, und ich schiebe den Kopf aus der Haustür. Leander kommt von der Hofseite über die Auffahrt.

»Ach, jetzt kommen sie alle aus ihren Löchern«, lacht Klara, und ich erspähe den Taunus auf der anderen Seite, im toten Winkel des Küchenfensters. Er parkt schräg vorm Gewächshaus mit offenem, vollgepacktem Kofferraum, der ihn am Heck in die Knie zwingt.

»Lene ist heute Morgen nach Kettwig. Georgs Tante liegt im Sterben«, eilt Leanders Antwort Klaras Frage voraus und bestätigt irgendeine Art Verhältnis zwischen meiner Schwester und den Früchtenichs.

Traudel, Georgs betagte Tante, ist ein Kontakt, den vor allem meine Mutter pflegte. Per Telefon. Ich habe sie nur einmal gesehen. Als ich sieben war und sie Georg auf dem Friedhof die Hand zur Beileidsbekundung hingestreckt hat. Wegen ihrer riesigen Brille nannte Malene sie bloß die Eule. Sie ging leicht gebeugt, und wie sie durch die Bausteine von

Brillengläsern glubschte, hatte wirklich etwas Kauzhaftes an sich.

Am Fuß der Treppe stemmt Leander die Hände in die Seiten und blinzelt gegen das Sonnenlicht.

»Wir haben's erst spät erfahren, weil das Telefon kaputt ist.«

»Deshalb erreicht man auch keine Menschenseele mehr bei euch. Na, ich wollt nur den Bock abholen, den wir bei euch aufm Eis haben.«

»Wenn du noch zwei Stündchen warten kannst, fahr ich ihn euch eben rum, sobald ich hier ausgeladen hab.«

»Das ist mir recht. Dann hab ich das Geschleppe nicht.«

»Ist gut.« Er nimmt die Stufen hoch zu uns, und nachdem Klara sich unverbindlich nach Agnes' Gesundheit erkundigt hat und der Stand um die Ernte geklärt ist, wünscht sie uns frohes Schaffen und mir explizit schöne Ferien. Leander schmunzelt und wirft mir einen Blick zu. Wir schauen Klara nach, wie sich ihre schwingenden Röcke im Wald entfernen, dann wendet Leander sich mir zu.

»Nicht genug Schlaf gekriegt letzte Nacht?«, spottet er und zeichnet Schatten unter seinen Augen nach.

»Passt schon«, brumme ich und gehe mit ihm im Rücken zurück in die Küche.

»Kaffee?«

»Gerne.« Sein heiterer Tonfall stimmt mich mürrisch. Ich mache mich an der Kaffeemaschine zu schaffen, und er setzt sich. Streckt die Beine lang unter den Tisch und beugt sich vor, um eine Handvoll gespaltener Sonnenblumenkernschalen in den Aschenbecher zu schütten. Sonnenblumenkerne, die er in seinen Hosentaschen umherträgt.

Ihm fällt meine Irritation auf.

»Ich hör auf zu rauchen.« Er schiebt die rechte Hand tief

in seine Hosentasche und frische, schwarz-weiße Kerne rieseln vor mir auf die Tischplatte. Ich nehme einen zwischen die Finger, betrachte das Gehäuse und schiebe es zwischen die Schneidezähne, wo ich es vorsichtig knacke. Die Schalen in den Aschenbecher. Den Kern auf die Zunge. Abwechselnd transportieren Leander und ich die Kerne ab. Abwechselnd knackt es zwischen unseren Zähnen. Im Hintergrund gluckert der Kaffee.

Ich sehe, wie Leander nachdenkt. Ich sehe, wie er mich betrachtet, und die Skepsis, die nie ganz aus seinem Gesicht gewichen ist, seit er mich mit dem Taunus aufgelesen hat.

Schon bevor er die Frage stellt, wittere ich etwas Unbequemes.

»Verrätst du mir was?«

Ich setze mich ihm gegenüber und tausche die Sonnenblumenkerne gegen vor der Brust verschränkte Arme. Achselzucken. Er beugt sich wieder vor. Seine Schwimmbadaugen zwingen mich wegzuschauen.

»Warum bist du neulich wieder zurückgekommen?«

Ich will antworten, aber ich bin nicht sicher, ob er den Tag vor über einer Woche meint oder meinen Fluchtmoment kurz darauf. Hat er davon etwa Wind bekommen? Hat Malene etwas gesagt?

Ich klemme mir noch einen Kern zwischen die Zähne und knacke die Schale. Leander schiebt den Stuhl zurück. Er braucht überhaupt keine Antwort, scheint mir. Es genügt ihm, mich ertappt zu haben.

Ich sehe zu, wie er aufsteht und zum Buffet geht. Sein weißes Unterhemd ist schmutzig, am Rücken ist es dunkel vom Schweiß. Die aufgekrempelten Hosenbeine schweben wie immer einige Zentimeter über den Knöcheln.

»Deine Schubkarre steht noch da, wo du sie zurückgelassen hast«, sagt er, während er einen Rest Brot in Scheiben sägt.

Ich seufze. Leanders Lächeln ist nicht weg, es richtet sich nun allerdings auf die Stulle, die er zusammensetzt. Er wendet sich mir zu, das Brot hält er mit den Zähnen fest, die Hände greifen nach hinten, wo sie seinen Zopf auflösen. Mit schnellen schwungvollen Bewegungen kämmt Leander sich durchs Haar, nimmt es erneut zusammen und dröselt es zu einem losen Knoten zusammen. Dann beißt er vom Brot ab und wedelt damit in der Luft herum, bevor er kauend sagt: »Einfache Rechnung: Entweder du trägst deinen Teil bei oder du packst deine Sachen. Diesmal wirklich.«

Ich schaue ihn ausdruckslos an. Er beißt noch einmal ab.

»Ich fahr dich auch. Dann musst du nicht wieder den ganzen Weg zu Fuß machen.«

Stumm nehme ich das Zwinkern hin, das er seinen Worten hinterherschickt. Fast muss ich lachen. Das Passiv-Aggressive hat Malene wohl von ihm gelernt. Aber er beherrscht es besser, man kann es ihm schlechter nachweisen.

»Kommt Malene heute noch zurück?«, weiche ich aus, um meine Verletzung zu kaschieren, und gucke beiläufig aus dem Fenster.

Leander antwortet nicht. Ich schaue auf. Kauend steht er da und sieht mich an. »Ich mein es ernst«, sagt er, und er klingt auch ernst. Keine Spur mehr von einem Lächeln. Das erste Mal wird mir bewusst, dass er durchaus bedrohlich wirken kann, wenn er will. Wie er so dasteht mit den breiten Schultern, den bloßen muskulösen Armen, unter dem Hemd die kräftige Brust, da erkenne ich die Silhouette des Boxers.

»Gut«, sagt er, »ich bin drüben im Glashaus. Kannst den Kaffee mitbringen, wenn er durch ist.« Er schiebt sich das letzte Stück Brot in den Mund, reibt seine Handflächen aneinander und geht hinaus.

XI

Im ersten Sommer nach den Obstjahren, als Georg mehr Arbeit als gedacht mit den alten Plantageflächen hatte, kamen Aurelio und sein Bruder German zu uns auf den Hof. Sie waren in der Vergangenheit ein paar Orte weiter auf einem großen Betrieb für Sonderkulturen gewesen. Erdbeeren und Spargel hauptsächlich. Doch Misswirtschaft hatte dort zu einem schnellen Niedergang geführt, und die Arbeitssuche schwemmte Aurelio und German schließlich – nach einer kurzen Episode auf dem Hof der Dallers – bei uns an. Mundpropaganda, wie immer unter den Saisonarbeitern. Das Netz an Kontakten knüpfte sich in Windeseile. Wer untergekommen war, hörte sich um für den Nächsten, der noch auf der Suche war. Nicht nur die Arbeiter, auch die Bauern wussten dieses Netz zu nutzen. Schickte man einmal seinen Ruf auf den Weg, tat das Netzwerk seine Arbeit, knotete neue Verbindungen und schloss die Lücken. Ein simples und effizientes System.

Bei uns hatten die beiden Portugiesen mit Kirschen, Zwetschgen und vor allem Äpfeln gerechnet, so der vorauseilende Ruf. Aber die Plantagen hatte Georg Anfang des Jahres umgemacht. Viel zu spät, um sie im selben Jahr schon für den Getreideanbau zu nutzen, und so spannte er die Brüder nicht für den Obstbau ein, sondern ließ sie das aufgerissene Schlachtfeld unterpflügen und einsäen, während er rundum damit beschäftigt war, das alte Ackerland zu bestellen.

Damals saßen wir fast jeden Abend zusammen. Mein Vater, Vilém Dorodzala, Lottchen, Aurelio und German, Leander, Agnes, Malene und ich. Die Erwachsenen bei Feierabendbier und Zigaretten, wir Kinder und Lottchen mit selbst gemachter Limo.

Die meisten Höfe in der Umgebung brachten ihre Arbeiter in ehemaligen Gesellenwohnungen unter, die seit den 50ern leer standen. Manche hatten nur ein karges Gelass, irgendwo über dem Schuppen. Von Leander wusste ich, dass der alte Daller Aurelio und German, bevor sie bei uns Arbeit fanden, auf seinem Heuboden hatte wohnen lassen.

War schweinwarm in dieses Heu, erzählte Aurelio.

Und hatte zu sehr Staub.

Er sah zu German, der wohl wie Leander bei bestimmten Gräsern rote Augen bekam, weswegen sie schließlich nach einer neuen Bleibe gesucht hatten.

An German erinnere ich mich kaum. Er war still, sehr höflich, aber gern für sich. Aurelio hingegen war wesentlich extrovertierter, suchte immer Gesellschaft, und daher sprang vor allem ich ständig um ihn herum.

Er hatte einen kleinen Trick auf Lager, den er nie müde wurde vorzuführen. Wenn er sich eine Zigarette anzündete, zog Aurelio sie erst aus der Schachtel, schnippte sie in die Luft und fing sie dann zwischen den Lippen wieder auf.

Ist für die Mädchen, sagte er zu mir. Er konnte gut zwinkern. Zielgerichtet. Nicht so wie Leander später.

Für die Mädchen hätte er den Trick wahrscheinlich nicht gebraucht, aber er war natürlich unverschämt lässig.

Als ich viele Jahre später auf den Treppen vorm Internat saß und Gernot mir seine Zigaretten anbot, dachte ich an Aurelio zurück. Ich übte sein Kunststück vergebens. Die Zigaretten rauchte ich trotzdem, das Zwinkern verkniff ich mir.

In den Jahren nach den Saisonarbeitern halfen Malene und ich, die Lücken zu füllen. Im Juni streiften wir durch die Weizenvermehrung und rissen alles, was nicht ins Feld gehörte, mit den Wurzeln aus dem Boden. Wir sprachen nicht dabei. Wir arbeiteten uns nur stoisch voran. Die Gerste zerschnitt mir in diesen Jahren mit ihren scharfen Grannen die Haut an den Fingergelenken.

Im Herbst bekam ich Schwielen vom Laubharken. Schwielen, die sich aufbliesen wie kleine Hautballons, aus denen später das Wundwasser lief, wenn ich daran knibbelte. Am nächsten Tag scheuerten die wunden Stellen umso schlimmer gegen den Stiel der Laubrechen. In der Schule konnte ich kaum schreiben, so sehr tat mir die rechte Hand weh.

Dann kam der Winter und fror mir die Hände blau: Wir pilgerten mit eisernen Spazierstöcken wie Wanderer über den Acker, steckten sie in jedes Mauseloch, das uns ins Auge fiel, und hinterließen grell leuchtendes Giftkorn für die Schädlinge.

Ich konnte mir einen Reim auf die breiten Pranken meines Vaters machen. Jahrelange Arbeit formt den Körper. Auch die Hände. Sie macht die Haut hart wie Karton und die Gelenke dick und steif.

Ich nehme den Weg durchs Haus, rechts am Wohnzimmer vorbei, über den Seiteneingang ins Glashaus. Die hohe weiße Tür mit den geriffelten Scheiben geht schwergängig nach innen auf, und ich bin bemüht, Leanders Kaffee nicht zu verschütten. Große, fächerartige Blätter schlagen mir entgegen. Als ich die Tür hinter mir schließe, muss ich darauf achten, nichts von dem Grünzeug einzuklemmen. Wahrscheinlich benutzt sonst niemand mehr den Seiteneingang.

Die Luft ist feucht. Feuchter als draußen, obwohl es ein unangenehm schwüler Tag ist. Ich lege den Kopf in den Nacken und schaue hinauf zu den Stahlverstrebungen. Darunter hängen silberne Rädchen an einem Zweig aus Schläuchen. Wie ein Netz aus Adern laufen sie an einem Steinbassin zusammen, das Ähnlichkeit mit der Spülwanne in der Küche hat. Nur, dass dieses hier bis zum Rand mit Wasser befüllt und von einem Teppich aus kresseartigen Schwimmpflanzen bedeckt ist.

Früher konnte man durch das Glasdach in den Himmel schauen. Jetzt färben Flechten und Moose auf den Scheiben die Wolken darüber. Breiige Wolken. Wie aufgebrochener, grüner Kuchenteig.

An der Wand neben der Tür zum Hausflur registriere ich eine hölzerne Uhr, deren Ticken aufdringlich laut ist. Es ist kurz nach zwölf. Ich beobachte den Sekundenzeiger.

Von draußen zieht ein Luftzug durch die aufstehende Haupttür herein. Davor glänzt das silberne Dach des Taunus. Ich höre die Kofferraumklappe schlagen und sehe Leanders Schemen näherkommen. Er trägt eine Kiste mit Setzlingen und stutzt einen Moment, als er mich wahrnimmt. Dann stellt er die Kiste auf einem breiten Tisch ab; darauf sind verschiedene leere Glasgefäße und Eimer versammelt, deren krümeligen Inhalt ich nur erraten kann. Gartenerde, Sand, Kies – Substrat, hat Leander mir vor Jahren mal erklärt.

»Wann habt ihr das Dach neu gemacht?«, frage ich schließlich. Leander sieht nach oben, wo die Metallstreben unmerklich heller sind als im restlichen Netz.

»Kurz danach«, antwortet er und massiert mit der Oberlippe die Unterlippe.

Kurz danach. Ich nicke und starre hinauf. Nebelschleier aus Erinnerungen: Leander mit mir im Gewächshaus. Blut in seiner rechten Handfläche. Der Boxsack, der durch das Dach des Gewächshauses bricht. Und schließlich der Moment, in dem Leander mich aus dem Schrank hebt, in dem ich zuvor stundenlang geweint habe.

Ich schiebe die Bilder mit Mühe zurück in die dunkle Ecke, aus der sie hervorgekrochen sind.

Picasso.

Enttäuscht?

Ich konzentriere mich auf das Ticken der Uhr. Zähle die Sekunden. Sehe zu, wie Leander umherläuft, ein Thermometer kontrolliert und zu einem anderen Tisch weiter hinten im Raum geht. Darauf liegt ein offenes Buch, in dem er etwas notiert. Während er hin- und herblättert, raspelt er gedankenverloren mit den Fingern durch seinen Bart. Das Geräusch zerrt an mir. Zerrt die Nebelschleier aus ihrer dunklen Ecke. Und Hennings Gesicht. Ich muss raus. Raus aus dem Glasgehäuse, unter dem meine Erinnerungen zu sieden beginnen.

»Kann ich hinten schon was tun?«

Leander dreht sich um. »Klar«, entgegnet er überrascht, »lässt du die Tasse hier?«

Mein Blick fällt auf meine linke Hand, die seine dampfende Kaffeetasse umklammert hält. Ich strecke sie ihm hin und ignoriere die forschenden Augen, die ganz genau erkennen, dass ich mich nicht wohlfühle. Bevor Leander etwas Derartiges äußern kann, mache ich mich aus dem Staub.

Die gläsernen Wände des Gewächshauses übten auch schon, bevor sich Leanders privater Dschungel darin befand, eine Faszination auf mich aus. Es war auch nicht erst zu Malenes achtzehntem Geburtstag in meinen Fokus gerückt. So ganz untypisch für einen Hof dieser Gegend, war es vor allem ein Merkmal für den reinen Prestigezweck des Haupthauses, das wesentlich jünger war als der Hof selbst. Meine Familie ist nicht die erste Industriellenfamilie gewesen, die die Senke hinter dem Höhenzug als besonderes Fleckchen erkannt hat. Dieser Ort muss schon durch viele Hände gegangen sein. Das Glashaus ist das einzige vieler Spielereien, die den Krieg überlebt haben. Abgesehen vielleicht vom Schwimmbecken, das ursprünglich von weißen Marmorfiguren geziert gewesen sein soll. Als Georg uns vor Jahren mal davon erzählte, geriet ich beim Gedanken an das ehemals hochherrschaftliche Gesicht des Hofs ganz aus dem Häuschen. Marmorfiguren, eine eigene Kapelle am Waldrand und zwischen den alten Apfelbäumen ein Pavillon, von dem aus man hinab ins Tal sehen konnte. Nichts davon war geblieben, nur das Glashaus verströmt noch diesen eigenartigen Zauber, der nicht recht hergehört, in das Korsett der Zweckmäßigkeit.

Ich steche abermals meinen Freund, den Hahnenfuß, aus dem knochentrockenen Boden, als Leander nicht unweit von mir in die Rabatten tritt. Zum ersten Mal frage ich mich, ob er meine Distanz falsch interpretiert. Mein wortkarges Verhalten bis hin zur totalen Schweigsamkeit. Vielleicht denkt er, es seien Trotz oder Stolz, die mich davon abhalten, ihm entgegenzukommen. Das ist es nicht. Er selbst ist es. Und die zwei, drei Risse in der Realität, die mich für weniger als eine Sekunde etwas sehen lassen, das Übelkeit in mir hervorruft. Mehr Angst als der Keller. Da sitzt etwas im Schatten, dem ich nicht mehr als diese Viertelsekunde zugestehe. Und Leanders Anwesenheit dehnt die Sekunde. Vervielfältigt sie. Füllt sie bis an den Rand mit Scham an. Glasklar perlt sie von all den anderen Gefühlen ab. Scham macht Leanders Nähe so unerträglich.

»Jirka«, ruft er und fasst sich mit fragendem Gesichtsausdruck auf den Kopf, um mich an die Sonne zu erinnern. Leander selbst trägt eins seiner Hemden, verschlungen und festgeknotet am Hinterkopf, wie er es gestern bei mir gemacht hat.

Ich zucke kurz mit den Schultern und stoße weiter stur meine Schaufel in den Boden. Grabe nach der Ruhe, dem hypnotisierenden Gleichklang zwischen Körper und Arbeit, bis ich Leanders Anwesenheit ausgeblendet habe.

Henning kam schon im Frühling zu uns. Sieben Jahre nach den Portugiesen. Sieben Jahre, in denen sich kaum noch Männer auf unseren Hof verirrten. Die Gissels zogen aus ihrem Haus am Waldrand in die Kreisstadt. Und der Haushalt lief nur noch unter Agnes' Regiment, nachdem das neue Jahrzehnt die Familienpfleglinge und damit auch unser Lottchen aus der sogenannten Arbeitstherapie verbannt hatte.

Mit Henning hatten wir plötzlich wieder eine Flüchtlingsseele auf dem Hof, und allein diese Tatsache nahm mich für ihn ein. Viel erzählte er nicht von der ostdeutschen Heimat; als er damals bei uns strandete, war er voller Traurigkeit. Es gibt diese Menschen. Mit den immer feuchten Augen, hängenden Schultern und müden Füßen.

Nichts davon ließ ihn wie einen besonders fähigen Arbeiter wirken.

Henning bekam das Zimmer gegenüber meinem, in dem bis zu seinem achtzehnten Geburtstag Leander geschlafen hatte.

Damals stand das Buffet noch nicht vor der Holzvertäfelung der Dreckkammer, und man kam über eine kleine Treppe dahinter nach oben auf unseren Flur. Nachts musste man nicht an Georgs Schlafzimmer vorbei, wenn man sich nach unten schleichen wollte. Henning nutzte diesen Weg im Laufe des Sommers sehr häufig, um an den Wochenenden mit Leander in die Stadt zu fahren. Ich bekam jedes Mal mit, wenn er in aller Herrgottsfrüh sturzbetrunken heraufgerumpelt kam. Aber Georg entging dieser Umstand, denn egal wie sehr Henning sich in der Nacht zuvor hatte volllaufen lassen, morgens stand er pünktlich um sechs in der Dreckkammer und schnürte sich die Arbeitsschuhe.

Der Sonnenzenit liegt lange hinter uns. Die Nachmittagsstunden wiegen schwer auf meinen Schultern. Schwer und schweißtreibend. Ich trinke zu wenig, ich verliere mich in Gedanken. Arbeite noch immer gegen das ekelhafte Gefühl an, das sich in Leanders Gewächshaus so schnell in mir verbissen hat. Gegen das Gesicht, das immer wieder sein Lächeln über den Speicher durch das Zwielicht schickt, die immer gleichen Worte sagt.

Ich werfe einen Blick in den Schatten, wo Leander Minuten zuvor noch gesessen und mich zum zweiten oder dritten Mal zur Pause angehalten hat. Er ist verschwunden.

Langsam richte ich mich auf, stemme die Arme in die Seiten und pruste gegen die Hitze an. Ich merke, dass ich es mit der Arbeitswut übertrieben habe, als mir das Prickeln im Nacken den Hinterkopf hinaufkriecht. Plötzlich flackert der Garten vor meinen Augen wie eine defekte Fernsehröhre. Ich höre mich selbst ächzen, spüre, wie meine Beine nachgeben und wie ich hart auf dem Boden aufkomme.

Ich will dagegen ankämpfen, mich vom Boden hochdrücken, das weiße Rauschen aus den Ohren schütteln. Aber alles wird taub. Wird schwer. Und dann leicht.

Als ich die Augen öffne, hängen über mir der wolkenlose Himmel und Leanders Gesicht. Auf seiner Stirn stehen Falten. Ich stöhne. Eine Welle von Übelkeit überkommt mich, ich hechle dagegen an und spüre, wie etwas in meinen Eingeweiden rührt. Meine linke Hand rutscht zur Seite und landet im Wasser. Ich liege am Schwimmbecken. Halb auf Waschbeton, halb in Leanders Schoß.

»Wenn du brechen musst, bitte nach rechts.«

Ich schließe die Augen wieder, stöhne erneut. Dann ist es, als boxte mir jemand in die Magengrube, und ich drehe mich nach rechts und übergebe mich.

Da ist auch der Neunjährige, der sich nicht übergibt, der Wasser spuckt, dem die Augen brennen. Eine Erinnerung überlagert die andere. Endlich. Das kommt mir gelegen. Das Schwimmbecken schluckt den Speicher. Hennings Gesicht verdunstet.

Ich keuche so was wie *Scheiße!*, spucke aus und wische mir mit der Hand über den Mund, bevor ich zurück gegen Leanders Bauch sacke.

»Ich hab das nicht aus Spaß erwähnt, dass du Pause machen sollst«, höre ich ihn sagen. Und ich verfluche mich selbst für meinen Stolz und das Gefühl, Leander irgendetwas beweisen zu müssen. Einen Arm hat er um meine linke Seite gelegt, vermutlich um mich davor zu bewahren, ins Wasser zu kippen. In der freien Hand hat er ein Stück nassen Stoff, mit dem er mir abwechselnd Stirn, Nacken und Brust abtupft, bevor er es erneut ins Schwimmbecken taucht.

Unter meiner Wange hebt und senkt sich Leanders Brust. Ich schließe noch einmal die Augen und gebe mich dem Rhythmus hin. Langsam. Das Gezirpe der Insekten in meinen Ohren, das Glucksen des Wassers, in dem meine Hand wie ein toter Fisch hängt. Ich rieche meinen Schweiß und den säuerlichen Geruch zu meiner Rechten. Und ich spüre die menschliche Wärme, Leanders Hand, die auf meinem Bauch ruht, während die andere mir die Locken aus der Stirn streicht.

Ich halte die Augen geschlossen. Tauche ohne Gegenwehr in den Körper des Jungen von damals. Schmecke das leicht Algige des Schwimmbeckenwassers auf den Lippen. Von den Kleidern tropft es. Aus den Haaren. Das Zittern drängt sich in den anderen Körper. Den des Älteren, der ihn hält und beschützt.

Die Übelkeit schüttelt mich, schüttelt das Kind wieder ab. Ich reiße die Augen auf und Leanders Gesicht kippt zur Seite, ich kippe zur Seite, übergebe mich ein zweites Mal, stöhne und wehre mich nicht gegen Leanders Körper, der meinem viel zu nah ist.

Es ist ein Jahr – lange bevor Henning auf den Hof kommt –, in dem der Sommer erst spät ins Land zieht, aber dann umso mehr brennt und leuchtet. Ohne Nachsicht. Die Müdigkeit der Mittagshitze hat alles und jeden befallen, und die Arbeit kommt nur langsam in Gang. Im Haus hängt noch der Geruch von viel zu schwerem Essen. Es ist still rundherum. Ganz leise ein Klicken, das Leander mit der

Rosenschere verursacht. Er steht zwischen den Büschen und knipst trockene Blütenköpfe ab. Wie nasse, zusammengeknüllte Servietten klatschen sie auf die Erde.

Ich vernachlässige den Aufsatz und sehe Leanders fuchsrotem Hinterkopf zu, der sich zwischen dem Gestrüpp bewegt. Er hat noch nie viel gesprochen, aber seit sein Vater gestorben ist, scheint er noch stiller geworden zu sein. Ich bewundere ihn für den Gleichmut, mit dem er seinen Pflichten auf dem Hof anstandslos nachkommt.

Leander.

Georg steht oben auf dem Balkon, eine Roth-Händle zwischen Daumen und Zeigefinger.

Leander, bellt er erneut, als dieser nicht sofort reagiert.

Ich sehe hinüber zu den Rosenbüschen, wo Leander sich schließlich umdreht und den Kopf hebt.

Hm?

Lass das Gefummel da sein und fahr Jupp runter zum Drescher.

Was, mit dem Moped?, wirft Leander genervt zurück, und ich verstehe nicht, was Georg erwidert. Oben im Haus klingelt das Telefon. Georg tritt von der Balustrade zurück, und Leander marschiert aus dem Beet und zieht mit seinen Zähnen die Handschuhe von den Fingern. Ich sehe zu, wie er sie schnaubend in die Schubkarre wirft. Als er herüberkommt, lenke ich meine Aufmerksamkeit hastig zurück auf das Schreibheft.

Na Kurzer, wieder doppelte Arbeit?

Auch wenn ich ihn nicht anschaue, kann ich das Feixen in seiner Stimme hören.

Leander ist im Frühjahr sechzehn geworden. In den letzten Monaten hat seine Stimme sich verändert. Jetzt passt sie zu ihm. Als hätte er erst hineinwachsen müssen. Es ist keine Stimme, die einen bei seinem Anblick überrascht, aber eine, die seinen Anblick verbessert. Als nähme man ihn erst verschwommen wahr, und wenn er dann spricht, würde das Bild klar. Plötzlich eine gestochen scharfe Fotografie.

Ich hoffe, du sparst dir die guten Sachen für deine eigenen Aufsätze auf, sagt er schmunzelnd und spielt damit auf Malenes Hausaufgaben an, die sie mir mittlerweile unterschiebt.

Ich laufe rot an. Mir geht nicht mehr aus dem Kopf, was ich Tage zuvor durch die langen Grannen der Gerste beobachtet habe. Und Leander kann das nicht wissen, weil er nicht mitbekommen hat, dass ich nur wenige Meter entfernt gestanden habe.

Wenn man als Kind etwas Anzügliches beobachtet, spürt man das am ganzen Körper. Mich durchzuckte es wie ein Stromschlag. Es kribbelte unter den Fingerkuppen wie Brennnesselbisse. Es verursachte ein Sirren in meinen Ohren. Heimlich war ich zu einem Gerstenhalm geworden, während Leander auf dem Rücken in der Fahrgasse gelegen hatte. Sein Gesichtsausdruck hätte der eines Schlafenden sein können, wäre da nicht die feine Spannung zwischen seinen Augenbrauen gewesen. Und die sensiblen Laute, die seine dunkel gewordene Stimme brechen ließen. Ich hörte diese Laute immer und immer wieder. Ich höre sie auch jetzt, während er hinter mich tritt und über meine Schulter hinweg liest, was ich geschrieben habe. Sie verursachen eine Gänsehaut in meinem Nacken.

Der Mann, der Leander diese Geräusche entlocken kann, heißt Eder. Und seit vier Monaten lebt er mit Aurelio und German auf dem Ulmhof, dem Hof der Gaugrebens. Erzkatholische Leute. So richtig, mit geweihtem Wein zu Weihnachten und Heiligenhäuschen an der Hofauffahrt.

Ich mochte die Gaugrebens. Aber ich wusste instinktiv,

dass es einen Grund hatte, warum die beiden jungen Männer ausgerechnet weit draußen im Getreide miteinander schliefen.

Ich glaub, ich sollte dich meine Aufsätze auch schreiben lassen, sagt Leander in meinem Rücken. Als ich mich zu ihm umdrehe, ist da kein Schmunzeln auf seinem Gesicht, es ist ein nachdenklicher Ausdruck. In diesem Moment geht die Kellertür auf, und Georg überquert den Rasen. Ich weiß sofort, dass es der Anruf gewesen ist. Dass es in dem Telefonat um mich ging.

Ich springe vom Stuhl. Doch Georg packt mich im Genick, bevor ich loslaufen kann. Die Wucht, mit der er nach mir greift, wirft mich mit der Brust gegen den Tisch. Malenes Füller macht einen tiefblauen Fleck mitten in ihren Aufsatz. Ich höre Leander erschrocken nach Luft schnappen.

Im Biounterricht auf dem Internat sprechen wir viele Jahre später über den Greifvogeleffekt. Weil Kaninchen in der Natur grundsätzlich immer festen Boden unter den Füßen haben, verfallen sie in eine Angststarre oder beginnen, wie wild zu zappeln, wenn man sie unvermittelt am Nackenfell in die Luft hebt. Sie bekommen Todesangst. Obwohl der Tag, an dem Georg mich gleich einem Kaninchen über den Rasen schleift, in dieser Schulstunde schon Ewigkeiten zurückliegt, rührt der Unterricht sofort an meinen Erinnerungen.

Ich zappele. Meine Füße stolpern über den unebenen Rasen. Hinter uns hat Leander angefangen zu schreien.

Du willst nicht schwimmen lernen, knurrt mein Vater, *das woll'n wir doch mal sehen.*

Ich begreife, wohin er mich schleppt, und da ist es auch schon zu spät. Mit einem kräftigen Hieb stößt er mich geradewegs in das glitzernde Wasser des Schwimmbeckens.

Er hat unrecht. Ich *will* schwimmen lernen. Ich hätte liebend gern schwimmen gelernt, aber auch mit neun Jahren weiß ich schon, was Scham ist. Während die anderen Jungen sich in der Umkleidekabine ohne Umschweife die Kleider abstreifen, fühle ich mich wie gelähmt. In einer Badehose kann ich vor niemandem verstecken, was zu Hause passiert. Und nichts will ich lieber, als mich verstecken. Unsichtbar sein vor den Augen meiner Mitschüler.

Vor dem Lehrer erfinde ich Ausreden. Manchmal tauche ich gar nicht erst in der Schwimmhalle auf, drücke mich draußen auf dem Parkplatz herum. Ich klage über Bauchschmerzen, erfinde Ekzeme, Fußpilz und nicht abklingende Erkältungen, die mich an einem Schwimmbadbesuch hindern sollen. Der Anruf war nur eine Frage der Zeit. Ich bin ein Kind. Ich weiß es nicht besser.

Ich breche durch die Oberfläche und verschlucke mich sofort. Die Panik, die ich vorhin noch in Georgs Händen verspürt habe, ist nichts gegen die Panik, die mich jetzt überkommt. Das Wasser in meiner Luftröhre erschüttert meinen Körper so sehr, dass ich noch mehr Wasser schlucke.

Schwimm!, brüllt Georg vom Beckenrand. *Los, schwimm! SCHWIMM ENDLICH!*

Ich kämpfe mich strampelnd zum Beckenrand vor. Meine Augen brennen, und bei dem Versuch, mich an den Waschbetonplatten aus dem Wasser zu ziehen, reiße ich mir die Fingerkuppen auf.

Du sollst SCHWIMMEN!

Georgs schwerer Arbeitsschuh landet auf meiner Brust und drückt mich zurück ins Becken. Ich sehe, wie Leander Georg mit der Schulter voran in die Seite springt, dann gehe ich unter.

Unter Wolldecken begraben, liege ich auf dem größeren der beiden Sofas im Wohnzimmer. Elefantencouch, haben Malene und ich früher gesagt, weil das Leder seltsam stumpf und grau aussieht.

Ich schlafe und schlafe. Wenn ich aufwache, rieche ich den Staub, sehe ihn im Licht treiben – das bisschen, was die Vorhänge überhaupt hineinlassen. Ich träume wirres Zeug. Sehe immer wieder den Neunjährigen, der fast ertrinkt. Spüre Leander, der mich aus dem Wasser zieht.

Ich raffe die Decken, so eng es geht, um meinen Körper. Versuche, das Gefühl zu imitieren, das Leanders Arm am Schwimmbecken in mir ausgelöst hat. Aber egal wie eng ich den Stoff auch unter meiner Hüfte feststecke, es ist nicht das Gleiche. Nichts ersetzt menschliche Nähe. Nichts ersetzt das Sehnen. Ich spüre den hohlen Teil in mir so deutlich wie schon lang nicht mehr.

XII

»Jirka?«

Malenes Stimme dringt im Morgengrauen durchs Wohnzimmer, angelt nach mir und hebt mich aus meinem diesmal traumlosen Schlaf. Ich brauche einen Moment.

»Ja?«

»Bist du wach?«

Ich lache. Ihre Gestalt zeichnet sich vor dem hellen Rechteck der Balkontür ab. Sie kommt herüber und klettert umständlich auf das zweite Sofa. Zwischen uns sorgt ein schwerer Fliesentisch für Abstand.

»Warum bist du schon wach?«, frage ich.

»Agnes ist durchs Haus geschlichen«, sagt sie.

Der Raum fächert sich auf in Grautöne.

»Wie früh ist es denn?«

»Früh.«

Ich stöhne, ziehe ein knautschiges Sofakissen unter meinem Kopf hervor und drücke es mir aufs Gesicht.

»Du gehst mir auf die Nerven«, brumme ich undeutlich. Dann fällt mir ein, dass sie in Kettwig war, bei Traudel, und was es vielleicht bedeutet, dass sie zurück ist. Ich ziehe das Sofakissen beiseite.

»Ist sie gestorben?«

»Hmm-m.«

»War es schlimm?«

Sie scheint mich überhaupt nicht zu hören. Etwas verzögert schüttelt sie den Kopf.

»Nein, ich meine ... ich kannte sie ja auch kaum.«

»Ist Georg mit zurückgekommen?«

Seit Leander Traudels Zustand erwähnt hat, bin ich davon ausgegangen, dass mein Vater bei seiner Tante ist. Malene reagiert nicht darauf.

»Kann ich dich mal was fragen?« Ein Runzeln zurrt ihre Stirn zusammen. »Glaubst du, ich wär eine gute Mutter?«

Ich stemme mich auf die Unterarme, versuche, in ihrem Gesicht zu lesen. Meint sie das ernst?

»Was?«

»Wie was? Beantworte doch einfach die Frage!«

Ich überlege. Ich weiß es nicht. Wie formt man daraus eine gute Antwort?

»Schon gut«, schnaubt Malene schließlich, »wir werden es nie erfahren.«

Ich lasse mich zurück auf den Rücken sinken und starre an die Zimmerdecke, die sich langsam aus dem Halbdunkel schält.

»Wünschst du dir Kinder?«, frage ich.

Es bleibt lange still auf dem anderen Sofa.

»Nicht mehr.«

Malene ist mir fremd geworden. Das macht mir die ausbleibende Antwort auf ihre unerwartete Frage bewusst. Ich weiß nicht genau, was meine Schwester sich vom Leben wünscht. Aber anders als bei mir liegt es vielleicht doch hier, zwischen den Mauern unseres Elternhauses.

»Ich glaub«, sie zögert, »ich glaub, ich dachte mal, dass ich mir Kinder wünsche.«

»Ich hab immer gedacht, du würdest mir irgendwann Postkarten aus Neuseeland schicken. Oder Montana.«

Malene gluckst. »Wieso denn Montana?«

Ich rolle mich auf die Seite und verschränke einen Arm unter dem Kopf. »Keine Ahnung. Das war so mein Bild. Du irgendwo da draußen in der Weite mit einer eigenen Farm. Nur für dich. Auf einem Pferd vielleicht.« Ich sehe, wie ihre Mundwinkel sich herabsenken, wie ihr Kehlkopf hüpft.

»Du hast zu viel Marlboro-Werbung im Kino gesehen.«

»Nein, ich meinte einfach –«

»Ich war verlobt, Jirka.«

Ich klappe den Mund erst zu, dann wieder auf, und dann suche ich nach Worten. »Was? Mit wem denn?«

Sie atmet lange aus, räuspert sich. »Kilian Früchtenich.«

»Was?«, wiederhole ich ungläubig.

»Vom Windhof? *Der* Kilian? Der, den du damals –«

»Ja ja, ich weiß, was du sagen willst.« Sie dreht mir den Kopf zu, und ich nehme erleichtert wahr, dass ihre Mundwinkel sich wieder zu einem Lächeln verzogen haben. Eins voller Wärme. Ganz zart.

In der Schule nannten sie Klaras jüngeren Sohn nur *Fürchtenich*. Weil er so ein Gockel war, so ein maßloser Angeber und Aufschneider. Wahrscheinlich war er derjenige, in den ich zum ersten Mal richtig verliebt gewesen bin. So wie man als Zehnjähriger eben verliebt ist.

Als ich ihn zu meinem Geburtstag einlud, wusste er nicht, dass ich niemanden sonst eingeladen hatte. Besonders unauffällig war das natürlich nicht, und als er kam und verstand, hatte er nichts Besseres zu tun, als sich über mich lustig zu machen. Kilian hatte viel früher als ich einen Sensor dafür, was meine Einladung bedeutete, und er fand ein paar hässliche Worte, um es mich wissen zu lassen.

»Er hat sich verändert«, sagt Malene. Ich grunze unwillig.

Kilian Früchtenich kam danach nie wieder auf den Hof, und binnen weniger Tage wusste jeder in der Schule, dass ich eine Tucke und meine Schwester eine Verrückte war, die ihn mit einem Küchenmesser bedroht hatte. Was einfach nur Malenes Antwort auf Kilians herablassendes Verhalten gewesen war. Verschwiegen hatte er, dass er mit vollgepissten Hosen unter einem der Sofas, auf denen wir nun lagen, verharrt und geheult hatte, bis Klara und Heinz ihn abholen kamen. Bis heute frage ich mich, ob sie von dem Messer wussten. Es wäre Klara Früchtenich durchaus zuzutrauen, dass sie diesen Akt der Geschwisterlichkeit damals gutgeheißen und ihrem rüpelhaften Sohn gegenüber als angemessen bewertet hat.

»Und was heißt *war*? Du *warst* verlobt?«

»Na, dass ich's nicht mehr bin.«

»Ach was.« Ich setze mich auf und falte die Beine zum Schneidersitz zusammen.

Malene fummelt an den Ecken eines Sofakissens herum. »Er war derjenige, der nicht hierbleiben wollte.«

»Sondern?«

Sie lacht, druckst herum, lacht noch mal. »Nicht gerade Montana, aber Deutschland sollte es jedenfalls auch nicht sein.«

Ich weiß natürlich, dass Malene niemals in Montana gelandet wäre. Oder sonst irgendwo außerhalb dieses Hofs. Nicht weil sie nicht könnte, sondern weil sie schlichtweg nie wollte.

»Ich weiß nicht, wahrscheinlich kann ich das einfach nicht.«

»Verlobt sein?«

»Ja verlobt sein, mit einem Menschen alles teilen. Vielleicht liegst du richtig, und ich gehör einfach irgendwo in die Einsamkeit, ganz allein, nur für mich.« Sie wirft das Kissen durch den Raum, wo es in den langen Brokatgardinen hängen bleibt.

»Was ist mit dir?«

Ich schaue sie überrascht an.

»Na, in den letzten Jahren wirst du doch wohl mal mit jemandem zusammen gewesen sein.«

Mir entgeht nicht, dass sie ihre Nachfrage geschlechtsneutral hält. Ich denke an Rosa und daran, dass das, was mich anfangs an ihr angezogen hat, letztendlich auch das war, was uns wieder auseinandergebracht hat. Ihr familiärer Nährboden. Das, was ich nicht hatte und was ich mir eine Zeit lang ausborgen konnte. Aber man kann nicht ewig ignorieren, dass es nicht die eigenen Leute sind, die sich da von Zeit zu Zeit nach einem erkundigen. Die Lücke in meiner Biografie ist immer lauter geworden: Das fehlt. Das ist das, was du nie bekommen wirst.

»Rosa«, schicke ich ihren Namen von einem Sofa zum anderen.

Malene hat ein anderes Kissen zum Befingern gefunden.

»Aber wir sind nicht mehr zusammen.«

»Wie kommt's?«

Ich zucke mit den Schultern. Jede Entgegnung darauf scheint mir albern und unehrlich. Stattdessen greife ich zurück auf ihre Erzählung. »Fürchtenich. Echt ey. Da bin ich froh, dass das in der Vergangenheit liegt. So ein Arschloch.«

»Er hat sich bei mir entschuldigt.«

»Ah ja? Bei mir nicht.«

Sie stöhnt und sagt, mehr zu sich selbst als zu mir: »Dinge ändern sich vielleicht auch mal.«

»Menschen«, schiebt sie nach.

»Und mit Kilian dachtest du, du willst Kinder?«

»Ach, vergiss die Kinder.« Wieder lässt sie eine lange Pause, bevor sie fortfährt. »Ich wollte es einfach besser machen als Mama.«

»Wie meinst du das?«

Sie zuckt mit den Schultern. »Da sein.«

Ich schweige.

»Wirklich da sein. Und nicht wegschauen.«

»Glaubst du, sie hat weggeschaut?«

Ein verächtlicher Ausdruck überzieht Malenes Gesicht. »Du hast ein sehr verzerrtes Bild von ihr, Jirka.« Es klingt beinahe wie eine Anschuldigung. Aber das behalte ich für mich.

»Agnes hat schon ganz recht, sie war eine schwache Person.«

»Siehst du das wirklich so?«, frage ich entsetzt.

»Du siehst das nur selbst nicht so, weil du sie auf einen Thron setzt. Aber da hat sie nichts zu suchen.«

»Ich weiß nicht –«

»Hast du dich nie gefragt, wo sie war, wenn Georg dir den Arsch versohlt hat, weil du ins Bett gemacht hast?« Sie steht auf und pflückt das Sofakissen vom Boden, bevor sie fortfährt. »Sie war direkt nebenan. Oder im selben Raum. Und sie hat es passieren lassen.«

Ich antworte nicht. Ich erinnere mich allerdings, dass genau diese Haltung einen Keil zwischen meine Tante und Malene getrieben hat. Als große Schwester hatte unsere Mutter dieselbe Bedeutung für Anja wie Malene für mich. Egal wie sehr mich ihr Handeln manchmal verletzt, ich würde sie immer gegen ein feindseliges Außen verteidigen.

Wie erwartet, schweigt Malene sich über den Rest aus,

durchquert den Raum und bleibt dann kurz an der Tür stehen, bevor sie auf den Flur hinausschlüpft.

»Weißt du was?«

Ich zögere und schüttle den Kopf.

»Leander ist der Einzige, der nie weggegangen ist.«

Und ich weiß, dass sie eigentlich meint, dass Leander der Einzige ist, der sie nie allein gelassen hat.

Grandel liegt neben der schlafenden Agnes und blinzelt mich dösig durch ihre langen Wimpern an, als ich aus dem Wohnzimmer auf den Balkon trete. Von hier oben wirkt es nicht so, als hätten Leander und ich viel geschafft. Vielmehr erkenne ich langsam die Schäden, die die Dürre hinterlässt. Denn so muss man diese Trockenperiode mittlerweile nennen. Selbst wenn der Wetterbericht richtig liegt und heute der Himmel aufreißen und Regen in Strömen aufs Land niedergehen würde, wäre das keine Linderung. Der Boden ist so hart und trocken, dass das Wasser einfach in die Täler abfließen würde. Ich weiß, wie so etwas aussieht. Flüsse treten über die Ufer, und aus Weideflächen werden plötzlich flache Seenlandschaften.

Eine gesunde Portion Landregen, hat Leander neulich geantwortet, als ich ihn gefragt habe, welche Optionen bleiben, wenn die Trockenheit offensichtlich schlecht ist, aber ein Regenschauer genauso wenig Abhilfe verschafft.

Feiner andauernder Niederschlag, anstelle von kurzen heftigen Schauern.

Eine Lehrbuch-Antwort auf meinen fragenden Gesichtsausdruck.

Das weicht den Boden auf. Dann kann er das Wasser auch wieder aufnehmen.

Und bis dahin versucht Leander, der Hitze beizukommen,

indem er nun morgens und abends den Gartenschlauch durch die Rabatten zieht.

Ich prüfe das kleine Thermometer, das neben der Balkontür an der Mauer hängt. Die Quecksilbersäule hat die dreißig knapp überschritten.

Malenes Worte haben ein Netz in meinen Gedanken gesponnen, in dem ich mich immer wieder verfange.

Leander ist nie weggegangen. Ich bin nicht blöd, ich weiß, dass da immer noch die gleiche Enttäuschung aus ihr spricht, die ich vor Wochen im Telefonhörer wahrgenommen habe. Und ich erahne langsam, dass Malene sich allein gelassen fühlt. Vielleicht schon lange.

Ich stehe noch grübelnd auf dem Balkon und starre in die Rhododendren, als Leander längst seine Runde macht. Ich starre durch ihn hindurch und stolpere rückwärts gegen die Hausmauer, als mich plötzlich der Wasserstrahl des Gartenschlauchs trifft.

Ich schaue ihn verdattert an. Und er wiederholt das Spiel.

»Hab ich deine Zeichnungen erwischt?«

Ich drehe mich zum Tisch um, auf dem mein Skizzenbuch liegt.

»Nein.«

Er nickt. Und bei mir bleibt hängen, dass ihm mein Zeichnen aufgefallen ist.

»Geht's dir besser?«

»Ja. Glaub schon.«

Während er den Schlauch zusammenrafft, ruft er über die Schulter: »Kommst du nach vorne?«

»In Ordnung.«

Das leise Schnarchen meiner Großmutter unterlegt den trägen Spätnachmittag wie ein unauffälliger Bass. Ich schaue zu ihr hinüber.

Manchmal lasse ich den Gedanken zu, dass meine Großmutter mir ausgeliefert ist. Dass diese schwache, knittrige Person mir nichts mehr anhaben kann. Ich betrachte ihre Hände, die einmal kräftig und vielleicht sogar ein bisschen zu groß für ihre Erscheinung waren. Durch diese Hände sind so viele Tischdecken geglitten, die es zu falten galt. Sie haben so vielen Hühnern den Hals umgedreht. Diese Hände haben mir, als ich fünf war, die Schultern gehalten, während ich mich wieder und wieder in die Kloschüssel übergab. Sie haben Teig geknetet, Unkraut gejätet und unsere nackten Hintern versohlt. Immer waren sie irgendwie rot, die Nägel kurz und sauber, die Haut an den Knöcheln manchmal aufgesprungen und trocken. Jetzt liegen sie auf dem gehäkelten Kissen in ihrem Schoß, zwei unpräzise Anhängsel, die keine Aufgabe mehr haben. Die nicht mehr gebraucht werden. Die manchmal ein wenig zucken, an schlechten Tagen, an denen ich unbewegt vor Agnes' Bett stehe und jeder Teil ihres Körpers, auch ihre Hände, sich nach Zuneigung sehnen. Sie muss es nicht aussprechen. Ich spüre ihr Verlangen, wie ich die Traurigkeit spüre, die sie an diesen Tagen umgibt. Aber noch deutlicher spüre ich den Widerwillen in mir. Eine tiefe Abneigung, fast schon Ekel, die nichts mit dem süßlichen Geruch, der sie umgibt, oder mit den immerzu weiß geränderten Mundwinkeln zu tun hat.

Wenn ich den Gedanken daran zulasse, dass Agnes mir ausgeliefert ist, ist es manchmal nur ein ganz kleiner Schritt hin zu dem gehäkelten Kissen in ihrem Schoß, und meine Fantasie malt sich aus, was die Hände meiner Großmutter anstellen würden, würde ich diesen Schritt wagen.

Vorm Haus setze ich mich auf die Treppenstufen, heuchle Gleichmut, dabei weiß ich nicht, wohin mit mir. Beine aufstellen? Vorbeugen? Zurücklehnen?

Am Himmel über dem Hof räkeln sich schiefergraue Quellwolken, die die Sonne abschirmen.

Leanders Schritte knacken im Gras. Er geht zuerst zum Auto – zur Beifahrertür –, kramt im Handschuhfach und findet, was er sucht. Bevor er die Tür zuschlägt, schält er sich aus seinem Hemd und wirft es über den Sitz. Das Weiß seines Unterhemds kontrastiert mit dem Braun seiner Schultern.

Drei Stufen unterhalb von mir setzt er sich, lehnt den Rücken gegen den Bruchstein der Hauswand, mir nur halb zugewandt.

»Ich vermisse eine Kassette.«

Aus dem Wald dringt ein Tierschrei, den ich vor Wochen das erste Mal gehört habe. Eine Mischung aus dem Krähen eines Hahns und Walgesang.

Leander lächelt zu mir hoch. »Weißt du, was das heißt?«

»Dass du eine Kassette vermisst?«

Ein warmes Lachen rollt aus Leanders Brust herauf.

»Das Geräusch.«

»Ich weiß nicht mal, was das ist.«

Er schüttelt amüsiert den Kopf. »Pfauen sind das.«

Jetzt erkenne ich, dass er einen Joint baut. Noch viel besonnener, als er seine Zigaretten dreht.

»Wenn die schreien, gibt es Regen.«

Ich lehne mich zurück, stütze die Arme auf und strecke mein linkes Bein neben Leanders Schulter aus.

»Ist da was dran?«

Er zuckt mit den Achseln, lässt sein Feuerzeug schnappen und betupft die glühende Jointspitze mit spuckefeuchtem Daumen. »Wir werden's rausfinden.« Er spricht von mir abgewandt. Der Qualm entflieht seinem Mund in kurzen Schüben. Mein nackter Fuß unter dem aufgekrempelten Hosenbein zuckt neben seinem Oberarm.

Leander reicht mir den Joint, ohne nachzufragen, und ich nehme ihn ohne Gegenwehr.

»Dachte, du wolltest aufhören?«

»Hm«, schmunzelt er, »kein Tabak drin.«

Marihuana schlägt mir auf die Augen. Erst kriecht es in die Stirnhöhlen, macht alles matschig und taub da oben, und dann fällt es runter auf meine Lider, perlt ab auf meine Wangenknochen und tropft mir vom Kinn. Marihuana zieht mein Gesicht auseinander. Dann entspannt es die Schultern, die ich immer schon ein bisschen zu sehr hochziehe, vielleicht durchs Schwimmen. Und tatsächlich betäubt es an diesem Abend auch die vielen kleinen Haarrisse in meinem Innern. Die ich immer noch spüren kann. Die früher oder später wieder zu einem Spalt aufbrechen können. Wenn ich nicht aufpasse.

Es braucht nicht besonders viele Züge, bis der Rausch auch meine Glieder erreicht.

»Mali meinte, sie wär mit Fürchtenich verlobt gewesen.«

Der Fuß, den ich verkrampft von Leanders Sommerhaut habe fernhalten wollen, kippt einfach nach links. Durchzuckt von Wärme.

»Hast du das gewusst?«

Leander dreht sich zu mir. Sein Gesicht ist nicht auseinandergezogen.

»Klar.« Er umfasst meinen Fuß mit der freien linken Hand. Ich sehe es, bevor ich es spüre. Sehe auch seinen Daumen am Innenrist auf- und abfahren, bevor ich es spüre. Mein Kopf neigt sich nach links, kippt genauso wie der Fuß.

»Du hast Schlagseite.«

»Hmm«, brumme ich. Mehr bringe ich nicht zustande. Mehr will ich auch nicht zustande bringen.

»Georg hätte ihr den Hof vermacht, wenn sie geheiratet hätten.« Er beugt mit der Hand meine Zehen, und es knackt. Ich zucke. Und huste. »Wirklich?«

»Sie haben monatelang gestritten, weil sie ihn nicht alleine übernehmen durfte. Dein Vater hatte Angst davor, was hier rundherum geredet wird.« Leander steckt den Joint zwischen meine Zehen. Ich sehe zu und lache wie ein alter Mann. Einmal kräftig, dass es den Oberkörper beben und wieder in sich zusammensacken lässt.

»Das hat sie nicht gesagt. So ein Hornochse. Ist doch scheißegal. Sie wäre der bessere Bauer.«

Jetzt lacht Leander. Er nickt, pflückt den Joint von meinem Fuß, nimmt einen Zug, bis es knistert, und steckt ihn zurück zwischen meine Zehen. »Da hast du recht.«

Ich versuche, Ringe in die Luft zu qualmen, aber es gelingt mir nicht.

»Ist das dein erster?«

»Nee«, antworte ich gedehnt.

»Deine Augen sagen was anderes«, lacht er.

Ich fasse mir ins Gesicht und drücke die Augenlider zu.

»Besser?«

Er antwortet lange nicht. Ich schlage die Augen wieder auf.

»Ihr habt beide diesen Schlafzimmerblick – du und deine Schwester.«

Ich stöhne. Ein bisschen heftiger als geplant, und ich lasse den Kopf nach hinten in den Nacken fallen.

»Den hab ich auch ohne Dope. Den hat Georg vererbt.«

»Ich weiß.«

Ich bekomme den Kopf nicht wieder zurück und lehne ihn gegen die Kante der obersten Treppenstufe.

»Du hast nen halben Schlafzimmerblick.«

Leander hustet. Lachen und rauchen vermischen sich schlecht.

»Sehr charmant, danke«, krächzt er.

»Wie ein Picasso«, fasele ich, den Kopf auf der Stufe hin- und herkullernd wie eine fette Murmel. Im Nachhall kommt mir die Aussage falsch vor. Weil auch Henning mich so genannt hat. Nur er meinte den Künstler, ich spreche vom Werk. Zeichner und Gezeichneter.

Komm her, Picasso.

Komm her.

Da ist er wieder. Hat sich angeschlichen. Durch meinen Hinterkopf.

Leander sieht über die Wiese hinweg und verschleiert mir die Aussicht mit den letzten Zügen. Etwas in seiner Körperhaltung hat sich geändert. Ich komme zu keinem Schluss, denn Leander entflieht meiner Nähe plötzlich und steht auf.

»Was?«, stoße ich hervor.

»Nichts«, wirft Leander zurück. Der gleiche Tonfall, aber ein anderer Blick. Ich weiß, meiner ist irritiert und verletzt, während Leanders darin Halt sucht. Seine Brust hebt und senkt sich schnell, seine Nasenflügel blähen sich. Ich sehe, wie er schwer schluckt, mehrmals. Das Schwimmbadblau kräuselt sich. Er schlägt die Augen nieder. Ich versuche zu lesen. In dem Felsgrat seines Kiefers. Aus dem hüpfenden Adamsapfel und dem Zwinkern des linken Auges. Dem gepressten Atem. Es sind Symptome, die auf mich überspringen. Als hätte er mich mit einer Krankheit angesteckt. Oder ich ihn?

Fast bin ich mir sicher, dass Henning auch in seinen Kopf gekrochen ist. Dass er ihn hinter dem Schwarz meiner Iris sehen kann und all das, was wir miteinander getan haben. Dass er deshalb aufgesprungen ist.

Ich höre den Regen überm Wald heranziehen. Wie tausend Flügelschläge eines Vogelschwarms. Sekündlich aufquellendes Rauschen, und dann ist er da. In dicken kalten Tropfen fällt er aus den Wolken. Platzregen, der über die trockene Erde hinwegspülen wird.

Leander rührt sich immer noch nicht. Seine Augen schwimmen. Und ich bin ratlos. »Warum weinst du?«

Ich sehe mich zwischen den ersten kleinen Pflanzen des Gewächshauses stehen, selbst noch nicht ausgewachsen. Die Scheiben sind beschlagen, und doch erkenne ich Henning am Gang und an der Statur, als er auf das Gewächshaus zukommt.

Leander dreht sich zu mir um.

Heute verstehe ich den Ausdruck auf seinem Gesicht, erkenne die Sorge darin, die mir damals kein Begriff war.

Die Tür des Gebäudes klappt leise zu, ich höre, wie Leanders Schritte im Herbstgras einsinken, während er Henning entgegengeht. Sein selbstbewusster Gang schlägt den Hennings in die Flucht, er bleibt stehen.

Zwei Männer Stirn an Schläfe im Regen hinter dunstig verhangenen Fenstern, hinter Wasserschleiern. Es könnte eine zärtliche Geste sein, wie Wochen zuvor zwischen Liebhabern. Stirn an Schläfe. Ein Flüstern – ein Versprechen vielleicht oder eine Drohung. Dann Stirn an Stirn, wie zwei Rehböcke im Kampf. Und einer geht zu Boden. Henning. Im Bruchteil eines Wimpernschlags. Hinter den regennassen Scheiben sehe ich ihn zum letzten Mal. Als Leander zurück ins Gewächshaus kommt, ist Henning nicht mehr da. Ob Leander es nicht merkt oder bewusst ignoriert, weiß ich nicht, aber ich zittere so sehr am ganzen Leib, dass meine Zähne aufeinanderschlagen.

Er läuft um den großen Tisch, der mittlerweile im Zentrum des verglasten Raums steht und auf dem sich lauter Säcke mit Erde stapeln. Er sieht mich nicht an. Er ordnet die vorangegangene Situation nicht ein.

Gibst du mir mal das Taschenmesser?

Ich verharre, starre Leanders Rücken an und reagiere nicht auf das, was er gesagt hat. Ich bin angefüllt mit Schmerz. Bis in die letzte Fuge. Ein undefinierbarer, nicht lokalisierbarer Schmerz.

Jirka, gib mir das Messer.

Diesmal ist es ein Befehl, und Leander verleiht ihm Nachdruck, indem er sich aufrichtet und mir dabei in die Augen sieht. Ich nehme das Messer am Heft und in der Drehung zurück zum Tisch lasse ich es in seine Handfläche hinab. Ein Geräusch wie ein Fauchen entfährt ihm. Seine Knie knicken ein – nur kurz –, dann sieht er mich entgeistert an, die Finger noch eng um die offene Klinge geschmiegt. Als er das Messer fallen lässt, ist in seiner Handfläche schon ein roter Teich. Erst da erkennt er, was mit mir geschehen ist, wie aufgebracht ich bin. Erst da hält er inne und begreift. Seine Schultern werden schwer und das Gesicht milde.

Er kommt nicht wieder.

Ich renne los. Renne auf den Speicher, reiße die Giebelluke auf und werfe alles, was ich zu packen bekomme, hinunter. Die Matratze. Die Bücher. Die Zeichnungen. Den kleinen Nachttisch und die Lampe. Und zuletzt Leanders Boxsack, der durch das Glasdach bricht und einen Schweif aus Scherben nach sich zieht.

Leander schüttelt den Kopf. Schüttelt meine Frage ab und zwingt sich ein Lächeln auf. »Quatsch«, sagt er und wischt sich fahrig die Augen, »ich wein nicht.« Er räuspert seine Stimme zurecht, weicht mir aus, schaut erneut über die Wiese und strafft die Schultern. »Sagst du Lene, dass ich weg bin übers Wochenende?«

Ich nicke beklommen, obwohl er mich nicht ansieht. Obwohl erst Mittwoch ist.

»Wo denn?«

»Ähm –«, er schluckt. Ich sehe, wie er kämpft, dass er kaum sprechen kann. Und bin betäubt von diesem Anblick.

»Ich sag's ihr.«

Er nickt. Nuschelt »In Ordnung« und macht kehrt, um in den Taunus zu steigen. Bevor er die Fahrertür neben sich zuzieht, räuspert er sich abermals. »Behalt die Kassette meinetwegen.« Dann startet er den Motor; im Scheinwerferlicht des Autos sieht der Regen aus wie dicht gewebtes Garn. Erst als sich das Rücklicht langsam im Wald entfernt, komme ich zu mir, und etwas bricht ein in meinem Innern. Ich weiß nicht, ob es Enttäuschung ist. Das Zurückgewiesen-Werden. Ob es alt ist oder neu. Ich spüre nur, wie auch mir die Tränen kommen.

XIII

Gorsch?

Agnes steht am Fenster ihrer Küche und sieht zum Geräteschuppen hinüber, wo Henning den Steyer abgestellt hat und gerade in die Scheune schlurft.

Spricht der Junge mit dir?

Hauptsache, er arbeitet.

Das eine schließt das andere nicht aus.

Georg zuckt mit den Schultern.

Mein Vater ist selbst zurückhaltend, wenn es ums Sprechen geht. Anders kenne ich ihn nicht, aber manchmal stelle ich mir vor, dass erst der Tod unserer Mutter ihn so schweigsam gemacht hat. In Wahrheit liegt der Grund irgendwo in Russland begraben und hat sich ereignet, als es weder Malene und mich noch unsere Mutter gegeben hat. Wie Henning ist auch Georg angefüllt mit Traurigkeit, stumm und schwer bepackt hier auf dem Hof aufgetaucht. Nur hat Henning seine Heimat verlassen, und Georg ist zu ihr zurückgekehrt.

Agnes wendet sich mir zu.

Spricht er mit dir?

Ich schüttle den Kopf.

Hol ihn mal rein, Essen ist fertig.

Ich weigere mich nicht, aber ich würde gern. Menschen

wie Henning und Georg schüchtern mich ein, ich umgebe mich nicht gern mit ihnen.

Als am Ende der Woche noch immer kaum ein Wort aus Henning herauszubekommen ist, spricht Agnes Leander an.

Ihr seid doch fast im selben Alter.

Leander verdreht die Augen. Er weiß, dass Agnes ihn vorschickt. Aber nicht wegen des Alters, sondern weil sie die Sprache der Traurigen nicht spricht. Manchmal auch nicht die der Fröhlichen. Agnes liegt irgendwo dazwischen, bei Pragmatismus und Stolz. Man könnte auch einfach sagen, dass Leander das nötige Einfühlungsvermögen mitbringt, egal wer da kommt. Aurelio, der damals fast dreißig ist, als er mit seinem Bruder auf den Hof kommt, schreibt Leander auch später noch Briefe. In dem Jahr, als Leanders Vater stirbt, kommt er sogar zur Beerdigung. Nur kurz, weil er weiter nördlich, im Alten Land, angestellt ist und den Job riskiert, wenn er zu lange fehlt.

Leander nimmt Henning abends mit ins Piccolo Mondo, die letzte verbliebene Kneipe in der näheren Umgebung, und was auch immer in dieser Nacht passiert, Leander verdreht nie wieder die Augen, wenn Agnes ihn zu Henning schickt.

Ich beobachte die beiden skeptisch aus der Ferne, wenn sie an der Scheunenecke rauchen und Henning plötzlich den Kopf in den Nacken wirft und so laut lacht, dass ich ihn für einen ganz anderen Menschen halte. Bis in den späten Juli geht das so. Bis die Ernte beide, Leander und Henning, so sehr vereinnahmt, dass ich sie kaum noch schwatzend und rauchend sehe.

Eines Nachmittags, es ist ein Regentag, frage ich Leander, wie er es angestellt hat, dass Henning sich ihm öffnet.

Wenn du Menschen kennenlernen willst, musst du mit ihnen spielen, sagt Leander.

Vielleicht hätte ich damals einiges erkennen können, hätte ich auch nur ein einziges Mal mit Henning Karten gespielt. Vielleicht auch nicht, denn sogar Leander sind ein paar Dinge entgangen.

Ich drehe den Duschhahn zu und starre an die blau gekachelte Wand. Die Schatten der Platane zittern durch den Raum. Nichts lässt mehr darauf schließen, dass vor zwei Tagen Regenwolken über den Hof gezogen sind. Der Schauer hat keine halbe Stunde angehalten. Danach blieb nichts als Dampf. Lauter Schwaden, die aus der Erde züngelten. Und eine weitere halbe Stunde später erinnerte nur der feuchte Film auf der Haut an den Niederschlag.

Ich streiche das Wasser von den braunen Unterarmen und verteile Pfützen auf dem Boden, als ich nackt den Raum durchquere. Trage meine nassen Fußspuren über den Teppich des Flurs bis in mein Zimmer und lege mich flach auf meine Matratze.

Ich suche Auswege. Irre in Gedanken durch ein Geflecht aus Möglichkeiten, die keine sind. Seit zwei Tagen. Seit Leander vom Hof gefahren ist. Nichts verschafft mir Ruhe außer dem Schlaf, der leider rar geworden ist. Brüchig und durchlässig für unbequeme Träume. Leander spaziert hindurch. Wenn ich aufwache, ist er fort, und ich breche ein weiteres Mal ein. Nur spaziert Leander auch im wachen Zustand durch meinen Kopf. Seine Fußknöchel unter den aufgekrempelten Hosenbeinen. Seine sehnigen Unterarme. Der Geruch seiner Haut, als er mir im Beet das Hemd um den Kopf bindet und als ich am Schwimmbecken in seinem Schoß liege. Und die Berührung auf der Haustreppe, der

Daumen, der den Innenrist meines Fußes entlangfährt. Und der Blick, der sich stetig schärft und in mich gleitet, ganz mühelos.

Ich drehe das Gesicht ins Kopfkissen und schreie.

Dank Leander blüht Henning mehr und mehr auf. Der Kummer, der ihn vorher zu beherrschen scheint, tritt in den Hintergrund. Die abendlichen Ausflüge zur Kneipe werden auf nächtliche Ausflüge in die viel weiter entfernte Kreisstadt ausgedehnt. Samstags steht Leander mit seinem Mofa unter der Platane und wartet, bis Henning hinter ihm Platz nimmt; dann sind sie bis in die Früh unterwegs.

Hat Leander hier geschlafen?

Malene und ich stehen oben in ihrem Zimmer am Fenster und sehen zu, wie das Mofa unter den Bäumen davonqualmt. Ich bin gerade mit ihren Deutschhausaufgaben fertig geworden. Ich sehe meine Schwester mit zusammengezogenen Brauen an.

Und Henning? Ist der schon mal weggeblieben nachts?

Ich zucke mit den Schultern.

Du sagst doch, du hörst ihn jedes Mal, wenn er wiederkommt.

Es stimmt. Ich schlafe meistens unruhig oder gar nicht, wenn die beiden unterwegs sind. Erst wenn ich Hennings Schultern gegen die Wände des engen Treppenaufgangs stoßen höre, das Rauschen der Wasserrohre und zum Schluss seine quietschende Zimmertür, entspanne ich mich.

Nee, wieso soll er wegbleiben?

Malenes Lippen umspielt ein überhebliches Lächeln.

Die ficken.

Das Wort lässt mich zurückschrecken. Meine Schwester ist seit der Ausbildung nicht zimperlich mit solchen Ausdrücken. Ganz im Gegenteil, es gibt ihr ein Gefühl von

Stärke, und deshalb wirft sie nur so um sich mit vulgären Worten.

Was?! Die ficken, ist doch klar, lacht sie.

Malenes Worte säen etwas in mir. An diesem Abend spüre ich es bloß als Kribbeln auf der Haut, ein leichtes Stechen zwischen den Rippen. Ich weiß sofort, dass mir nicht gefällt, was sie sagt. Nicht weil es vulgär ist, sondern weil es möglicherweise der Wahrheit entspricht.

Wenig später habe ich Gewissheit.

Leander und Henning fangen an, das heruntergekommene Gewächshaus, das sich seit Malenes Achtzehntem wieder ein wenig im Schatten des Hauptgebäudes versteckt, zu entrümpeln. Seit der Feier hat sich dort wieder allerlei Zeug angesammelt. Vor allem kaputtes Zeug.

Leander besorgt den Pick-up eines befreundeten Handwerkers, und Malene und ich helfen einen Sonntag lang den ganzen Kram einzuladen. Danach schrubben wir den gläsernen Bau, bis uns die Handflächen brennen. Das Ergebnis kann sich sehen lassen. Plötzlich hält wieder ein wenig des alten Zaubers Einzug auf dem Hof.

Und was macht ihr jetzt damit, frage ich Leander beim Abendbrot.

Mal gucken. Henning kennt sich ein bisschen aus, seine Familie hat drüben eine Gärtnerei gehabt.

Und dann verbringen Leander und Henning ihre freie Zeit damit, ein Potpourri aus Pflanzen zusammenzustellen, Beete anzulegen und Pläne für eine Bewässerungsanlage zu schmieden.

Nachdem Malene in ihren Worten festgestellt hat, dass zwischen Leander und Henning irgendetwas vorgeht, beobachte ich Leander aus der Ferne. Ich fertige Zeichenstudien von ihm an. Manchmal auch von Henning. An einem

Mittwochvormittag, es sind noch Schulferien, zeichne ich sie beide. Ganz schnell, nur Umrisse. Körperhaltung und vielleicht mal einen Gesichtsausdruck, wenn ich ihn zu fassen kriege. Nach dem Mittagessen starre ich die auf dem Boden meines Zimmers ausgebreiteten Blätter an und versuche, darin zu lesen, was ich mich nicht zu fragen traue.

Sind die beiden verliebt?

Ich höre Schritte auf dem Flur, und kurz darauf lehnt Leander im Türrahmen. Er hat die Arme vor der Brust verschränkt, was seine Boxerstatur enorm hervorhebt. Er trainiert wieder mehr, das verraten auch die offenen Stellen an den Handknöcheln.

Wir sagen beide nichts, und erst, als er sich abstößt und zu mir ins Zimmer tritt, wird mir bewusst, dass die Dielen hinter mir übersät sind mit Zeichnungen von ihm. Ich bin mittlerweile gut genug, dass er das auch erkennen kann.

Hilflos sehe ich mit an, wie er sich hinabbeugt, ein Blatt nach dem anderen betrachtet und dann nach einem greift, auf dem ich seinen Gesichtsausdruck so herausgearbeitet habe, dass er einen direkt anzuschauen scheint.

Irgendwann nickt Leander. Legt die Stirn in Falten und nickt. Dann sieht er mich an.

Jirka?

Ja?

Du gehst mir aus dem Weg.

Ich schweige. Starre zurück, bis ich es nicht mehr aushalte, mit den Schultern zucke und die Papiere zusammenraffe.

Du bist wahnsinnig gut geworden, weißt du das?

Auf mein zögerliches Nicken lacht er leise, gibt mir die Zeichnung zurück und berührt mich mit dem Finger kurz unterm Kinn.

Henning hat recht, aus dir wird mal ein richtig hübscher Mann.

Mein Gesicht wird warm, und ich schiebe den Papierstapel eilig unters Bett.

Dafür muss man sich nicht schämen.

Wieder höre ich ihn lachen, und das macht mich plötzlich unfassbar wütend. Er muss es mir ansehen, als ich mich ihm erneut zuwende.

Irgendwas hab ich dir getan, vermutet er mit zusammengezogenen Brauen.

Mehr als aufeinandergepresste Lippen und ein halbherziges Kopfschütteln bringe ich nicht zustande.

Ich muss Hausaufgaben machen.

Deine eigenen oder schreibst du wieder Lenes Aufsätze?

Ich spiegele schwach sein Lächeln.

Das hat Zeit. Komm, ich will dir zeigen, was wir in den letzten Tagen alles geschafft haben.

Anstatt zu widersprechen, folge ich ihm nach unten ins Gewächshaus. Als Leander die Tür aufschließt, strömt mir feuchte Wärme entgegen. Ich schaue hinauf zu den Stahlträgern, an denen rote Schläuche entlanglaufen, unterbrochen von Rotatoren und Nebeldüsen. Die Bewässerungsanlage. Dafür hat Leander all seine Ersparnisse hingeblättert. Das weiß ich von Georg, der dieses ganze »Brimborium«, wie er es nennt, reichlich unnötig findet. Allerdings auch nichts dagegen einwendet. Das Glashaus ist ein Niemandsland.

Und?

Leander sieht mich auf eine Weise an, die mir ein schlechtes Gewissen macht. Ich bin unfair gewesen.

Wo sind die Pflanzen?

Zwischen dem Blaubasaltpflaster sehe ich saubergekratze

Fugen, aus denen bis vor Kurzem noch Löwenzahnrosetten quollen. Manche der Beete, die unter dem Gerümpel zum Vorschein gekommen sind, sehen wie Schnecken aus. Unregelmäßig, sodass einige Flächen mehr Platz bieten als andere. Am hinteren Ende des Gewächshauses, von wo man in den Garten schauen kann, steht eine Banktruhe. Sie ist das Einzige, das Leander aus dem Sammelsurium an Schrott behalten hat.

Henning ist unterwegs. Er bringt später die ersten mit, aber bis es hier richtig grün wird, dauert's noch.

Er geht zu der Bank hinüber und setzt sich.

Du kannst beim Pflanzen helfen, wenn du Lust hast.

Ich stehe immer noch wie festgefroren an der Tür.

Ja, in Ordnung, brumme ich.

Leander nickt und fischt eine unförmige Zigarette aus dem Inneren der Bank. Als er sie ansteckt, reichert sich die Luft unter dem Glas mit süßlicher Würze an. Ich höre dem Knistern zu, betrachte das rote Glühen und wie Leander kurz die Augen schließt, bevor er ausatmet. Er streckt sich lang auf der Bank aus, pustet den dichten Qualm zur Decke hinauf und dreht dann den Kopf, um mich anzulächeln.

Weckst du mich?

Ich nicke.

In 20 Minuten?

Ja.

Dann lasse ich ihn allein.

Malene hat etwas in mir gesät, an dem Tag, als wir Leander und Henning zusammen im Wald verschwinden sahen, aber gewachsen, geradezu gewuchert, ist es ganz von allein. Und als ich zwanzig Minuten später wieder an der Tür stehe und sehe, wie Henning sich zu Leander hinabbeugt, um ihn zu küssen, steht es in voller Blüte. Das Gefühl ist mir bisher fremd gewesen. Mein erster Impuls ist, die Tür aufzureißen und die beiden anzuschreien. Stattdessen laufe ich davon und verstecke mich.

XIV

Am Montag schiebe ich das Fahrrad, das ich neulich unter dem Schuppen hervorgekramt habe, durch das Gestrüpp der Wiese Richtung Westen, zur Auffahrt. Am Vortag lagen eine Einkaufsliste und ein Zwanzigmarkschein auf dem Küchentisch. Nun steckt beides in meiner Hosentasche.

Grandel hat den Weg vom Balkon bis zu mir gefunden, und während ich aufsteige und in die Pedale trete, tänzelt sie eine Weile neben mir her. Irgendwann macht sie kehrt und trabt zum Hof zurück.

Im Wald wird es kühler. Ich nehme die Hände vom Lenker und knöpfe mein Hemd auf, das im Fahrtwind zu flattern beginnt. Die Rufe von Tauben begleiten mich und das musikalische Geräusch der vom Reifen abspringenden Steinchen. Ich sehe an meinem Oberkörper herab. Meine Brust ist dunkel von Sommersprossen, als hätte jemand den körnigen, roten Untergrund einer Laufbahn darauf ausgeschüttet. Kaum ein Haar, schmal und androgyn, daran wird sich nicht mehr viel ändern. Ich lege den Kopf in den Nacken, trample und trample und sehe zu, wie das Blätterdach über mir weht.

Hast du dich schon mal gefragt, warum die nicht ineinandergreifen?

Ich folge Malenes Blick hoch in die flatternden Wipfel der Eschen und Buchen. Es ist Sonntag, und ich begleite sie zum Zug. Ihr letztes Lehrjahr ist angebrochen.

Die Bäume? Nee.

Stehen ein Leben lang nebeneinander und lassen sich trotzdem vollkommen in Frieden.

Ich zucke mit den Schultern.

Baumkronenschüchternheit heißt das. Witzig, oder?

Ich muss schmunzeln. Obwohl meine Mundwinkel dieses Jahr schwer geworden sind, und ich Malene gerne erzählen würde, warum. Jeden Sonntag bringe ich sie zum Zug, und jeden Sonntag versuche ich, mich zu überwinden.

Damit sich Schädlinge nicht so schnell ausbreiten.

Ich betrachte ihr leuchtendes Gesicht. Die Lehre tut Malene gut. Aber sie hat uns auch voneinander entfernt. Die Zeit, in der sie mir ihre Hausaufgaben untergeschoben hat, liegt lange hinter uns. Sie liest immer noch ungern, aber weil ihr biologisches und landwirtschaftliches Interesse wächst und wächst, wachsen auch die Bücherstapel, durch die Malene sich wochenends quält, wenn sie zu Hause ist.

Ich finde Bäume viel interessanter als Monokulturen. Georg hätte die Obstbäume nicht ummachen dürfen, wenn du mich fragst.

Ich habe eigentlich keinen Überblick, was die betrieblichen Entscheidungen meines Vaters angeht. Ich weiß, dass es schlecht aussah in den Obstjahren und dass er die Plantagen auch gerodet hat, weil es hieß, für den Obstbau sei die Region einfach nicht geeignet. Malene plappert neben mir von den Vorzügen unserer Senke, von kalkhaltigen Böden und davon, der einzige Obstbaubetrieb in der Region zu sein. Es sei so viel möglich, wenn man es nur gut durchplane.

Du klingst wie Opa Kurt, sage ich.

Ach Quatsch, an den kannst du dich doch gar nicht mehr erinnern.

Klar. Wenn die früher aus Kettwig zu Besuch kamen, war die erste Frage immer, »Wie sieht's auf den Plantagen aus?«.

Malene verschluckt sich an ihrem Lachen.

Aber Agnes hat gefragt, nicht Kurt. Und dann auch immer Vilém. Da hat keiner auf Georgs Antwort gewartet.

Sie vergräbt das Gesicht in den Händen und schüttelt den Kopf, bevor sie fortfährt.

Ich bin mal mit Opa Kurt und Vilém nach dem Essen in die Plantagen, und er bleibt irgendwann stehen und sagt zu mir: Hömma Mädchen, der Dorodzala und ich, wir streiten uns schon unser Leben lang drum, wer die Bäume richtig schneidet –

So lang kannten die sich?

Sie winkt hektisch ab.

Meine Bäume sehen aus wie schöne Damen, Diven sind das. Die vom Dorodzala, die sehen aus wie Huren – Aber

Malene macht eine bedeutungsvolle Pause und hebt ihren Zeigefinger in die Luft.

Die machen alle, was sie sollen.

Dann prustet sie wieder los, und ich erwidere ihre Begeisterung mit einem müden Lächeln. Wir sind auf der Höhe des Verwalterhauses angekommen, und die Geschichte über Vilém Dorodzala macht mich wehmütig. Es liegt so viel Schwere zwischen Malene und mir, dass ich mich wundere, warum sie nichts davon spürt. Oder ignoriert sie dieses wachsende Ungetüm ganz bewusst? Ist ihr mittlerweile egal, wie es mir hier geht?

An diesem Sonntag breche ich mein Schweigen nicht. Und auch an keinem der darauffolgenden. Wäre es vielleicht anders gewesen, wenn sie gefragt hätte? Wenigstens einmal gefragt hätte, ob alles in Ordnung ist?

Hinter dem Wald, auf dem asphaltierten Feldweg blinkt eine Windschutzscheibe im Sonnenlicht, und kurz darauf erkenne ich den Taunus, der sich die Straße hinabbewegt. Auch wenn ich mich seit Tagen nach Leanders Anblick sehne, in diesem Moment ist mir überhaupt nicht nach einer Begegnung. Lieber würde ich mich hinter der Balustrade des Balkons verschanzen und ihn aus sicherer Entfernung beobachten. Die Lage abschätzen, die Laune.

Ich fahre ihm entgegen, bis am rechten Waldrand das Haus von Leanders Vater auftaucht. Dort mache ich Halt und knöpfe mein Hemd zu, während ich warte. Mein Herz flackert hilflos, und ich weiß nicht, wo ich hinschauen soll, wie ich mich ablenken kann, für die wenigen Sekunden, bis Leander aussteigt und irgendetwas passiert.

Leander lenkt den Wagen neben das Gebäude und parkt. Der Motor verstummt. Eine hartnäckige Angst setzt sich laut über alles andere hinweg. Lag ich richtig auf der Haustreppe? Hat Leander an Henning gedacht? Denn das Letzte, worüber ich jetzt reden will, ist Henning.

Durch die Heckscheibe beobachte ich, wie Leander den Kopf senkt und mit den Fingern unentschlossen über das Lenkrad streicht. Ich verharre hinter dem Taunus. Er öffnet die Fahrertür. Er steigt nicht aus, er dreht sich nur ein bisschen im Sitz, stellt einen Fuß in den Rahmen und sieht zu mir herüber. Die Finger nesteln schon an einer Zigarette. Das mit den Sonnenblumenkernen scheint nicht besonders gut zu laufen. Ich gebe mir einen Ruck und schiebe das Rad ein Stück in seine Richtung. Unter meinen Schuhen brechen trockene Grashalme.

»Na«, sagt er, ohne von dem Gebastel aus Papier und Tabak aufzusehen. Leanders Hände stellen sich geschickt an. Während er die Zunge übers Papier fahren lässt, stemme ich die Füße in die Pedale und die Hände in den Lenker und murmele »Na« zurück. Leander beobachtet, wie ich das Fahrrad auf der Stelle balanciere. Sein Feuerzeug schnippt. Der Wind trägt den Qualm über das Autodach hinweg. Die Stille wird mir zu lang.

»Leihst du mir deinen Wagen?«, platzt es aus mir heraus.

»Pfff«, macht er und pustet Rauch aus seinem linken Mundwinkel, die Augen auf seine Finger gerichtet.

»Du hast doch nicht mal 'n Führerschein.« Er wirkt abwesend. Angestrengt wie am Tag meiner Ankunft. Das merke ich daran, dass er mir nicht richtig in die Augen schauen kann. An dem Kräuseln zwischen den Brauen. An seinem Mund, der schmaler wirkt als sonst. Leander kann Stille ganz bewusst schaffen. Er kann sie dehnen und zu seinem Vorteil nutzen. Jetzt erduldet er sie nur. Er weiß sie genauso wenig zu lenken wie ich. Seltsamerweise führt das dazu, dass ich ruhiger werde. Ich studiere das nachdenkliche Gesicht und frage mich, was hinter dieser Stirn vor sich geht.

»Vielleicht lass ich dich mal auf der Wiese üben«, sagt er, mehr zu einem unsichtbaren Dritten als zu mir. Ich nicke stumm. Wieder Stille.

»Na dann«, gebe ich plump von mir, drehe eine Kurve und fahre zurück zur Straße. Er erwidert nichts. Hinter mir höre ich die Autotür zuschlagen und das Klimpern seines Schlüssels. Ich trete wie wild in die Pedale, gegen die Steigung an. Im Stehen und ohne zurückzublicken, den Oberkörper leicht nach vorn gebeugt. Bloß weg hier.

Was auch immer zwischen Henning und Leander ist, es ist nichts Unkompliziertes. Plötzlich vergeht eine Woche, in der Leander sich kaum sehen lässt. Gegen Abend kommt er meist mit dem Mofa von der Arbeit, hält sich eine Weile im Gewächshaus auf und geht dann vorbei an unseren Zimmern auf den Speicher, um seinen alten Boxsack zu bearbeiten. Ein Relikt, das einfach geblieben ist. Danach duscht er im Keller und fährt nach Hause.

Die neuerdings angespannte Situation zwischen ihm und Henning könnte mich freudig stimmen, stattdessen macht sie mir Sorgen. Und eines Abends, als ich die dumpfen Schläge über mir höre, gehe ich hinauf, um Leander zu fragen, was vorgefallen ist.

Auf der gewundenen Treppe zum Speicher verliert sich das Licht des Korridors, das letzte Stück liegt im Dunkeln. Deshalb schiebt Leander, wenn er hinaufgeht, meistens die Giebelluke hinter dem alten Lastenaufzug auf. Selbst wenn es draußen schon dämmert, dringt so das Licht der Außenleuchte herauf.

Als ich die Tür aufstoße, muss ich mich gegen den Luftzug stemmen. Ich gehe an einer abgesägten alten Wendeltreppe und dem Gerüst unserer roten Kinderrutsche vorbei auf den Lichtschimmer zu.

Es ist nicht Leander, der auf den Boxsack einschlägt. Ich erkenne es nicht mal an der hageren Figur, sondern an der Art, wie Henning sich bewegt. Seine Schläge sind unpräzise, sein Timing irgendwie schlecht, er verliert ständig die Balance. Wenn Leander boxt, ist das eine Komposition perfekter Motorik. Da ist stets Konzentration. Fokus.

Erst als Henning mir sein Gesicht zuwendet, verknüpft mein Gehirn die Irritation seiner Bewegungen mit der Tatsache, dass er nicht Leander ist.

Oh, bringe ich nur hervor und bleibe stehen.

Hennings Brust hebt und senkt sich, ich höre seine schweren Atemzüge. Er klemmt einen der Handschuhe zwischen seine Oberschenkel, zieht ihn herunter und lässt ihn zu Boden fallen. Seine Hände darunter sind bandagiert.

Leander weiß, dass ich hier bin.

Er fühlt sich ertappt. Und ich glaube, er lügt sogar. Er wusste, dass Leander an diesem Abend nicht da sein würde.

Ich geh wieder.

Ich bin beinahe wieder an der Treppe, als er ruft:

Du kannst auch bleiben.

Es klingt schüchtern. Als ob er Angst vor meiner Zurückweisung hat. Vielleicht ist es das, was mich überrascht und umkehren lässt.

Leander kommt fortan nicht mehr zum Boxen. Sogar das Gewächshaus besucht er nur noch unregelmäßig.

Jeden Mittag, wenn ich mit dem Rad am Verwalterhaus vorbeifahre, recke ich den Hals und sehe nach, ob das Mofa am Kellereingang lehnt. Aber nichts.

Stattdessen erfahre ich von Agnes, dass er das Ding verkauft und den Taunus seines Vaters zur Reparatur gebracht hat.

Ich sehe Henning an, wie schwer ihn Leanders Abwesenheit trifft. Doch das hält Henning nicht davon ab, allein und zu Fuß in den Ort zu marschieren und betrunken wieder zurückzukehren. Zweimal sammle ich ihn nachts sternhagelvoll vom Badezimmerboden und schleppe ihn ins Bett. Als auch Malene eine dieser Nächte mitbekommt und im Flur auftaucht, winke ich sie mit energischen Gesten zurück in ihr Zimmer. Sie zuckt nur mit den Schultern und schließt die Tür hinter sich.

Ich will Henning nicht teilen. Ich will seine Aufmerksamkeit nicht teilen. Nicht das Gefühl haben, dass es dabei gar nicht um mich geht. Und ich will sein Vertrauter sein.

Als ich ihn das nächste Mal auf dem Speicher höre, gehe

ich wieder hinauf. Er nimmt meine Anwesenheit kurz wahr, akzeptiert, dass ich mich an den Rand der Dachluke setze und ihm zusehe.

Hennings Selbsthass, der zwangsläufig eine Gestalt bekommt, wenn er boxt, macht mich zu seinem Verbündeten. Diese Leerstelle, die ich in mir spüre, erkenne ich auch in Henning. Wir sind uns auf eine bestimmte Art nah.

XV

Ich trample immer noch gegen die Steigung, als ich in den alten Schlägen die hagere Gestalt von Kaspar Daller aus dem Getreide wachsen sehe. Eine fahle, zerzauste Gipsfigur. Das blonde Haar sieht stumpf aus, als würde er den Staub der trockenen Äcker nicht rausgebürstet bekommen. Wie an einer Vogelscheuche hängen die Kleider an ihm. Er dreht die beiden Hälften eines Messgeräts gegeneinander. Eine kleine, runde Mühle, die einem in Prozent den Feuchtigkeitsgehalt im Schrot anzeigt. In seinen schaufelhaften Händen ist sie kaum zu sehen. Landwirte und ihre Hände.

»Na, Junior? Hast Heimweh bekommen?« Er hebt nicht mal den Kopf. Murmelt zwischen schleifenden Kiefern zu mir herüber. Der Blick unter den Kalklidern fängt mich aus dem Augenwinkel ein. Ich steige notgedrungen vom Sattel und halte neben ihm. »So was in der Art.«

Er nickt. Drückt auf dem Messgerät einen Knopf, und ein leises Piepen ertönt. Er knirscht mit den Zähnen. »Hat dein Schwesterchen euern Lohnunternehmer schon rund gemacht? Wird Zeit mit der Gerste.«

Ich konnte Kaspar Daller nie leiden. Der größte Patriarch unter den Bauern hier oben. Georg ist nichts dagegen. Dass Malene offensichtlich das Ruder auf dem Hof übernommen hat, ist für jemanden wie den Daller nur belächelnswert.

Die Verachtung trieft ihm von den dicken Tränensäcken. Ich muss daran denken, dass er früher gern gegen Geflohene hetzte. Damals, als unsere Mutter sich schon lange ihren guten Ruf als Wirtschafterin in der Gegend erarbeitet hatte. Er kannte ihre Herkunft, aber er konnte sich seine fiese Art nicht verkneifen, lästerte gern in ihrer Gegenwart über die heimatvertriebenen Landwirte aus den früheren Ostgebieten, während er sich ihren Apfelkuchen zwischen die Pferdekiefer schob. Viele Geflohene hatten sich hier nach dem Krieg neue Existenzen aufgebaut, hart daran gearbeitet, wie meine Mutter, aber Menschen wie der Daller gönnten ihnen nicht die Brotkrumen auf dem Teller. Dass sie Ländereien vom Staat bekommen hatten, als Ausgleich für das verlorene Land in der Heimat, das ertrug ein Kaspar Daller nicht.

Ja ja, tausend Morgen Wind hinterm Haus, das hatten se, mehr nicht, nuschelte er abends beim Doppelkopf. Zu Zeiten, als sich die Höfe hier oben noch freund waren, das Kartenspiel mit Bügelflaschenbier bewältigt wurde. Die Frauen ihre Männer zuvor beknieten, die harten, politischen Banden dieses Mal vielleicht nicht aufzufahren. Zumindest Vornerum. Denn kaum einer war so bedacht auf seinen eigenen Vorteil wie Kaspar Daller. Da gab es immer auch ein Hintenrum. Mit ihm verkehrte man in der ständigen Erwartung, er könne einen bei der nächstbesten Gelegenheit übers Ohr hauen. Nicht nur einmal hatte Georg bei der Stadt einen Vermesser beauftragt, um die Flurstücke seines Landnachbarn genauer unter die Lupe zu nehmen. Der Grenzstein verschob sich da gerne mal von Monat zu Monat um wenige Zentimeter. Von tausend Morgen Wind hinterm Haus war auch Kaspar Daller nicht weit entfernt.

Nicht jeder hat sich von den Braunen schuldfrei machen lassen,

Kaspar, manche haben alles verloren und nicht auf so großem Fuß gelebt wie du.

Die liberale Haltung brachte Heinz Früchtenich trotz Klaras Einwänden mit an den Tisch, wenn die Männer spielten. Er konnte Kaspar Daller seine Parolen nicht lassen.

Wenn ich sein feixendes Pferdegesicht schon sehe, hörte ich ihn später am Abend zu meiner Mutter sagen, *jeder weiß, dass er mit dem rechten Gesocks ins Bett gestiegen ist.*

Heinz, versuchte meine Mutter leise zu beschwichtigen.

Nein, Theresa, so einer, der kommt immer irgendwie durch, den muss man nicht schonen.

Und damit lag er vermutlich gar nicht so daneben. Kaspar Daller sah sich selbst als besten Hengst im Stall, und er wusste natürlich auch alles besser. Während der Rest der Bauern im Winter die Fortbildungen der Landwirtschaftskammer besuchte, hielt der Daller Vorträge über das unnötige Blabla und verwandte seine Spritzmittel frei nach dem Leitsatz *Viel hilft viel.*

»Ich muss weiter.«

Er nickt und pult das geschrotete Korn mit den krummen Fingern aus dem Messgerät. »Komm doch mal vorbei bei uns, die Magda freut sich bestimmt, dich mal wiederzusehen.«

Ich starre ihn an. Die langen Fingernägel, die silbrig stoppelige Haut am Hals, wie ein altes Polierleder. Und dann weiß ich, woran mich Kaspar Daller erinnert. An den Reiher an unserem Schwimmbecken. Wie er in Zeitlupe um das Wasser stakst und auf die Fische unter der Oberfläche schielt. Ich bin so ein Fisch. Ein vermeintlicher Hoferbe, der mehr als Wind hinterm Haus zu bieten hätte. Nur deshalb lädt er mich zu sich ein. Weil er wieder was ausklügelt, die eigene Tochter verwirtschaften will.

Ich nicke unverbindlich, verabschiede mich und steige zurück aufs Rad. Lasse Kaspar Dallers heiseres Lachen hinter mir. Den lose wackelnden Kopf, der von mir abgewandt ist und es trotzdem schafft, mich im Auge zu behalten.

Ich japse über die Kruppe, und dahinter fahre ich Schlangenlinien, um die kaputten Bremsen nicht zu sehr zu beanspruchen.

Wind kommt auf. Um mich herum raschelt das Getreide. Die Roggenmuhme geht durch die Schläge.

Sie jagt einen immer tiefer ins Feld und dann kriegt sie dich, höre ich Agnes.

Die Geschichte erzählte sie jeden Sommer von Neuem. Sobald das Korn hoch genug war, dass wir Kinder kaum oben rausgucken konnten. Die Roggenmuhme – ein mächtiger Geist, der die Felder bewacht und dafür sorgt, dass nicht irgendwelche Blagen hineinrennen und Trampelpfade hinterlassen. Fast unsichtbar und nur zu erkennen, wenn sie durchs Getreide streift, auf der Suche nach ungezogenen Kindern.

Aber was ist, wenn ich ganz schnell renne?

Das hilft dir nicht. Sie schickt riesige Wölfe. Manchmal kommen sie nachts und suchen die ungezogenen Kinder in ihren Betten auf.

Und dann?

Dann reißen sie dich in Stücke und fressen dich.

Ich spüre die alte Kinderangst nachhallen. Selbst auf den grellen Internatsfluren hatte ich immer diesen schnellen, etwas zu hektischen Schritt drauf. Das habe ich nicht mehr rausbekommen. Auf der Flucht vor den Wölfen.

Es gibt unzählige Sagengestalten in der Gegend. Ob Kinderschreck oder bäuerlicher Aberglaube, Agnes übernahm alles, was ihrer Erziehung zuträglich war.

Ich schüttle den Korngeist aus dem Kopf, rumple über die schorfigen Stellen im Asphalt, schneide die Schatten der Mittelspannungsleitungen. Da weit und breit kein Auto zu sehen ist, lasse ich das Fahrrad auf der Landstraße ausrollen und nehme den Abzweig zum Ort. Vorbei an der St. Margaretha mit ihrem Haubendach über dem Kirchenschiff. Streng und düster neben der weiß verwaschenen Pappgestalt des Klosters. Auch das dürfte Kaspar Daller ein Dorn im Auge sein. Oder zumindest seine Bewohner aus Nonnen und Aussiedlerkindern.

Ich habe mich nach Vilém Dorodzalas Tod das ein oder andere Mal gefragt, ob Leander wohl hinter diesen Mauern gelandet wäre, hätte er nicht eins der Zimmer im zweiten Stock bei uns bekommen, bis er volljährig war.

Wäre er dann vielleicht irgendwann einfach von hier fortgegangen?

Wäre Henning dann überhaupt so lange bei uns geblieben?

Diese Abzweigungen in der Vergangenheit haben mich häufig beschäftigt. Tun es noch. Weil sie ohne Antworten bleiben. Sie bilden nur weitere Knoten in dem Gewirr aus Fragen.

In dem September, in dem ich vierzehn werde, sitzt Leander seit Langem das erste Mal wieder mit uns am Tisch. Die Ernte ist eingebracht, und wir feiern Harkemei. Während er nicht einen Tropfen Alkohol anrührt, schlägt Henning keins der ihm angebotenen Biere aus, trinkt jeden Obstler und jeden Korn mit und bekommt ein immer verwascheneres Lächeln, je später es wird. Leander beobachtet ihn den ganzen Abend. Der Ekel, der ihm dabei ins Gesicht geschrieben steht, ist rücksichtslos, er versteckt ihn nicht. Henning gibt sich indes Mühe, Leanders Abneigung auszuhalten. Den ganzen Abend über sieht er kaum vom Tisch auf, nur Agnes, die auf der anderen Seite neben ihm sitzt, sieht er zwischendurch direkt an. Ich merke auch, dass er mir körperlich immer näher kommt, und als Karl Teuken und Gissel Junior, die für die Ernte noch mal ausgeholfen haben, aufbrechen, wendet sich Henning mir zu, streicht mir durchs Haar und sagt: *Du bist so ein schöner Junge mit deinen Locken*.

Ich spüre Malenes Belustigung und Agnes' spitzlippige Missbilligung. Und ich nehme auch Leanders starre Miene wahr. Er sieht mich an, aber ich kann den Ausdruck in seinen Augen nicht deuten. Ich höre noch sein: *Dafür muss man sich nicht schämen, Jirka*. Und dass ich es in dem Moment doch tue – seinetwegen –, macht mich furchtbar wütend.

Leander fährt Malene an diesem Abend mit dem Taunus zum Zug und kommt selbst nicht zurück.

Agnes räumt den Tisch ab, Georg ist in seinem Stuhl eingeschlafen, die letzte Flasche Bier aus seiner Hand gerutscht. Ich hebe sie auf und stelle sie auf den Tisch. Henning starrt vor sich auf den leeren Teller. Er tut mir unendlich leid. Ich würde gern etwas sagen, das ihn aufmuntert, aber darin bin ich schlecht. Ich wage nicht mal, ihm die Hand auf die Schulter zu legen, wie Leander es vielleicht tun würde.

Henning sieht mich an, wie ich unschlüssig ihm gegenüber neben dem schlafenden Georg stehe, und ringt sich ein Lächeln ab. Er schiebt langsam seinen Stuhl zurück, braucht einen Moment, wie um sich zu wappnen, dann steht er auf und geht ins Haus. Ich folge ihm. Wie sein Schatten. In der Erwartung gebraucht zu werden, was er niemals äußert, was ich einfach annehme.

Im Bad stehen wir nebeneinander vor den beiden Waschbecken und putzen uns die Zähne.

Das meinte ich ernst vorhin, dass du schön bist.

Ich lächle schüchtern. Ich bin dankbar, dass er es wiederholt. Er spuckt aus und dreht sich zu mir um, den Mund von weißer Zahnpasta verschmiert.

Glaubst du mir nicht?

Ich druckse herum, spucke ebenfalls aus und versuche zu ignorieren, dass er mich dabei beobachtet.

Das hat noch nie jemand gesagt.

Vielleicht aber gedacht.

Ich spüre, wie mein Lächeln breiter wird.

Gute Nacht, Jirka.

Er küsst mich auf die Wangen. Links. Dann rechts, ein bisschen zu nah am Mundwinkel. Ich werde rot. Er bemerkt es nicht. Wir schauen uns kurz in die Augen, dann beugt er sich erneut vor. Das Gefühl feiner Bartstoppeln. Ich rieche seine Bierfahne und Zahnpasta und Hennings unverkennbares Azzaro.

Tschuldige, ich bin nur –

Einsam, denke ich.

Betrunken, beendet er den Satz, aber wir meinen das Gleiche.

Ich bin nass geschwitzt, als ich auf dem Heimweg mit zwei Netzen voller Einkäufe am Lenker über die Hügelkuppe trample. Ein paar verirrte Wolken wattieren die Sonne und bescheren mir kurzfristig Schatten. Bevor der Feldweg wieder in die Senke abfällt, springe ich vom Sattel und verschnaufe. Ich wittere einen saftigen Muskelkater, lege den Kopf in den Nacken und stöhne ausgiebig gen Himmel. Mir fehlt das Schwimmtraining. Heute zum ersten Mal richtig.

In der Ferne pafft der Schlot neben der Heila in seinem ewig gleichen Rhythmus weißes Gewölk zwischen die Fichtenwipfel. Ich denke an einen Mann in braunem Anzug, der darunter steht und den quellenden Schwaden nachsieht. Einen Kranken. Eingefangen vom weißen Zaun der Anstalt. Frisch frisiert, mit blanken Schuhen und feinem Zwirn.

Der war selber mal Arzt, flüstert meine Mutter mir zu, während wir den breiten Hauptweg des Geländes hinabspazieren. Damit weitet sie meinen kindlichen Blick auf die Welt. Auch auf die Welt der Heila.

Ich denke an unser Lottchen und den Tag, an dem ich sie auf einer der Veranden sitzen sehe. Nur ein Gebäude weiter sitzt meine Mutter mit demselben zerfließenden Blick. Irgendwo in die Ferne geheftet und doch verirrt auf dem Weg dorthin.

Ich denke auch daran, wie ich Agnes auf dem Heimweg ein zweites Mal frage, wo Lottchen eigentlich wohnt. Und diesmal antwortet Agnes mit der Wahrheit. Sie verschränkt ihr Wissen nicht, sie mutet es mir zu, weil sie bemerkt hat, was ich bemerkt habe.

Lottchen ist krank, so wie deine Mutti, deshalb wohnt sie in der Psychiatrie.

Hat Lottchen auch Kinder?

Sie hat einen Mann, der kommt sie hier manchmal besuchen.

Ich frage mich, ob Lottchen auch irgendwann auf den vereisten See hinter dem Anstaltsgelände gelaufen ist. Ob sie ebenso wusste, was sie erwartet, wenn sie sich zu weit rauswagt. Oder ob sie die Pforte als Geheilte passiert hat. Zusammen mit ihrem Mann.

Ich wende mich vom Schlot ab und steige zurück aufs Rad, lasse mich zum Wald hinunterrollen. Das Fahrrad nimmt durch das zusätzliche Gewicht der vollen Einkaufsnetze schnell an Fahrt auf. Im Vergleich zum Hinweg entpuppen sich die Bremsen auf dem Rückweg als noch weniger nützlich. Ich lehne den Körper im Sattel zurück und nehme meine Füße zur Hilfe. Während der Asphalt meine Schuhsohlen glatt schmirgelt, ziehe ich in regelmäßigen Abständen die Handbremsen an. Vorsichtig, damit ich nicht plötzlich über den Lenker gehe. Aber meiner ausgeklügelten Bremstechnik zum Trotz rase ich in einem Tempo den Hang hinab, das ich nicht mehr kontrollieren kann. Ich umkurve konzentriert die vernarbten Stellen im Asphalt. Meine einzige Chance ist, das Rad auf gerader Strecke auslaufen zu lassen.

In meinem Augenwinkel läuft die Landschaft zu Farbschlieren zusammen. Ich denke an den Korngeist, stelle mir vor, wie er neben mir durchs Feld hechtet, nach mir greift, mich vom Rad zerrt und in Stücke reißt.

Und dann übersehe ich ein Schlagloch. Der Vorderreifen verkeilt sich, ich werde auf den Grünstreifen geschleudert, und während ich stürze, denke ich, dass sie mich gekriegt hat. Doch noch, nach all den Jahren, die ich ihr entkommen bin. Die olle Roggenmuhme.

Zuerst spüre ich nur meine Unterlippe, die mir so ungünstig zwischen die Zähne kommt, dass ich für einen Moment befürchte, mir ein Loch ins Fleisch gebissen zu haben. Als ich mich jaulend auf den Rücken rolle, explodiert ein Schmerz in meiner Schulter, und ein Hagel aus Lichtern flimmert mir vor den Augen. Ich höre mich keuchen, schmecke Blut in meinem Mund. Mir schießen Tränen in die Augen. Bloß nicht wieder wegklappen, denke ich angestrengt. Ich kann nicht anders als schreien. Schreien und keuchen. Bis ich wieder klar sehe und mir selbst zurede. Mein Kopf ist noch dran. Alles ist gut. Es ist nur die Schulter. Nur die Schulter. Kein Loch in der Lippe. Die Beine haben nichts abbekommen. Nur die Schulter.

Mit verzerrtem Gesicht versuche ich, auf die Beine zu kommen. Um mich herum liegen aufgeplatzte Milchflaschen, Joghurts, die beiden Pakete Mirácoli, weiter unten sehe ich Kartoffeln auf den Wald zurollen. Der Anblick bringt mich absurderweise zum Lachen.

Bevor ich mich in Bewegung setze, hole ich aus und trete wie von Sinnen auf das Fahrrad ein. Ich verfluche das verdammte Schrottding. Mit der Zunge taste ich an der Innenseite meiner Lippe herum. Von dem metallischen Geschmack wird mir übel. Ich spucke rot aus und schleppe mich den restlichen Hang hinab auf das Verwalterhaus zu.

Leanders Silhouette taucht erst nach dem zweiten Schellen hinter den Buntglasfenstern der Haustür auf. Ich beuge mich gerade übers Treppengeländer und spucke ein weiteres Mal aus, als er öffnet. Er erfasst die Situation in Sekunden, sieht mich an, das zerrissene Hemd und dann den Hügel hinauf, wo verstreute Einkäufe und ein verbogener Fahrradrahmen Zeugnis ablegen über meinen Sturz.

Ohne etwas zu sagen, macht er einen Schritt zurück in den Flur, greift den Autoschlüssel aus einer flachen Messingschale und schiebt mich die Treppe hinunter zum Auto. Bevor er mich auf den Beifahrersitz bugsiert, nimmt er mein Gesicht in seine Hände und durchleuchtet mich.

»Hat dein Kopf was abgekriegt?«

»Nee«, presse ich hervor, »nur die Schulter.«

»Ja, vielleicht ausgekugelt. Das wird wehtun.«

Ich lache bitter auf. »Das tut schon weh.«

Er schüttelt verständnislos den Kopf. »Ehrlich Jirka, kannst du nicht bremsen?«

Ich schlucke angesichts der Strenge in seinem Tonfall. »Ist ja nicht so, als hätte ich's nicht versucht …«

Er startet den Wagen, legt den Arm über meine Lehne und setzt zurück. Der Schotter knallt gegen die Karosserie, als Leander anfährt und das Gaspedal durchdrückt. Er beschleunigt so schnell, dass er beim Schalten zwei Gänge überspringt.

»Du musst nicht so auf die Tube drücken, schlimmer wird's wohl nicht mehr«, grummle ich und schaue demonstrativ aus dem Fenster. Ich höre ihn neben mir nach Luft schnappen, aber er lässt den restlichen Weg bis zum Krankenhaus kein einziges böses Wort mehr verlauten. Und ich konzentriere mich auf den Schmerz und aufs Atmen.

XVI

Auf dem Rückweg vom Krankenhaus hat sich bereits das zähe Licht der Dämmerung über die Straßen gelegt. Es ist einer dieser Sommerabende, die nicht abkühlen wollen, nach denen man sich im Winter sehnt.

Leanders Fahrstil hat sich der Situation angepasst, ebenso das Tempo. Wir sind nicht in die Kreisstadt gefahren, sondern ins näher gelegene Maria Hilf. Die Stadt meiner früheren Schulzeit zieht an uns vorbei, das Grau der Steinbrüche, das im Putz jeder einzelnen Hausfassade nistet. Kalkausblühungen des Tagebaus. Transportiert über die Bundesstraße, die die Innenstadt entzweibricht und dem Ort seinen Frieden raubt.

Deutschlands größter bewohnter Steinbruch, echot Agnes irgendwo in meinem Hinterkopf.

Leanders Haltung ist entspannter als auf dem Hinweg, vielleicht ist es auch Erschöpfung. Eine Hand am Schaltknüppel, die andere gerade so in Kontakt mit dem Lenkrad.

»Ich hasse Krankenhäuser«, sagt er plötzlich unvermittelt. Ich sehe ihn an, entgegne nichts, warte, ob er das vertieft. Seine Aussage überrascht mich nicht, sie erklärt das blasse Gesicht und dass er auf den Fluren die Augen auf den Erbsensuppenboden geheftet hat, sobald uns jemand entgegenkam.

»Ich hab meinen Vater früher zu oft da besucht«, fährt er schließlich fort. Er konzentriert sich auf die Straße.

»Kann ich mich gar nicht dran erinnern.«

»Du warst da noch ganz klein. Ich war selber erst zehn. Meine Mutter war noch nicht lang weg und –« Er wirft die Hand vom Lenkrad in die Luft. Auch eine Geste, die mir bekannt vorkommt. Sie kommt zum Einsatz, wenn er nach Worten sucht oder zu faul ist, den Satz zu Ende zu sprechen.

»Und?«, hake ich nach. Er winkt ab. Ich kurble das Fenster umständlich mit dem linken Arm herunter. Der rechte hängt in einer Schlinge.

Der Fabrikschlot der Heila blitzt jetzt ganz nah hinter den Dächern auf. Rauchzeichen, die aus der Stadt aufsteigen. Mein Blick treibt dem zerfasernden Qualm nach, während wir den Ortsausgang passieren. Zwischen den Schleifen der Bundesstraße bläht sich ein seltsam futuristisches Gebilde. Die Gaskugel. Ein seit zwei Jahren stillgelegtes Überbleibsel früherer Energieversorgung.

Leanders genervtes Aufstöhnen reißt mich aus meinen Gedanken. Ich schaue ihn verwirrt an. Er nickt zum Seitenstreifen. »Dankwarth. Der ist wieder ausgebüchst.«

Ich runzle die Stirn und sehe mich um, suche die hünenhafte Gestalt, die Leander im Rückspiegel ins Auge fasst.

»Drehst du nicht um?«

Dankwarth ist Patient. Wie es scheint, hat er sich nicht verändert, seit ich ihn als Kind zuletzt gesehen habe. Noch immer schiebt er die krumme Nase voran, im Winter von einem glitzernden Tropfen begleitet, der niemals herabzufallen schien.

»Nee«, antwortet Leander und sieht wieder geradeaus auf die Straße. »Den sammeln sie übermorgen wieder ein. Das läuft immer gleich ab, die wissen schon, wo der hinwill. Verlässliche Sache, bald zwanzig Jahre lang.«

Entwichen. Das ist der Begriff für die, die von Zeit zu Zeit stiften gehen. Dafür liegt an der Anstaltspforte sogar ein großes Buch, das namentlich jeden aufführt, der sich Derartiges schon geleistet hat.

»Weißt du eigentlich, was aus Lottchen geworden ist?«

»Ich glaub, der geht's gut. Die ist nach dem Umbruch damals verlegt worden, mein ich.«

»Denkst du, sie hat noch Kinder bekommen?«

»Weiß nicht.«

Dankwarth verschwindet hinter der nächsten Kurve, die wir nehmen. Die Bundesstraße schlängelt sich wie durch eine breite Schlucht, die sich erst allmählich öffnet, von Ortschaft zu Ortschaft weiter auseinanderklappt.

Mit der Psychiatrie-Enquête, die Leander »Umbruch« genannt hat, wechselte die Anstalt ihren Direktor. Und ihre Sitten. Der weiße Zaun kam weg. Plötzlich sahen sich die Stadtbewohner einer offenen Bedrohung ausgesetzt. Die Dinge veränderten sich. Langsam, aber schnell genug, dass sie den Menschen Angst machten. Das konnte ich damals auch in der Schule spüren. Veränderungen reißen die bunten Kulissen der Friedfertigkeit ein, wer weiß schon, was sich dahinter verbirgt, welches Gesicht die Wirklichkeit hat. Die Gestalten, die plötzlich im Stadtbild auftauchten, waren den Gesunden nicht geheuer.

Noch wenige Jahre zuvor hatte fast jeder kleine Hof in der Umgebung »Einen von der Anstalt« zur Hilfe. Wir hatten Lottchen. Die Vorstellung, dass sie diesen Ort unter der ewigen Qualmsäule irgendwann verlassen hat, dass es ihr gut geht, spült mir einen seltsam bitteren Geschmack zwischen die Synapsen. Für die Menschen hier kam die Veränderung zu schnell, für meine Mutter vielleicht zu langsam.

Leander hält noch einmal zum Tanken. Als er wieder einsteigt, spüre ich, dass er mich mustert. Sorgenvoll. Ich weiche ihm aus, lege den Kopf ins offene Fenster und atme den letzten Rest Benzingeruch ein, bevor Leander den Taunus zurück auf die Straße und in Richtung der abflachenden Schluchthänge lenkt.

Als wir die Stelle passieren, wo er mich neulich aufgesammelt hat, fühle ich mich zum zweiten Mal in kurzer Zeit zurückversetzt an den Tag vor zwei Wochen. Der Blinker zählt leise die Sekunden der Stille. Ein Lastwagen fährt vorüber. Leander biegt von der Landstraße ab auf das von Hitze zersprengte Krumme Holz.

»Ich hab in den letzten Jahren oft darüber nachgedacht, ob mein Vater noch leben würde, hätte ich zugelassen, dass er wirklich entgiftet. Nicht bloß im Krankenhaus. Richtig in der Suchtklinik.«

»Und bist du zu einem Schluss gekommen?«

Leander gräbt in den Rissen des abgegriffenen Lenkrads und dann in seinen Bartstoppeln. »Ich weiß nicht. Damals haben sie die Alkoholiker noch alle in so blaue Schlafanzüge gesteckt. Da wusste man schon von Weitem, was los war.«

Ich schweige. Ich habe nie mit Leander über seinen Vater gesprochen. Ich weiß nicht, wie das geht.

Das Fachwerk vom Windhof blitzt durch die Bäume des Nordhangs. Links biegt die Zufahrt ab. Ein von tiefen Spurrillen zerfurchter Schotterweg, bei dem man aufpassen muss, dass einem das Auto nicht aufliegt, wenn man sich zu mittig hält.

Ein Lüftchen bewegt die langen Gerstengrannen in Wirbeln.

»Kennst du die Roggenmuhme?«

Leander schnauft und massiert die Stirn mit der Hand des aufgestützten linken Arms. »Diese olle Geschichte, die Agnes euch jedes Jahr wieder aufgetischt hat?«

»Ich schwöre dir, als ich eben richtig Fahrt draufhatte, kurz vor dem Sturz, da hab ich sie gesehen!«

Wir lachen.

Ich recke den Hals, um ein wenig vom Fahrtwind auf dem Gesicht zu spüren, und zucke mit einem Ächzen zurück in den Sitz. Die Schmerztabletten machen nicht vollkommen taub.

Leander betrachtet mich. Da ist die Sorge wieder.

»Tut's weh?«

Ich schüttle den Kopf.

»Deine Haare sind ganz schön hell geworden.«

»Klar, vom Garten-Umgraben«, antworte ich.

Er grinst. »Und länger.« Er reckt den Arm herüber, wie vorhin, als er rückwärts aus der Einfahrt setzen wollte. Nur diesmal greifen seine Finger eine meiner Locken, ziehen sie lang, lassen wieder los. Und dann fährt seine Hand ganz in mein Haar, die Biegung vom Nacken hinauf zum Hinterkopf.

Ich verkrampfe. Ganz unvermittelt. Wie ferngesteuert. Als er es merkt, ist es zu spät.

Es sieht aus, als würde er mir zuzwinkern, was unpassend wäre, aber ich weiß, dass es der Spasmus ist, den er zurückbehalten hat, von damals, als ich ihn am Feldrand gefunden habe.

»Kannst du anhalten?« Meine Stimme schmeckt trocken, ich spreche Kreidestaub. Leander fährt rechts ran. Ich trete die Beifahrertür auf und hieve mich ungelenk aus dem Sitz. Dabei bleibe ich mit der Schulter in der Tür hängen und falle beinahe hin. Der Motor verstummt. Die Fahrertür knallt. Ich stolpere auf mein verbogenes Fahrrad zu, das ich nur wenige Meter weiter in den Graben getreten habe.

»Jirka.«

Ich weiß nicht, was ich mit dem Fahrrad will. *Picasso.* Leanders Schritte hinter mir treiben mich über den Asphalt. *Picasso.* Ich fühle mich getrieben. Ich fühle Angst im Nacken. Eile am Fahrrad vorbei. *Enttäuscht?*

»Jirka, jetzt wart doch mal.«

Aber ich warte nicht, entferne mich weiter von Leander, haste den Hügel hinab, während er mir folgt.

»Was passiert da gerade? Würdest du bitte stehen bleiben«, ruft er und rennt. Ich renne auch, aber er holt mich zügig ein. Der Arm in der Schlinge hält mich auf. Vielleicht auch die Schmerzmittel.

»Heh!«, schreit er mich an. Es ist ein kleines Wort wie ein Schuss durch meine Stirn. Sein Unverständnis erreicht mich vor ihm. Ich spüre, wie er mich am gesunden Arm herumreißt, und hole aus, um ihn mit demselben zurückzustoßen. Dann überschlägt sich etwas unterhalb meines Kehlkopfes, und ich stoße etwas Unverzeihliches hervor, während meine Stimme in tausend Teile aufsplittert.

»Scheiß Schwuchtel!«

Und der Moment friert ein. In Leanders entsetztem Gesicht sehe ich die vielen Lippen, die dieses Wort vor mir geformt haben.

Da ist der Feldweg mit dem breiten Graben, der im Frühjahr voller Schmelzwasser steht. Da stehe ich, acht Jahre alt, neben dem Graben, starre in das klare Wasser, aus dem ein verdrehter Körper ragt.

Leander?

Als er seinen Kopf anhebt, tropft es dunkel von seinem Kinn. Ich schrecke nicht zurück, aber mir fährt der Anblick durch und durch. Leanders hübsches Gesicht ist zersprungen, wie eine marode Küchenfliese. Nichts ist mehr da, wo es hingehört. Die Nase ist schief, aus ihr läuft eine zähe Flüssigkeit. Seine Augen sind geschwollen, das rechte ist kaum noch als Auge zu erkennen. Der Mund eine offene Wunde. Die Haut violett. Wären da nicht die roten Haare, ich hätte ihn nicht erkannt.

Was ist passiert, flüstere ich schwach. Es ist nicht nötig, die Stimme zu senken, weit und breit ist keine Menschenseele zu sehen, aber in Gegenwart dieser maßlosen Zerstörung schnürt es mir die Luft ab.

Der eisige Märzwind fährt mir unter den Anorak und kräuselt die Oberfläche des Grabenwassers. Leander erzittert. Ein Geräusch wie das Winseln eines Tieres ertönt. Ich kann es nicht zuordnen, bis ich die Rinnsale auf Leanders Wangen sehe, die Pfade durch das von Blut verschmierte Gesicht ziehen. Er weint.

Ich stehe stocksteif da. Ein Achtjähriger, der sich nicht zu helfen weiß. Ich habe Angst. Vor Leander. Aber auch vor dem, der das angerichtet hat.

Leander angelt nach meiner Hand. Seine Stimme ist dünn, ich erkenne sie kaum wieder.

Kannst du jemanden holen?

Ich nicke und renne los.

Ich sehe zu, wie Leander zurück zum Auto läuft. Die Fahrertür vom Taunus knallt ein zweites Mal. Diesmal heftiger. Der Motor springt an, die Schaltung knirscht, und die Rücklichter am Hang werden kleiner.

Erst als ich Metall auf der Zunge spüre, merke ich, dass ich mir schon wieder die Lippe aufgebissen habe.

Es ist jetzt fast dunkel. Nur ein letzter Streif am Himmel trennt die Nacht noch vom Tag. Ich schaue auf meine weißen Turnschuhe.

Unten angekommen, kurz vor dem Wald, macht der Taunus plötzlich eine Kehrtwende. Ich halte inne. Er kommt zurück. Ich erstarre, die Arme voll mit Einkäufen, die ich von der Straße aufgelesen habe. Bevor ich mich wappnen kann, hält das Auto vor mir, und Leander springt wieder heraus. Er wirft die Tür mit einer solchen Kraft ins Schloss, dass es mich nicht gewundert hätte, wäre sie seitlich rausgebrochen. Dann brüllt er mich an. »Du, von allen ... ausgerechnet du ... Nach allem, was du damals mitbekommen hast –«

Es wirkt, als hätte er sich verschluckt, aber ich erkenne, dass er darum kämpft, nicht zu weinen. Seine Augen huschen umher. Im Halblicht wittere ich eine Wut, die er gegen sich selbst richtet und die nichts mit dem zu tun hat, was ich ihm an den Kopf geworfen habe.

»Ich hab's nicht gesehen, okay?«, schreit er.

Ich spüre, dass ich zittere. Eine Dose Tomaten rutscht zwischen meinen Armen durch und knallt auf den Asphalt. Das Zittern springt auf meine Lippen über. Ich lasse die Einkäufe fallen und mache einen Schritt auf Leander zu. Mein Zwerchfell zieht sich zusammen. Unterm Kehlkopf krampft mein Hals, dass ich kaum schlucken kann.

»Wovon sprichst du?«

»Von Henning«, ruft er, als hätte ich das wissen müssen.

Leander wirft die Arme hilflos in die Luft. Er wendet sich ab.

Es ist ein Impuls, dem sich mein Körper unterwirft. Ich

greife einen Joghurt vom Boden, werfe ihn und treffe Leander mitten zwischen den Schulterblättern. Der Joghurt platzt und ergießt sich weiß über Leanders blaues Hemd. Der wirbelt herum. Und ich greife alles, was ich in unmittelbarer Nähe zu fassen kriege. Werfe Kartoffeln, Blumenkohlreste, Konserven und Kaffee nach ihm.

Leander marschiert, die Arme schützend vors Gesicht gehoben, auf mich zu. Ich taumele rückwärts in die reife Gerste der Dallers und reiße ganze Pflanzen aus, die ich samt Wurzelwerk gegen ihn schleudere.

»Hör auf!«

Aber ich höre nicht auf, ich zerre an den Stängeln des Getreides, und Leander macht einen Satz über den Graben. Ich sehe, wie sein Körper sich nach vorn bäumt und wie er den Kopf zwischen die Schultern zieht. Dann prallt er mit seinem ganzen Gewicht gegen mich. Ich kann mich nicht auf den Füßen halten. Ich schaffe es nicht mal, mich abzufangen. Ich schlage flach wie ein Brett auf den sommerharten Acker. Unter mir brechen die Ähren. Durch meinen Hals geht ein Ruck, bevor der Kopf auf dem Boden aufschlägt. Die verletzte Schulter explodiert. Dann stemmt sich Leanders Brustkorb gegen meinen, dazwischen der Arm in der Schlinge, den anderen hat Leander gepackt und fest umklammert.

»HÖR! AUF!«

Unsere Nasen berühren sich fast. Ich spüre seinen Atem, während er keucht und bei jedem Luftholen ein Stück meines Körpers mit seinem verdrängt. Ich löse mich auf. Ich sinke in den Acker. Ich werde taub. Ich kann mich nicht rühren. Leander ist ein Fels auf meinem Brustkorb. Ein Käfig.

Es knistert in meinen Ohren. Das Getreide knistert. Vielleicht noch etwas anderes. Unter dem Kehlkopf zieht sich meine Luftröhre zusammen. Ich höre ein Hecheln. Ein hektisches Schnappen. Dann wieder das Knistern.

Henning hört auf zu boxen, aber wir sitzen trotzdem oft zusammen auf dem Speicher. Manchmal direkt an der offenen Luke mit baumelnden Beinen, unter uns das Gewächshausdach, auf das der Regen trommelt.

Ich fange an, ihm mein Herz auszuschütten, und er hört zu. Henning kann mich auf eine Weise verstehen, wie mich zuvor niemand verstanden hat. Nicht mal Leander weiß von dem reißenden Gefühl, das mich manchmal quält.

Ich vertraue ihm auch meine Träume an. Zeige ihm meine Zeichnungen, auch die von ihm und Leander, und als er mich strahlend ansieht, rückt das etwas in mir gerade.

Die sind ja großartig.

Findest du?

Auf jeden Fall. Die sind großartig, Jirka. Bist ein angehender Picasso.

Er fordert mich auf, ihm alles zu zeigen, was ich zeichne, also komme ich seiner Bitte nach. Er überschüttet mich mit Lob und Zuspruch. Er entrüstet sich für mich, wenn ich ihm von Georgs und Agnes' Desinteresse an meinen Bildern erzähle, und redet mir die Zweifel aus, die mich so oft befallen.

Eines Samstags, wir sitzen wieder an der offenen Dachluke, stoppt Henning mitten im Satz. Ich folge seiner starren Miene und sehe Leander unter unseren Füßen im Gewächshaus herumlaufen. Ich warte, dass er weiterspricht, aber Henning nimmt gar nicht wahr, dass er sich unterbrochen hat. Also sehen wir Leander gemeinsam zu, und auf einmal rutscht es einfach aus mir heraus.

Ich hab gesehen, wie du ihn geküsst hast.

Henning zuckt zusammen, als hätte ich ihn aus dem Nichts geohrfeigt. Er erwidert nichts. Ich warte eine Weile, aber es bleibt still zwischen uns, und dann verlässt Leander das Gewächshaus, schließt die Tür hinter sich und bewegt sich aus unserem Sichtfeld.

Henning streckt den Arm aus und zupft an meinen Locken, seine Hand kriecht in das Haar am Hinterkopf. Er tut das mittlerweile oft. Immer wenn wir allein sind. Ich schließe die Augen und lasse das wunderbar warme Gefühl, das seine Finger auslösen, hinab in meine Brust rieseln.

Ich kann auch dich küssen.

Es ist ein Raunen, ein Ton, den ich seine Stimme noch nie habe anschlagen hören.

Wenn du das möchtest, fügt er noch hinzu. Da habe ich mich ihm schon längst zugewandt. Mein Herz ist ohne Vorwarnung losgaloppiert. Bedeutet das, dass ich es unbedingt will?

Er lässt mir keine Zeit, es herauszufinden. Seine Finger sind schon von meinem Nacken in den Ausschnitt meines Hemdes geglitten, wo sie mein Schlüsselbein nachmalen. Das beinah Schüchterne, was Henning sonst anhaftet, ist nicht mehr da. An seine Stelle ist Konzentration getreten, eine Falte, die von der Nasenwurzel hoch zur Stirn greift. Seine Berührung übertönt meine Gedanken. Ich fühle mich schrecklich und großartig zugleich. Dann küsst er mich. Und ich weiß sofort, dass ich es nicht mag. Es gibt keinen Vergleichswert in meinem Leben. Ich kann nicht sagen, was mir gefallen hätte, was er anders hätte machen müssen. Nur, dass ich froh bin, als er sich wieder zurückzieht.

Plötzlich fällt mir auf, dass ich nicht mag, wie die Lider seine Augen verschlucken. Und die Krümmung seiner etwas zu wuchtigen Nase. Doch als seine Hände wieder beginnen durch meine Haare zu fahren, vergesse ich das. Schließe die Augen und lasse zu, dass er mich ein zweites Mal küsst. Ich konzentriere mich auf das Regengeräusch. Auf den kühlen Wind, der zwischen uns fährt. Ich halte die Luft an, um den schalen Geschmack seiner Mundhöhle auszublenden.

Er lacht.

Das gehört jetzt nur uns, Picasso. Das musst du mit niemandem teilen.

»Jirka. Du zitterst.«

Meine Zehen sind taub. Warum sind meine Zehen taub? Ich höre ein Schnappen. Ganz nah.

»Jirka!«

Ich starre auf meine rechte Hand, die Leander mit seiner aufbiegt und in der sich kleine rote Halbmonde gebildet haben. Seine Knie umschließen links und rechts meine Hüfte.

Ich bin es, der schnappt. Wie ein Fisch. Schnappt und schnappt und schnappt.

Leander rollt sich zur Seite. Sein Gesicht leuchtet weiß. Das Getreide leuchtet weiß. Mich packt die Panik. Ich weiß nicht, wie ich auf die Beine komme. Ich weiß nicht, ob Leander mir folgt. Ich spüre die Ähren, die langen Grannen mit den winzigen Widerhaken. Und die Panik.

Weil ich sein *Ich liebe dich* nicht erwidern kann, bringe ich es nicht über mich, ihm auch noch zu sagen, dass seine Küsse mich ekeln. Nachts liege ich wach und sehne mich nach seinen Berührungen. Der kleine Riss in meiner Brust ist zu einer offenen Kluft aufgebrochen. Sie schmerzt. Sie will gestreichelt werden und ist dabei unersättlich. Manchmal pocht sie so sehr in mir, dass ich am liebsten weinen und schreien würde, noch während Hennings Hände mich berühren.

Ich werde still. Ich spüre fast körperlich, wie mir die Worte ausgehen. Ich habe keine Lust zu sprechen. Hennings Küsse werden mehr, aber das andere, das, wonach ich hungere, wird weniger. Ich habe das Gefühl, immer schneller rennen zu müssen, um zu erreichen, was ich ersehne.

Du machst mich traurig, Picasso.

Wir liegen auf der Matratze, seit fast einem Monat treffen wir uns heimlich hier oben. Seit fast einem Monat ist Leander nicht mehr hier gewesen.

Henning dreht den Kopf und lächelt mich an. Wieder denke ich, dass ich sein Lächeln nicht mag. Und die Schlupflider. Und die brutale Nase.

Ich will dich nicht traurig machen, flüstere ich. Aber es stimmt, ich ziehe mich zurück. Ich schließe ihn aus. Ich erzähle nicht mehr so viel, und vielleicht merkt er auch, dass ich das Küssen nicht genieße.

Er reckt den Arm herüber, schiebt meinen Pullover ein kleines Stück hoch, knöpft meine Hose auf und fährt mit dem Daumen über meinen Hüftknochen. Dann spüre ich seine Lippen auf der Haut.

Das gefällt dir.

Ich nicke. Ich kann ihm nichts vormachen. Mein Körper reagiert wie eine gut geölte Maschine auf Hennings Berührungen. Und Körper lügen nicht. Also ist das doch die einzig richtige Antwort.

Draußen hat es zu regnen begonnen. Ein leiser Niesel. Nur ein Knistern auf dem Glasdach des Gewächshauses. Der Wind dringt durch die offene Luke, und Hennings Parfüm weht mir um die Nase. Ich halte die Luft an.

Ich laufe. Blind in grauem Dämmerlicht, durch grauen Wind und graues Rauschen. Das Herz schlägt noch. Ein Basston über dem Feld, das zu einem Wald wird. Zu Vogelgezwitscher. Zu Luft und Atem. Zu Bäumen. Bäumen mit Rinde. Rauer Rinde. Glatter Rinde. Aus der mir Zweige entgegenpeitschen. In der sich endlich Schattierungen auftun. Das Grau besteht nicht mehr aus nur einem Ton.

Ich atme.

Und atme.

Dann werde ich langsamer. Ich spüre, wie sich der Knoten löst. Ich sehe den Waldweg. Ich drehe mich um, schaue umher, sehe das Verwalterhaus und stolpere aus dem Unterholz.

Und da ist sie. Die Blaupause. Voller blinder Flecken. Nur ein Zusammenspiel aus Sinneseindrücken. Ich höre das Knacken der Dachsparren, drehe den Kopf und sehe den Boxsack im Halbdunkel schwingen, ganz leicht nur, bewegt vom Luftzug, der zur offenen Giebelluke hereinweht. Azzaro. Nackte, taubkalte Beine. Im Nacken Hitze, in den Fingern ein Zittern. Sein Gesicht leuchtet im Zwielicht zu mir herauf. Sein Körper schimmert weiß.

Enttäuscht?

Seine rechte Hand noch immer an meinem Hinterkopf, in meinen Haaren verkrallt.

Ich schüttle den Kopf. So automatisch, dass ich es selbst nur verzögert wahrnehme.

Komm her, Picasso.

Wieder schüttle ich den Kopf.

Komm her, sagt er wieder. So wie er einen Hund versuchen würde zu locken.

Nicht.

Er lächelt – ich hasse dieses Lächeln – und rollt sich auf mich, streicht mir durchs Haar.

Ich mach doch gar nichts.

Unsere Nasen berühren sich fast.

Bitte nicht, bitte nicht.

Ich hasse die Angst in mir. Das, was sie von mir zeigt. Das, was sie aus mir macht. Eine armselige Kreatur. So klein, so leise. Sich kriecherisch windend.

Ich rieche seinen Atem, während er keucht und bei jedem Luftholen ein Stück meines Körpers mit seinem verdrängt. Ich löse mich auf. Ich fühle nichts mehr. Ich kann mich nicht rühren. Das knisternde Regengeräusch in meinen Ohren. Unter dem Kehlkopf zieht sich die Luftröhre zusammen. Ich höre ein Hecheln. Ein hektisches Schnappen. Dann wieder das Knistern, das sich auf meine Gehörgänge legt.

XVII

Niemand ist da, als ich das Haus betrete. Nicht mal Grandel. Dabei könnte ich ihren schweren Kopf in meinem Schoß gut gebrauchen. Die großen Augen, die mich durchleuchten und vielleicht ein Stück weit erahnen, was in mir vorgeht.

Ich starre in den offenen Kühlschrank, während Vergangenheit und Gegenwart verschwimmen und eins werden. Wahllos greife ich Dinge und stopfe sie in mich hinein, sehe mir dabei zu. Das kalte Licht in der dunklen Küche auf meinem Gesicht. Die hastigen Bewegungen zum Mund. Es ekelt mich. Ich werfe den angegessenen Käse zurück in den Schrank und mache die Tür so heftig zu, dass sie wieder aufspringt. Leander taucht noch einmal vor mir auf. Sein Gewicht auf mir. Der Zug in den Ohrmuscheln wirbelt auf und etwas schwappt über. Ich höre es in der eigenen Stimme, die plötzlich aus mir hervorbricht, laut schluchzend ins Leere. Meine Beine kribbeln. Ich taste nach der Spülwanne, um mich festzuhalten.

Einmal mehr flüchte ich in den Schrank. Darin bin ich allein mit mir, ziehe die Beine an, versuche, mich selbst zu umschlingen und in die Ecken zu pressen.

Das Klopfen erklingt erst dumpf an meiner Zimmertür und dann ganz vorsichtig von außen am Schrank.

Machst du auf?

Ich mache nicht auf. Nicht sofort. Damals weine ich lautlos. Den Mund weit aufgerissen, mit bebenden vierzehnjährigen Schultern. Ich weine, bis die Augen so sehr brennen, dass ich das Gefühl habe zu erblinden, wenn ich nicht aufhöre.

Der Riegel klickt leise, als ich ihn zurückschiebe. Mit dem Fuß stoße ich die Tür ein Stück auf, und durch den Spalt kann ich Leanders Socken sehen. An den Zehen sind sie dunkel von Feuchtigkeit. Er braucht neue Schuhe. Die Hand, die ich vorhin im Gewächshaus mit dem Messer verletzt habe, liegt verbunden auf seinem Knie.

Soll ich gehen?

Ich schüttle den Kopf, was er nicht sehen kann. Er sitzt auf meinem Bett. Ich höre die Federn quietschen, als er aufsteht und das Zimmer durchquert. Seine großen Hände klappen die Schranktüren ein Stück weiter auf und mit einem vorsichtigen Lächeln, das seit dem Unfall immer ein wenig traurig aussieht, sieht er auf mich herab.

Hab ich ein Ja überhört?

Prompt beginne ich von Neuem zu weinen. Leander beugt sich herunter und greift mir unter die Arme. Er hebt mich auf wie einen Junghund. Ich schlinge die Beine um seine Hüfte und die Arme um seinen Hals, lasse zu, dass er sich mit mir zurück aufs Bett setzt und mit der Hand meinen Rücken streichelt. Unsere Köpfe schmiegen sich an die Schulter des anderen.

Du bekommst keinen Ärger, ich erklär das irgendwie.

Er spricht von dem Dach des Gewächshauses. Von dem Boxsack, der wie ein Torpedo das Dach zerschossen hat. Von der Zerstörung, die ich hinterlassen habe. Ich will mich entschuldigen, aber ich bringe kein Wort heraus und alles, was ich will, ist, dass Leander mich nie wieder loslässt.

Leander riecht nie nach Parfum oder Rasierwasser. Leander riecht nach sich selbst. Manchmal nach nassem Laub und Herbstwind, manchmal nach Blumenerde, manchmal nur nach warmer Haut und dem Tabak seines Vaters.

Ich weiß sofort, was passiert ist, und als ich die Decke zurückschlage, bestätigt sich mein Verdacht. Ich starre auf das Laken, dort, wo es dunkler ist, meine Hose, dort, wo sie dunkler ist. Die Jeans, die ich nicht mehr geschafft habe auszuziehen, als ich ins Bett gekrochen bin, klebt warm an der Innenseite meiner Oberschenkel.

»Scheiße!« Ich springe auf und schalte das Deckenlicht an. Für den Bruchteil einer Sekunde lässt mein Gedächtnis eine Lücke. Dann fällt mir wieder ein, was passiert ist, und ich spüre, wie die Schwere in meinen Körper zurückkehrt. Es ist Stunden her, dass ich aus dem Schrank unter die Bettdecke gekrochen bin. Ich muss sofort eingeschlafen sein.

Wie paralysiert stehe ich mitten im Zimmer, in der vollgepinkelten Hose, und starre den Fleck in meinem Bett an. Ich muss lachen. Ich weiß nicht, ob der Körper so funktioniert. Vielleicht ein Aufbäumen gegen die Hilflosigkeit. Und es ist sowieso keine Träne mehr in mir, die ich noch weinen könnte.

»Hey.«

Ich fahre herum, stolpere über mein Lachen, das plötzlich nur noch wie der Fehlstart eines Automotors klingt.

Malene steht hinter mir in der Tür. Ich sehe einen Ausdruck in ihrem Gesicht, der sich nahtlos einfügt in diesen ganzen elenden Strom aus Déjà-vus. Sie kommt zu mir und versucht eine tröstende Geste, aber sie ist genauso ungeübt in diesen Dingen wie ich. Wir sind Früchte desselben Baums.

»Ich mach das. Geh duschen.«

Ich widerspreche ihr nicht.

Unter der Dusche denke ich an Leanders Worte auf dem Feldweg. Als würden sie mich erst jetzt erreichen. Ein ferner Ruf, der irgendwo abprallen will, um ein Echo zu bilden. Und da findet sich etwas in meinen Erinnerungen. Da finden sich Spuren.

Die Tage verschwimmen, nachdem Henning das erste Mal meine stummen Grenzen überschritten hat.

Draußen ebbt die Arbeit nicht ab, und mir bleibt ein bisschen Abstand von Henning.

In diesem Herbst werde ich still und träge. Meine ohnehin schlechten Schulnoten werden noch schlechter. Ich schweife im Unterricht so oft ab, dass die Lehrer es nicht mehr ignorieren können. Ich bemühe mich. Aber es reicht nicht.

Nachmittags komme ich nach Hause und schlafe. Ich schlafe und bleibe müde. Ich krieche in den Kleiderschrank und schließe mich ein, höre, wie Henning abends an meine Tür klopft und ins Zimmer kommt. Ich halte die Luft an, bis er wieder geht. Ich vergesse häufig zu essen, oder ich stopfe zu den unmöglichsten Tages- und Nachtzeiten alles in mich hinein, was ich finden kann.

Die Schularbeiten überfordern mich, also mache ich sie gar nicht mehr. Die Schule überfordert mich, also gehe ich nicht mehr hin. Erfinde Freistunden vor Agnes und Georg und fälsche ihre Unterschriften auf meinen Entschuldigungsschreiben.

Kurz vor November lädt man Georg zu einem Gespräch in die Schule. Meine Leistungen sind unterirdisch. Ganz zu schweigen von der Masse an Fehlstunden.

Als ich auf dem Heimweg ins Auto steigen will, drückt mein Vater den Schließer am Fenster herunter und fährt ohne mich vom Parkplatz. Ich schaue ihm nach. Innerlich leergefegt. Mir bleibt nichts anderes übrig, als den Bus zu nehmen und das Stück von der Landstraße bis nach Hause zu Fuß zu gehen.

Es dämmert längst, als ich den Wald erreiche. In den Küchenfenstern des Verwalterhauses brennt Licht. Wie ferngesteuert nehme ich die Stufen zur Haustür und klingle. Als Leander aufmacht und ich sein Gesicht nach Wochen das erste Mal wiedersehe, beginne ich haltlos zu schluchzen.

Ich erinnere mich, wie er damals gegen mein Ringen ankämpfen muss, bis ich endlich zulasse, dass er mich in den Arm nimmt. Ich erinnere mich an den Moment, als mein Kopf den Unterschied versteht. Zwischen dem Halt, den mir Leanders Zuneigung gibt, und der Erschütterung, die Hennings Berührungen in mein Leben gebracht haben.

Leander ruft Agnes an und informiert sie, dass ich bei ihm bin. Er macht mir Grießbrei, wickelt mich in eine Decke und lässt mich in seinem Bett übernachten, während er selbst auf dem Sofa schläft.

Nachts stehe ich vor ihm und sehe zu, wie sich sein Brustkorb stetig hebt und senkt.

Was ist?

Ich schrecke zurück – Leanders Augen sind offen –, schüttele den Kopf und will zurück in sein Zimmer gehen, als er nach meiner Hand angelt.

Jirka Jirka, wart mal.

Ich halte Abstand. Er setzt sich auf. Ich warte, dass er

weiterspricht, aber sein Mund geht einfach wieder zu, und er schüttelt den Kopf und lässt mich los.

Kann bis morgen warten. Geh schlafen.

Ich lasse die Tür seines Zimmers offen. Vom Bett aus beobachte ich, wie er zurück aufs Sofa sinkt und sich die Stirn massiert. Irgendwann schlafe ich ein.

Am nächsten Morgen sitzt er mir gegenüber, rittlings auf einem der Küchenstühle, und schaut mir mit zusammengerückten Augenbrauen beim Essen zu.

Jirka?

Ja?

Er sieht mich lange an. So viel Sorge in den Augen.

Willst du mir vielleicht was sagen?

Ich sage es ihm nicht. Und er fragt nie wieder.

Als ich aus dem Badezimmer zurück in mein Zimmer gehe, ist das Bett frisch gemacht. Ich öffne das Fenster, schlage die Decke zurück und lege mich auf die Matratze. Dankbar und erschöpft.

Meine Bleistiftstriche sind schon vor ein paar Tagen verkümmert. Zeit spielt keine Rolle mehr. Ich bin Teil der Zeitlupenwelt geworden, in der Malene, Agnes und Leander schon seit Jahren feststecken. Und irgendwie ist es ja wirklich so: Überall da draußen spielt das Leben vieler Milliarden Menschen. Es läuft einfach weiter. Hier auf dem Hof dreht es Schleifen. Und ich kann nicht raus. Ich kann nicht entkommen.

Ein leises Klopfen reißt mich aus meinen Gedanken. Ich hebe den Kopf vom Kissen und sehe Malene in der Tür. Als sie sieht, dass ich wach bin, kommt sie zu mir, gibt mir zu verstehen, dass ich ein Stück Richtung Wand rücken soll, und legt sich neben mich.

»Was hast du mit deinem Arm gemacht?«

»Schulter geprellt.«

»Wie das?«

»Bin mit dem Fahrrad gestürzt.«

»Hm.« Sie kaut auf den Spitzen ihrer Haare. Ich sehe ihr eine Weile zu. Irgendwann holt sie tief Luft. »Hab ich dir schon gesagt, dass ich froh bin, dass du wieder da bist?«

Wir sehen uns an, und ich schüttle den Kopf.

Sie nickt. Dann rollt sie sich auf die Seite, dreht mir den Rücken zu. »Ich weiß, dir geht es nicht gut. Aber mir auch nicht«, flüstert sie, und obwohl sie sehr leise ist, höre ich, dass ihre Stimme bricht. Vielleicht würde es ihr helfen, wenn ich sie in den Arm nehme. Vielleicht wünscht sie sich das manchmal genauso sehr wie ich. Aber ich kann nicht.

»Ich hab Leander mit Kartoffeln beworfen.«

»Was?«

»Vorhin im Feld. Nachdem ich mit dem Fahrrad gestürzt bin.«

Sie zuckt mit den Schultern. »Versteh ich nicht.«

»Ich auch nicht«, gestehe ich und schließe die Augen.

XVIII

Am Morgen bin ich allein. Was am Tag zuvor passiert ist, kommt mir vor wie ein Traum. Aber da ist der offene Kleiderschrank, mein frisches Bettlaken. Und die Armschlinge auf dem Schreibtisch. Mein Kissen riecht nach Malene, und als wäre sie gerade erst hinausgegangen, bewegt ein Luftzug die angelehnte Zimmertür.

Ich brauche lange, bis ich es schaffe aufzustehen. Meine Schulter pocht, ich werfe eine neue Ration Schmerztabletten ein und schleppe mich unter die Dusche, obwohl ich letzte Nacht erst darunterstand. Vor dem Spiegel betrachte ich die violetten Ausblühungen der Prellung auf meiner Haut.

Vormittags zieht es mich die Treppe zum Speicher hinauf. Alles, wirklich alles, spricht dagegen, aber ich bin wie ferngesteuert. Getrieben. Es ist der Wunsch nach Antworten, die Hoffnung, dass ich die Tür öffne und mich erinnere. An die Details. Und nicht nur erinnere, viel wichtiger: Verstehe, warum ich so gehandelt habe. Und ich denke an die Lücken. Die vielen Lücken, die sich nicht füllen lassen, egal wie sehr ich mich anstrenge.

Aber als ich durch die Tür trete, bleiben die Lücken. Der Speicher ist nahezu leer. Alles, was früher die Sicht bis zur Giebelluke verstellte, ist nicht mehr da. Nicht mal die Aufhängung von Leanders Boxsack ist geblieben.

Ich stehe auf der Schwelle. Es fühlt sich an, als würde der Raum pulsieren. Von innen heraus, gegen meinen Brustkorb, als wollte er mich fernhalten.

Ich finde Malene am späten Nachmittag in Agnes' Bett. Während meine Großmutter unter ihrer rosa-gelben Häkeldecke liegt, den Rücken gefüttert von aufgeschüttelten Kissen, hat Malene sich wie ein Tier auf der leeren Seite des Betts zusammengerollt. Sie hebt nur kurz den Kopf vom Kissen, als ich hereinkomme, dann schläft sie weiter. Agnes' Aufmerksamkeit hingegen wird von der amerikanischen Serie, die im Fernsehen läuft, sofort auf mich umgelenkt. Sie beäugt mich, auf den Lippen ihr bedeutungsloses Lächeln, das ihre aktuelle Gemütslage leicht erkennen lässt.

Ich gehe um das klotzige Ehebett herum und bleibe am Fenster stehen. Auf den vielen speckigen Topfpflanzen liegt ein Staubteppich. Auch hier haben sich Häkelmuster durchgesetzt. Als Topfüberwurf oder Zierdeckchen.

Agnes beobachtet mich noch immer. Ich habe mich daran gewöhnt, dass sie kaum ein Wort sagt, wenn die Demenz oben aufliegt. Das Lächeln ist eigentlich das einzige Indiz dafür, dass meine Großmutter noch an ihrer Umgebung teilnimmt. Mal wird es breiter, dann schrumpft es wieder zu seiner ursprünglichen, phlegmatischen Form zusammen. Das ist Agnes' Kommunikation. Es ist traurig, wie wenig das Alter von dieser Frau zurückgelassen hat, aber für mich ist es oft einfacher. Einfacher vielleicht sogar als für Malene, die ihre ganze Jugend hindurch mit Agnes gestritten hat. Jetzt ist keine Angriffsfläche mehr da. Wohin fließt wohl Malenes Wut? Wie hat sie zu dieser Ruhe gefunden? Oder ist das nur oberflächlich?

Ich denke an ihre Worte gestern Nacht. Ihr geht es auch schlecht.

Über Agnes' Deckenberg hinweg kann ich von Malene nur ein Stück Schulter und das helle Haar sehen. Ich glaube, selbst wenn ich gestern Nacht nachgefragt hätte, hätte Malene mir keine Antwort gegeben. Sie hat mir nicht davon erzählt, damit ich nachfrage, sie wollte bloß, dass ich mich nicht so wichtig nehme. Und dass ich nachsichtig bin. Sie wollte mich auf ihr Unwohlsein aufmerksam machen. Erst jetzt verstehe ich, wie untypisch dieses Verhalten für sie ist. Dass es sogar einzigartig ist in der Historie unseres Austausches.

»Mali?«

»Hm?«

»Ich hab gestern Kaspar Daller getroffen. Die fangen heute mit der Gerste an.«

»Ich weiß.«

Ich schweige einen Moment und überlege. Dann frage ich vorsichtig: »Und du?«

»Ich warte auf den Lohnunternehmer.«

»Ach so.« Irgendetwas lässt mich an ihrer Aussage zweifeln. Aber ich belasse es dabei.

Von draußen erklingt ein vertrautes Geräusch. Im Garten dreht Leander seine Runde mit dem Gartenschlauch. Es ist Sonntag, und seine freie Woche geht morgen zu Ende. Ich frage mich, ob das bedeutet, dass ich ihn ab da nicht mehr zu Gesicht bekomme.

Ich bin froh, ihn zu sehen, und gleichzeitig verwundert. Dass alles ist wie zuvor. Dass wir weiter unsere Schleifen drehen, egal was passiert.

Ich bleibe hinter den Topfpflanzen und dem halb heruntergelassenen Rollo versteckt. Leanders weißes Hemd bildet in der Sonne einen grellen Fleck zwischen den Pflanzen. Er sieht nicht ein einziges Mal vom Boden auf. Manchmal rupft er irgendeinen feindlichen Bewuchs zwischen den Büschen hervor und wirft ihn in die Gegend. Ich nehme mir vor, noch einmal in den Krieg gegen das Unkraut zu ziehen. Auch wenn ich halbseitig langsamer sein werde mit der Schlinge.

Ich wende mich wieder dem Bett zu. Agnes' Blick huscht herüber, gepaart mit ihrem Schmatzen. Ihre Augenbrauen rutschen ein Stück hoch, ihre Augen werden ein bisschen weiter, und Mund und Nase bewegen sich nach unten. Als würde eine unsichtbare Kraft ihr Gesicht in zwei Richtungen auseinanderziehen. Ich erkenne das Zusammenspiel. Ihre Mimik, ihre Laute. Alles Teil einer Erkenntnis, die mir selbst verborgen bleibt.

Sie greift nach meiner Hand. »Gorsch.«

Ich muss eine glatte weiße Projektionsfläche sein. Wie eine Kinoleinwand. »Georg ist nicht da.«

Ja, Georg ist nicht da. Immer noch nicht. Ich schaue zu Malene hinüber und weiß, dass ich sie nicht wieder danach zu fragen brauche. Vielleicht hätte ich von vornherein Leander fragen sollen.

»Nicht da, ja.« Agnes sieht mich lange an. Aus nebeligen Augen, und dann zieht die Schwerkraft an ihren Mundwinkeln.

»Tut mir leid.« Ich tätschle ihren Unterarm, während sie in ihren Schoß starrt und ihre Unterlippe zerkaut. Ihr Kopf wippt vor und zurück, als könnte sie nicht aufhören zu nicken. »Wo ist er?«

Ich zucke mit den Schultern.

»Weg«, sagt Malene und rollt sich auf den Rücken. Ihre Augen huschen kurz zu mir. Ich will fragen, was das bedeutet, aber ich schaffe es nicht. Vielleicht auch, weil ich gerade jetzt keine Antwort ertragen kann. Egal wie sie ausfällt.

»Essen wir was?«, frage ich stattdessen. Weil mir sonst nichts einfällt. Weil ich Beschäftigung brauche. Und Gesellschaft.

»Ja, geh schon vor.«

Ich nicke und schleiche aus dem Zimmer zur Küche.

Der Kühlschrank knattert in die Stille der Küche. Am liebsten würde ich die Tür gar nicht wieder schließen, mich einfach davorlegen. Gesicht auf die Fliesen und ein bisschen dem Geknatter zuhören. Es ist so ekelhaft warm. Ich ertrage das nicht mehr. Die wochenlange Hitzewelle hat auch vor den dicken Mauern des Hauses keinen Halt gemacht. Außen- und Innentemperatur müssen nahezu identisch sein.

Durch den Eingang hallt das Geräusch der Haustür, ich hatte sie zugeschoben. Sie kracht ins Schloss, und es ist einen Moment still, dann höre ich die Schritte auf den Fliesen der Küche. Nackte Füße. Als ich hinter der Kühlschranktür hervorschaue, nimmt Leander sie mir schon aus der Hand. Er wirkt überrascht. Ich mache einen Schritt zur Seite. Er greift um die Tür herum und nimmt eine Flasche Milch heraus, um sie sich gegen die Stirn zu drücken, bevor er daraus trinkt. Er sieht mich nicht an, räuspert sich nur leise. Und geht dann wieder hinaus.

Mein Gesicht ist heißer als noch vor ein paar Minuten. Anstatt den Kopf in den Kühlschrank zu stecken, drehe ich den Wasserhahn über der Spülwanne auf und schütte mir mehrere Hände Wasser ins Gesicht. Und dann halte ich den Kopf ganz unter den Strahl. Schnaufend und prustend wie ein Walross.

Scheiße.

Ist er wütend?

Wie wütend?

Ich trinke einen Schluck, drehe den Hahn wieder zu und stehe tropfend mitten in der Küche. Das Wasser läuft mir bis unter den Hosenbund.

»Was soll das denn?« Malene läuft an mir vorbei, nimmt dieselbe Flasche Milch wie Leander, trinkt ebenfalls davon und stellt sie zurück.

»Ich hab keinen Hunger«, sage ich.

»Nee, ich auch nicht«, entgegnet sie, und für einen Moment stehen wir unschlüssig im Raum. Dann zieht Malene eine Schublade im Buffet auf und holt eine flache Schachtel heraus. »Kannst du die gebrauchen?«

Eine Packung Buntstifte.

»Hab ich neulich beim Aufräumen gefunden.«

Ich sehe sie zweifelnd an, ob der Tatsache, dass hier auch nur irgendetwas jemals aufgeräumt wird.

Wir spitzen die Stifte mit Küchenmessern, und ich hole Papiere aus meinem Zimmer. Die letzten Reste. Auf weißen Plastikstühlen setzen wir uns nebeneinander in den Hof. Ich beginne die Hühner zu zeichnen. Die verschrobenen Dinogesichter, die Bewegungen, den Ausdruck ihrer ruckenden Köpfe. Es werden rosafarbene Hühner. Rosa. Mahagoni. Ein bisschen violett. Hier und da rostrot. Kaum Schattierungen, wie gehabt vor allem die Linienführung der Konturen. Schnelle Skizzen, keine Feinheiten. Nur der Huhncharakter.

Als die Mittagssonne uns den Schatten klaut, verzieht Malene sich wieder ins Haus.

Irgendwann baut meine Fantasie ein Bild, das ich aus dem Kopf aufs Papier bringe. Ich stelle mir vor, dass Leander sich eins der Hühner schnappt und auf den Arm nimmt, wie ich es schon bei Agnes gesehen hab. Ich halte die Szene mit einem blauen Buntstift fest. Dunkelblau. Das ist Leander. Ich kann nicht mal erklären, warum. Es war nie das offensichtliche Rostrot. Leanders Wesen ist nicht rostrot. Es ist stetig und überlegt. Kühl, aber nicht kalt.

Bevor mich ein weiteres Mal der Hitzschlag ereilt, ziehe ich gegen Mittag auf den Balkon um. Das Drahtgeflecht des Stuhls hat sich mittlerweile meiner Hinternform angepasst. Agnes dagegen sitzt auf einem Podest aus drei Polstern wie auf einem Thron und schaut versonnen über die Balustrade in die rauschenden Baumkronen des Waldes. Ihr altes Gesicht macht sich mit den Farben noch besser als die Hühner. Ich halte mich lange an den vielen kleinen Runzeln auf, verpasse ihr ein grünes Wurzelgesicht. Agnes ist grün. Früher war sie ein kräftiges Tannengrün, jetzt ist sie ein blasses Suppengrün, nur die Falten arbeite ich noch dunkel heraus.

Irgendwann erinnert mich ein lautes Magenknurren daran, dass ich heute noch nichts gegessen habe. Ich nehme einen großen Schluck aus dem Wasserglas neben mir und stecke mir eine Zigarette an.

Die Schatten im Garten werden schon wieder länger, als am Waldrand ein Reh auftaucht. Es durchquert Leanders mühevoll erhaltene Oase und verschwindet hinter der Balustrade. Ich stehe leise auf und entdecke es direkt unter mir am Schwimmbecken. Die Trockenheit zwingt die Tiere aus ihren Verstecken.

Vorm Haus knallt Leanders Autotür. Die Abendrunde.

Das Reh hat sich in den Wald zurückgezogen. Ich würde Leander gern erzählen, was er verpasst hat, aber stattdessen verlasse ich den Balkon und schmiere mir in der Küche ein Brot. Agnes folgt mir. Ich halte sie nicht auf. Schmiere auch ihr ein Brot, aber ihre Moospuschen suchen die Kellertür.

»Die Tür ist abgeschlossen«, rufe ich zum Eingang herüber. Agnes murmelt.

»Agnes, die Tür ist zu.« Ich gehe hinunter und greife nach ihren Händen, ein bisschen grob vielleicht, zwinge sie, mir in die Augen zu schauen. »Was hast du denn mit diesem Keller?«

Sie starrt mich an. Nickt. Fängt wieder an zu murmeln. Ich seufze, schiebe sie ein Stück zur Seite, nehme den Schlüssel von dem kleinen Haken links oben und schließe die Tür auf.

»Komm.« Ich gehe vor und warte. Sie nimmt Stufe für Stufe. Das Murmeln wird zu einem einzigen Brummton. Ihre kalten, weichen Hände krallen sich in meine. Im Schein des Lichts, das durch das Fenster der Gartentür hereinfällt, glänzt der Boden speckig. Agnes schiebt mich zurück und geht um die Treppe herum, ans andere Ende des Flurs. Ich folge ihr und blinzle gegen das grelle Licht der Kühltruhe an, als sie den Deckel aufklappt. Ihre Lippen werden schmal, das ganze Gesicht ist konzentriert.

Ich schaue ihr über die Schulter. Die Truhe ist fast randvoll mit totem Viehzeug. Gehäutet und wahrscheinlich ohne Innereien. Ich erinnere mich an den großen Blecheimer in der Wirtschaftsküche, in den Grandel unbedingt ihre Nase stecken wollte, während Malene mit dem Rücken zu mir an der Anrichte stand.

Ich mache ein angewidertes Geräusch und wende mich ab. Agnes' Hände liegen um den Rand der Truhe, ihre Augen huschen hin und her.

»Gehen wir wieder hoch.«

Es braucht ein paar Anläufe, bis ich sie von der Truhe trennen kann. Auf dem Weg zurück nach oben verharre ich. Die Hintertür zum Garten geht. Mein Herz sprintet los. Agnes' Schatten verlässt die Treppe. Das Licht der Eingangshalle fällt herunter, bis die Tür oben langsam zuschwingt und ich im Dunkeln stehe.

Früher duschten die Arbeiter hier unten. Nur im Sommer, wenn der Waschkeller nicht voller Wäsche hing. Georg hat diese Regel gelegentlich ignoriert und Agnes' Geschimpfe über klamme Laken mit einem müden Wink abgetan.

Ich folge Leanders Geräuschen durch den Flur nach hinten, bis ich den Waschkeller einsehen kann. Die Dusche ist nicht mehr als ein Abflussgitter im Boden und eine eingehängte Brause darüber.

Leanders Schuhe poltern übereinander. Ich sehe seine Fußspitzen. Und dann Socken, die auf die Schuhe fliegen. Sein Hemd. Hose und Unterwäsche. Als er einen Schritt nach vorn macht, steht er genau in meinem Sichtfeld. Eine leichte Drehung seines Kopfes, und wir sehen uns an. Er rührt sich nicht. Als würde er warten, bis ich mich sattgesehen habe. Mein Begehren ist größer als mein Anstand. Meine Angst größer als mein Begehren. Was soll ich also tun?

Dreh dich nicht weg, denke ich. Und ich denke es so laut, dass ich fast sicher bin, er könnte es hören. Und parallel bin ich weit weg. In hohen, weißen Räumen, in denen jeder Schritt nachhallt. Überall Skulpturen, die Platz brauchen, und Menschen, die zwischen ihnen wandeln. Ich bin achtzehn und bereits in meiner gut wattierten Beziehung mit Rosa. In der Luft hängt der Geruch von Schweiß und alten

Körpern. Die kommen in Trauben. Museen sind immer bevölkert von Rentnertrauben. So auch dieses.

An jenem Tag begegne ich einer Skulptur, die mich aufweckt, rausholt aus Rosas bequemer Wärme. Nachts liege ich neben dem schlafenden Gernot, bin hellwach und schäme mich, dass eine Figur aus Marmor mich derart umtreibt. So sehr, dass sie mir in den Traum folgt. Ein schlafender Faun, vor mir ausgestreckt. Vollkommen nackt. Lustvoll und sinnlich. Die perfekte Muskulatur. Die Lippen leicht geöffnet. Mann und gleichzeitig Fabelwesen. Im Traum bin ich allein. Ich steige den Sockel hinauf, schmiege den Kopf gegen den Marmor, folge den Muskelsträngen mit der Zunge bis rauf in den Schoß des Fauns, die Hände ins Fleisch seiner Hüfte gekrallt. Er spreizt sich mir entgegen, einen Arm wirft er zurück. Den aufklaffenden Lippen entkommt kein Ton. Nur das Gesicht spannt sich, fast schmerzvoll im Ausdruck.

Ein Bild, das Leander aus dem Nichts aus meinem Gedächtnis hervorschält. Den Tag vor fast genau zehn Jahren, als ich ihn mit Eder im Getreide beobachtet habe. Ich lockere die Finger meiner rechten Hand, die sich um die kaputte Schulter krampfen. Ganz unbewusst. Während Leander noch immer meinen Blick hält. Über uns das Rauschen der Abwasserrohre. Das Haus ist wie ein großer Organismus, ein Körper, in dem es pulst und arbeitet.

Ich bin es schließlich, der die Augen niederschlägt. Ich werde nicht erfahren, was passiert wäre, hätte ich es nicht getan. Mir fehlt der Mut für solche Dinge. Und Leander ist keine Skulptur. Auch kein Traum. Alles, was ich mache, hätte Konsequenzen. Und nicht alles lässt sich kontrollieren.

Die Dusche springt an, und als ich das nächste Mal aufschaue, sehe ich nur einen Teil von Leanders Rücken.

Rosa ließ ich damals gehen. Ich wusste sofort, dass ich nicht wieder zu ihr zurückkonnte. Ich schämte mich zu sehr. Es dauerte eine Woche, dann tauchte ich erneut im Museum auf. Und den Tag darauf. Und den Tag darauf. Ich saß ihm gegenüber. Stundenlang. Und nachts träumte ich wieder von ihm. Verliebt – so wollte ich es nicht nennen, aber letztendlich war ich es wohl. Seltsam verkopft. Verdreht. Wie erbärmlich.

Die Unruhe bleibt. Ich renne hoch in mein Zimmer, schlüpfe aus meinen Klamotten und werfe mich aufs Bett.

Mit links ist es schmerzhaft, und mit rechts dauert es ewig. Die guten Gefühle ziehen sich viel zu schnell zurück, schleifen mich über Kies und Muscheln, bis ich blank geschmirgelt angespült werde. Nackt bis auf die Knochen. Wie immer. Ich denke, es hilft, und hinterher fühle ich mich noch miserabler. Ich sehe zu, wie ich alle alten Muster neu bediene, obwohl ich es besser weiß. Besser wissen müsste. Aber was weiß ich wirklich? Tue ich nichts, bleibt am Ende nur die Lethargie, und die ist noch schlimmer. Die Wahrheit ist: Ich habe keine Lösung. Nicht für den Schmerz. Nicht für den Hunger. Sie sind fest miteinander verbunden, ich kann das eine nicht ohne das andere stillen.

XIV

Seit dem kurzen Schauer am Montag, als ich mit Leander auf der Haustreppe saß, fällt zum ersten Mal wieder Regen und verzögert Malenes Erntepläne. Es ist nicht viel. Immer noch nicht der von Leander ersehnte Landregen. Es sind nur wenige Wolken, die vormittags über den Hof hinwegziehen. Außer dem Petrichor und ein paar Wasserschatten, die am Nachmittag wieder verdunstet sind, lassen sie nichts zurück. Die Luft ist dick. Und trotzdem ist dies der Startschuss. Sobald das kleine Messgerät piepst und anzeigt, dass sich der Feuchtigkeitsgehalt weit genug reduziert hat, um das Getreide vom Feld zu holen, muss alles bereit sein. Malene bringt die Schalttafel in der Scheune in Gang und lässt die Förderschnecke warmlaufen. Bis zum Abend heult mehrmals die Sirene vom Kornsumpf auf, in dem bald schon Dutzende abgeschüttete Tonnen Getreide versickern werden.

Da Leanders tägliche Runden durch den Garten ausbleiben, wage ich mich selbst wieder in die Rabatten und befreie die Beete weiter von Störenfrieden. Nebenher fange ich an, die Unkrautsteckbriefe zu zeichnen, die anfangs nur eine lose Idee gewesen sind. Die Ergebnisse pinne ich in meinem Zimmer an die popelgelbe Tapete, von der man kaum noch etwas sieht, außer der Ecke neben meinem

Kopfkissen mit den verkümmerten Bleistiftstrichen. Die einzig und allein anzeigen, dass ich schon viel zu lange hier bin. Und das ohne Ziel. Das Leben, das draußen vorbeirennt, dringt langsam in die Zeitlupenwelt ein, drängt sich auf. Da ist irgendwo ein Ventil, und nachts höre ich es leise zischen: Was willst du tun?

Mein Weg nach unten wird von Stimmengewirr unterbrochen. Ich halte mich am Handlauf fest. Malene und Leander sprechen in der Küche miteinander. Ich sinke im Treppenknick zusammen und lege die Stirn auf die Knie. Ich höre sie lachen – ganz nah, unter mir im Flur –, wie sie immer gemeinsam lachen. Zwischen diesem Lachen ist kein Platz für mich. Und doch sitze ich hier und lechze nach Leanders Stimme. Nach viel mehr noch.

»Wie lang sitzt du denn schon da?«

Ich hebe den Kopf und spüre, wie mir die Farbe aus dem Gesicht weicht. Leander steht mit einem Fuß auf der Treppe. In der Linken hält er eine Tasse, die Rechte liegt auf dem Geländer. Ich schaffe nicht mehr als ein Kopfschütteln, das seine Frage nicht beantwortet.

Ich stehe auf. Er kommt mir bedeutend kleiner vor, obwohl höchstens ein halber Kopf Unterschied zwischen uns ist.

»Darf ich hochkommen?«

Ich runzle die Stirn. Seine Augen zielen auf die Stelle ein Stück unterhalb meines Kinns. Hätte ich das Hemd zuknöpfen sollen? Glaubt er, dass das Absicht ist?

Ich stelle fest, dass ich ihn in den letzten Wochen nie mit offenen Haaren gesehen habe. Sie hinterlassen nasse Flecken auf seinem Hemd.

»In Ordnung.« Ich drehe mich um und gehe voraus. Ihn

so dicht hinter mir zu wissen, macht mich nervös. Es rieselt mir kalt vom Nacken den Rücken hinunter. Ich gehe automatisch schneller. Er lässt mir den Abstand.

In meinem Zimmer setze ich mich auf den Schreibtisch, die Füße auf den Stuhl davor. Es ist eine dieser Blaupausen. Ich denke an damals, als er die Bilder von sich und Henning auf dem Boden verstreut gesehen hat.

Leander schließt die Tür hinter sich und sieht sich um. Die Zeichnungen an den Wänden entblößen einmal mehr, was ich versuche, vor ihm zu verbergen. Ein Teil von mir wünscht sich, dass er es erkennt. Dass ich nichts mehr sagen muss.

Er nimmt sich Zeit. Sein Körper dreht sich langsam. Jedes Blatt bekommt seine Aufmerksamkeit. Zuerst das Gartenschaumkraut und die Quecken, dann die Hühner, zuletzt die Menschen.

Er dreht mir den Rücken zu. Ich will aufspringen und ihn von hinten umschlingen. Doch als er über die Schulter zu mir sieht und es wirkt, als könnte er ein Lächeln nicht recht zulassen, bin ich froh, dass ich es nicht getan habe. Wie kindisch hätte das gewirkt. Wie übertrieben. Aber sie lässt sich nicht verscheuchen, die Unruhe. Pocht unter der Oberfläche. Immer kurz davor, mich auffliegen zu lassen. Begehren gegen Angst.

Leander stellt die Kaffeetasse ab, beugt sich übers Bett, stützt ein Knie auf die Matratze. Noch vor einer halben Stunde hätte ich an dieser Stelle nackt unter ihm gelegen.

Ich stelle mir vor, wie sein nasses Haar schmeckt, wie ich das Wasser aus den Strähnen sauge, und muss mich räuspern, drehe den Kopf zum Fenster. Der Arm in der Schlinge liegt auf den Knien auf, der heile umfasst den Oberkörper, meine freie Hand den Nacken.

Die Bettfedern quietschen. »Du gehst mir aus dem Weg.«

Ich schüttle ganz automatisch den Kopf. Leander lächelt matt.

»Doch.« Er stützt das Wort mit einem vehementen Nicken. »Ich hab dich gelassen, aber …« Sein Atem wird schwer, und ich wappne mich. »Ich will mich entschuldigen.« Er nimmt auf dem Bett Platz, schaut auf die Dielen. Schüchtern beinahe.

Ich habe mit dem trockenen Tonfall einer Anschuldigung gerechnet. Mit Zurechtweisungen und strengen Worten. Vielleicht mit Fragen. Nicht aber damit.

Wofür entschuldigt er sich?

Ich rutsche vom Schreibtisch und gehe aufs Bett zu. Nur zwei Handbreit Platz zwischen unseren Zehen. Er sieht zu mir auf. »Ich hab dir Angst gemacht.«

Ich schaue zurück, unschlüssig, was ich erwidern soll. Seine Hand berührt mich wie zufällig am Bein. Kurz denke ich, dass er mir in die Kniekehle greift. Stattdessen steht er vom Bett auf. Ist ihm bewusst, wie nah wir uns sind?

Um mich zu beschäftigen, beginne ich mein Hemd zuzuknöpfen. Von unten nach oben. Und da ist es dann doch, sein Lächeln.

Ich amüsiere ihn. Wegen des Hemdes?

Die beiden oberen Knöpfe lasse ich aus. Es ist schon zu lang still zwischen uns, denke ich. Und immer noch nah. Ich sehe, wie seine Augen den Saum des offenen Hemdkragens mustern. Oder die Haut darunter? Die zu glatte, zu sommersprossige Jungenhaut.

Ich wünschte, er stünde nackt vor mir, wie neulich im Keller. Ich wünschte, ich könnte ihn anfassen. Ich wünschte, er würde mich küssen. Mein Atem entflieht mir in einem Schwall, und mir wird erst da klar, dass ich ihn angehalten habe. Leanders Blick hat sich nicht wegbewegt. Sein Lächeln ist nur eine Spur breiter geworden bei meinem Luftstoß.

Was sieht er dort unter meinem Schlüsselbein?

»Tut mir leid, dass ich dich Schwuchtel genannt habe.«

»Scheiß Schwuchtel.«

Jetzt tauche ich ganz in seine Augen.

»Du hast mich Scheiß Schwuchtel genannt«, ergänzt er.

Ich schaffe es zu nicken. Mir fällt nichts ein, was einander so nah sein und sich gleichzeitig so fern voneinander fühlen lässt. Oder vertue ich mich?

»Ich weiß nicht, was ich tun soll.« Plötzlich flüstert er.

»Was meinst du?«, frage ich.

Noch mal dehnen sich seine Lippen. »Du weißt, was ich meine.«

Ich glaube, es zu wissen. Ich maße mir an, es zu wissen. Aber ich wage nicht, meine Gedanken auszusprechen. Stattdessen umfahre ich sie, voller Nervosität.

»Ich hab Angst«, sage ich. Ebenso leise. Mehr noch: Erstickt.

»Wovor?«

»Ich weiß nicht«, ich winde mich, »vor dir.«

Er weicht zurück. Ich habe uns in eine Sackgasse manövriert. Uns – was soll das überhaupt sein?

Er dreht sich wieder zu den Bildern über meinem Bett um, und ich wende viel Kraft auf, um die Enttäuschung herunterzuschlucken.

»Warum ist keins von dir dabei?«

Ich zucke mit den Schultern, obwohl er es nicht sehen kann.

»Darf ich das hier haben?« Er deutet auf die imaginierte Szene, in der er ein Huhn im Arm hat.

»Warum gerade das?«

Er muss anscheinend darüber nachdenken.

»Vielleicht trifft es mich am besten.«

Darüber muss ich lachen. Denn es ist das Einzige, auf dem ich ihn vollkommen aus der Erinnerung gezeichnet habe.

»Warum bin ich blau?«

»Keine Ahnung. So seh ich dich eben.«

»Und welche Farbe hast du?« Er hat verstanden, wovon ich spreche.

»Was denkst du?«

»Siehst du dich selbst nicht als Farbe?«

Ich schüttle den Kopf. Er nickt.

»Ich teile Menschen nicht in Farben ein«, sagt er entschuldigend, als hätte er das ansonsten für mich erledigt. Also bleibe ich farblos.

Ich steige neben ihm aufs Bett, fasse seine Schulter, um mich daran hochzustemmen. Und er antwortet, indem er meinen Unterarm greift und die Bewegung begleitet. Ich weiß, dass mir Beiläufigkeit nicht so gut gelingt wie Leander. Und trotzdem hoffe ich – ohne, dass ich es aussprechen muss –, dass er die Geste erkennt, dass er mir verzeiht, ihn vorhin verunsichert zu haben.

Ich nehme das Bild von der Wand und gebe es ihm. Er betrachtet es noch einmal. Ich sehe, dass er sich freut. Aber bevor ich mich vergewissern kann, hat er sich schon nach der Kaffeetasse gebückt und geht zum Flur raus. Die Tür bleibt einen Spalt weit offen, und ich höre, wie die Treppe unter seinem Gewicht ächzt.

Abends ziehe ich zum Schlafen ins Wohnzimmer um. Im ersten Stock bekommt man kaum noch Luft. Es ist, als würde ich gegen ein Stofftuch anatmen. Mein Körper schwitzt, ohne dass ich ihn überhaupt bewege. Nachts der Schweißfilm auf der Haut. Bei offenem Fenster, durch das kein Luftzug hereinfindet. Nur Hitze. Elende Hitze.

Malene tut es mir gleich. Sie bezieht das Sofa gegenüber, das kürzere, für das ich zu groß bin. Ich bin noch wach, als sie die Flügeltür aufschiebt und über die verräterisch knackenden Dielen herüberkommt, aber ich sage nichts.

Ein weiterer Tag vergeht, bis der Lohnunternehmer Zeit hat und Malene die vollen Anhänger vom Feld und wieder zurückfährt. Meine Hilfe lehnt sie ab. Vielleicht wegen der Schulter, vielleicht tut das aber auch nichts zur Sache. Mit dem Turm aus geschmierten Broten, den ich auf dem Küchentisch errichte, versuche ich, meinen Beitrag zu leisten. Über den Tag verteilt schrumpft er wie von Zauberhand in sich zusammen. Morgens baue ich einen neuen.

In der dritten Nacht auf dem Sofa träume ich schlecht. Ich bin zurück in meinem Schrank. In der Finsternis hat er unendliche Weiten erreicht, und etwas bildet sich mir gegenüber zu einer festen Masse heraus. Es ist der Faun aus dem Museum. Weiß und marmorkalt und augenlos. Wie schon damals in meinen Fantasien, beuge ich mich über ihn, lasse mich einfangen und festhalten. Verschlungene Arme und Beine. Doch als wir einander die Gesichter zuwenden, streift sein Kinn meine Wange, und kurz berührt mein Mund seinen Bart. Bart, der da vorher nicht gewesen ist, der sich über warmer Haut erstreckt. Aus dem Faun ist Leander geworden. Eine Metamorphose, die im Traum einfach so passiert, die mein Traum-Ich nicht hinterfragt. Leanders Lippen bewegen sich, aber ich höre – wie durch eine dicke Wand – nur Laute, die sich nicht zu Worten bilden. Weil ich nicht verstehe, schüttele ich ohne Unterlass den Kopf. Leanders Ausdruck verändert sich, er spricht lauter, beginnt zu schreien, fasst mich an den Schultern und stößt mich zurück. Plötzlich bricht die Wand ein, und er schreit mich an: »Ich weiß nicht, was ich tun soll!«

Ich bekomme Panik, wehre seine Schläge mit den Armen ab und bringe unter Anstrengungen »Was meinst du?« heraus. Der Faustregen bricht abrupt ab. Ich komme aus meiner Deckung. Er hat sich zurückgelehnt. Der Schrank schrumpft annähernd auf Normalgröße zurück, er ist plötzlich zu eng für uns beide.

»Du weißt, was ich meine.« Aber es ist nicht mehr Leanders Stimme. Und auch nicht mehr Leanders Gesicht, das da spricht. Es ist Hennings.

Ich schreie nicht. Mich erfasst eine stumme Atemnot, als hätte jemand die Luft aus dem kleinen Raum gesogen. Mit all der Kraft, die ich aufbringen kann, trete ich aus, trete gegen Hennings Brust, seinen Kopf, gegen die Tür, die Rückwand. Blindlings, tobend.

Ich wache auf und starre gegen die Sofarücklehne. Ein leises Wimmern entfährt mir. Neben dem Sofa liegt Grandel, sie schnarcht leise. Eigentlich hat sie nichts im Wohnzimmer zu suchen.

»Hattest du einen Albtraum?« Malene sieht mich über den Wohnzimmertisch hinweg an. Ich muss schon geschlafen haben, als sie sich hingelegt hat.

»Ja ... ich glaub schon«, antworte ich etwas benommen.

»Du hast geredet.«

Ich versuche, in ihrem Gesicht zu ergründen, was und wie viel ich wohl gesagt habe.

»Geht es um *unseren* Henning?«

Ich lasse mich zurück in die Polster sinken.

Unser Henning?

Ich nicke.

»Ich hab dich schon öfter im Schlaf reden hören.«

Ich schließe die Augen. Es ist eine einfache Rechnung, denn ich habe auch schon öfter von Henning geträumt, seit ich zum Schlafen ins Wohnzimmer komme.

Dieser Henning, wer ist das, fragt mich Gernot einmal.

Wie kommst du darauf?

Obwohl der Name nie mit jemand anderem verknüpft ist, hoffe ich, dass Gernot irgendwo etwas aufgeschnappt, vielleicht etwas falsch verstanden hat.

Du redest im Schlaf.

Bis dahin ist mir nicht bewusst, dass ich im schlafenden Zustand so mitteilsam bin. Plötzlich ist die sorgsam gepflegte Schale geknackt. Jemand hat gute Sicht auf den Kern darunter, und ich kann nichts dagegen tun.

Was hab ich denn gesagt?

Weiß nicht so genau, aber der Name fiel schon öfter.

Ich nicke bloß, und zum Glück ist Gernot niemand, der nachbohrt. Das Gefühl, ihm von da an ausgeliefert zu sein, bleibt. Auch lange Zeit nach diesem Gespräch kämpfe ich vorm Einschlafen um mein Bedürfnis nach Kontrolle.

»Was hast du denn geträumt?«, fragt Malene. Sie stützt den rechten Arm auf und pustet sich eine Haarsträhne aus dem Gesicht. Unter mir ruckt Grandels Kopf in die Höhe.

»Weiß ich nicht mehr. Irgendwas Bescheuertes.«

Sie fixiert mich. Ich weiß, dass sie mich durchschaut.

Aber auch sie bohrt nicht nach.

»Hast du Hunger?«

Und wie.

Wir schleichen in die Küche, obwohl wir nicht schleichen müssten. Malene macht ein Omelett aus Resten, und wir essen – im Schneidersitz auf dem Boden hockend – im

Wohnzimmer. Es braucht mehrere Anläufe, weil Malene Grandel auf dem Balkon aussperren muss.

»Gut erzogen«, kommentiere ich mit vollem Mund. Ein Seitenhieb auf den Tag, als sie das erste Mal mit Grandel vor mir in der Dreckkammer stand.

»Schnauze«, entgegnet Malene grinsend. Und dann: »Schmeckt's?«

Ich nicke. Tut es wirklich. Fremdgekochtes schmeckt besser und macht satter. Außerdem schiebt es die Gedanken an Henning für eine Weile in den Hintergrund.

Erst als ich müde zurück aufs Sofa schleiche, Malene unter eine Wolldecke kriecht und Grandel sich wieder neben mir niederlässt, höre ich erneut die Haarrisse aufbrechen.

Was ist mit dir, Schilling? Schon gevögelt?

Kurz hebe ich den Blick, treffe den von Gernot und fühle mich sofort ertappt. Alle können von meinem Gesicht lesen.

Ich muss ihnen nur bestätigen, was sie sowieso schon zu wissen glauben, versuche ich, mich zu beruhigen: der Stille, der Einzelgänger. Was kann der uns schon voraushaben? Was will der uns erzählen, was wir nicht schon über ihn wissen?

Ich schüttle den Kopf, und während ich das Kinn gegen die Brust senke, sehe ich Gernot grinsen und laufe rot an, verrate mich. Lügner.

Ich habe Angst, dass Gernot in diesem Moment an Henning denkt. Doch dann würde er nicht grinsen, oder? Dann wären wir nicht mal mehr befreundet. Trotzdem fürchte ich mich einmal mehr davor, dass ich im Schlaf verraten habe, was ich wach niemals preisgeben würde. Die Möglichkeit dessen treibt mir kalten Schweiß auf die Stirn.

Die anderen wittern die Unstimmigkeit wie Jagdhunde, und die Überraschung darüber, dass ich etwas verberge, was sie mir nicht zutrauen, weckt die Gier in ihnen. Sie wollen es wissen. Sie wollen Beweise. Namen. Details.

Ich stehe auf dem Speicher, stolpere über seinen Namen, um ihn nicht zu nennen, über sein Geschlecht und sein Alter, um auch das nicht zu nennen. Haste über all das hinweg zur Tür und rette mich in einen Satz, der ihren Hunger nicht stillen wird.

Es gab mal jemanden, ja.

Erst Stille. Die Stille, die entsteht, wenn alle im Raum gleichzeitig einatmen und sich ansehen und sich anstacheln mit ihren Blicken und der Neugier.

Erste Beziehung. Ihr wisst schon. Kann man eigentlich nicht richtig zählen, komme ich ihrem Beschuss zuvor. Alle Fragen aushebeln, bevor sie gestellt werden, und die Überraschung zerstreuen. Ach so, nichts von Bedeutung. Kein Grund, so ein Bohei darum zu machen. Irgendeine erste Liebe. Doch nur der Einzelgänger. Nicht der Rede wert.

Ich atme durch. Und fortan ist das meine Geschichte. Henning. Nicht mehr als so eine erste Beziehung. Etwas, das bloß der Versuch von etwas ist. Man ist jung, man verhält sich dumm. Später bereut man es, aber da weiß man es auch schon besser.

Dennoch bekommt er in dieser Erzählung nie einen Namen. Und kein Alter. Und kein Geschlecht. Und dann tritt Rosa auf, und ich nutze die Möglichkeit, mir Ruhe zu verschaffen.

XX

Der Juli scheidet gewitterschwer aus diesem Jahr. Beinahe jeden Tag tauchen wie aus dem Nichts krauselige Wolkenknäule über dem Wald auf. Der Wind trägt sie über die Felder ins Tal, und krachend und blitzezuckend zerschlagen sie die Luft. Kaum ein Tropfen Regen jedoch.

Das Wetter zieht gleich mit meinem Innenleben. Seit dem Gespräch zwischen mir und Leander fühle ich mich unentwegt aufgepeitscht. Ich wünsche mir Landregen. Innerlich und äußerlich. Sonst breche ich auseinander.

Und dann bringt der August den Wind. Und schließlich den Regen. Nacht auf Nacht rauschen Schauer über den Hof, decken Sturmböen die Dächer ab und zerzausen die Baumwipfel.

Nachts liege ich endlos lange wach und baue mir Erklärungsversuche für Leanders Worte zurecht. Bei dem bloßen Gedanken an das, was ich mir an diesem Nachmittag ausgemalt habe, laufe ich rot an. Ich bin mir nicht einmal mehr sicher, ob ich es bin, der ihm aus dem Weg geht, oder er, der mir aus dem Weg geht. Zwischen uns steht die Peinlichkeit. Das Missverständnis. Ich kann ihm nicht vorwerfen, dass er nicht versucht, es geradezurücken. Es ist mein verdrehter Geist, der etwas herbeigesponnen hat. Er wollte sich ja nur entschuldigen. Und deshalb bleibe ich auf Abstand, rutsche in meinem Stuhl tief hinter die Balkonbalustrade und erahne gerade so das Rot des Gartenschlauchs neben dem Rot seiner Haare.

Viele Tage hintereinander geht das so: In der Ferne das Grummeln und Leuchten. Im Garten Leander. Auf der Balustrade meine nackten Füße, die meine Anwesenheit verraten. Die sie auch verraten sollen. Aber nicht mehr. Nicht meine Aufmerksamkeit, die aus meinem Versteck heraus jede Bewegung registriert und für später im hintersten Winkel meines Kopfes kartiert.

»Sag mal, Jirka«, sagt Malene eines Abends von einem Sofa zum anderen. Es ist zur Gewohnheit geworden, dass wir spät abends noch einmal aufstehen und kochen. Oder dass ich koche, wenn sie vom Feld kommt. Diesmal ist es anders. Sie ist satt. Sie hat bei Früchtenichs geholfen und ist zum Abendessen geblieben.

»Ja?«

»Warst du verliebt in ihn?«

Die Dunkelheit spaltet sich in Graustufen auf. Mein Kopf spaltet sich auf, und das Grau sickert hinein.

Ich höre Malenes Frage immer und immer wieder. Bis sie sie selbst noch einmal wiederholt. »Warst du verliebt in ihn?«

»Ich denke nach«, appelliere ich an ihre Geduld, und sie schweigt. Aber ich denke nicht nach. Ich weiß gar nicht, von wem sie spricht, und als ich das äußere, schnaubt sie verächtlich, rollt sich auf die Seite und murmelt zur Sofalehne: »Du bist ein Dummkopf.«

Ich schäme mich, denn ich glaube, sie spricht von Leander. Ich aber denke an Henning.

Es ist mitten in der Nacht, als ich die Augen wieder aufschlage. Mein Bewusstsein ist bröseliges Styropor, das sekundenlang seine Form sucht. Dort, wo die Laken verrutscht sind, als ich mich gedreht habe, liegt mein Rücken frei. Ich höre Grandels Schnaufen ganz in der Nähe, und ihre Schnauze findet verlässlich das Stück nackter Haut. Ich rühre mich nicht. Aus der Ferne sind Stimmen zu hören. Vom Korridor fällt dünnes, künstliches Licht ins Wohnzimmer. Stück für Stück setzt sich die Umgebung zusammen. Aus rußigen Zimmerecken, Brokatblumen und der glatten Elefantenhaut der Couch.

Leander und Malene streiten. Es ist ein unterdrückter Streit, ein heimlicher, denn sie versuchen, ihre Stimmen immer wieder zu dämpfen. Ein Zischen und Fauchen, das durch den Schlitz der offenen Wohnzimmertür zu mir hereinkriecht. Und noch jemand scheint durch das Gezanke wach geworden zu sein. Agnes. Wie ein Geist steht sie vor der Glaswand zum Korridor und starrt zu mir in den dunklen Raum. Für einen Moment habe ich das Gefühl, sie sieht mich direkt an, dann schlurft sie weiter, und ich setze mich auf.

Ist es wirklich so spät, wie ich glaube? Oder liegt der Sonnenuntergang noch gar nicht so lang zurück?

Ich lausche auf das Stimmengewirr, das aus der Küche kommen muss und plötzlich lauter wird, bis zur Eingangshalle vorquillt und umgehend seine Heimlichkeit verliert, zersprengt in alle Richtungen schießt.

Die Dielen ächzen, als ich hastig das Zimmer durchquere. Mein Hemd fühlt sich klamm an. In meinem Mund hängt schaler Schlafgeschmack, und meinen Rumpf durchläuft ein jähes Zittern.

Leander nimmt mich als Erster wahr. Er sitzt auf den Stufen der Dreckkammer, zusammengekrümmt, und als würde er mit den Armen einen Hagelschauer abschirmen. Als ich durch die knackende Wohnzimmertür trete und mich räuspere, hebt er den Kopf in meine Richtung und sieht erschrocken und erleichtert zugleich aus.

»Lene«, höre ich ihn, an meine Schwester gewandt, rufen und dann noch einmal lauter: »Malene.«

Aber sie reagiert nicht. Mit dem Rücken zu mir schreit sie unter Tränen Agnes an und versucht, sie von der Kellertür fortzuziehen. Und Agnes, seltsam aufgerichtet, mit zornzersplitterter Grimasse, schmettert eine Beschimpfung nach der anderen auf Malene ab.

Leanders passives Verhalten irritiert mich, aber ich sehe die Schatten unter seinen Augen, und ich weiß, dass er seit Tagen jeden Abend mit Malene streitet, wenn er von der Arbeit kommt. Irgendetwas geht vor sich. Geht schon eine ganze Weile vor sich.

»– missratenes Gör. Verdorben bist du und undankbar. Unverschämt warst du als Mädchen schon –«

»Bitte bitte, lass einfach los.«

»Lass mich jetzt vorbei!«

»Nein.«

»Mach den Weg frei!«

»NEIN.«

Ich starre auf das widersinnige Ringen um Machtverhältnisse. Ich bin wach, doch das Bild, das sich mir bietet, wirkt wie ein Traum. Unter all der Absurdität sickert noch etwas zu mir durch.

»Sie ist klar«, spricht Leander meinen Gedanken zu Ende. Die Demenz liegt am Grund ihres Bewusstseins.

Zum ersten Mal bricht keine meiner eigenen Erinnerungen in die Realität ein, sondern eine, die ich mit Malene teile und die eigentlich ihr gehört.

Ich sehe meine Schwester in der Küche stehen, ich selbst noch klein und verhuscht auf der Eckbank, die vier Jahre Altersunterschied noch zu groß in dieser Zeit. Malene steht am Buffet und kämpft. Es ist ein Kämpfen, das schon lange anhält, das ich ihre ganze Jugend hindurch bezeuge und das sie aufreibt. So sehr, dass sie beginnt, ihren verletzten Kern mit einer harten Schutzschicht zu ummanteln, die von Jahr zu Jahr fester wird. Malene will sich etwas erstreiten. Mit dem ganzen Körper wirft sie sich Agnes entgegen, sie ringt um Verständnis, darum, gehört zu werden, darum, verstanden zu werden. Um einen winzigen Moment auf Augenhöhe. Das Schreien, die Hilferufe kosten sie Kraft, und trotzdem nimmt sie immer wieder Anlauf, bettelt, fleht um Gehör. Ich sehe die weichen, nassen Augen und die Not meiner Schwester. Weil ich sie kenne, weil ich sie tief in mir spüre. Die Not, die Einsamkeit, das Gefühl, im Stich gelassen zu werden. Und ich sehe meine Großmutter lachen. Wie ihre Augen flackern. Ein verräterisches Aufleuchten, das nicht nach außen dringt. Agnes hat so viele Schichten um ihren weichen Kern gelegt, dass nichts mehr nach außen dringt, das nicht kalt und gehässig wirkt.

Viele dieser Streitszenen bevölkern Malenes Jugend. Die meisten entgehen mir, weil ich das Geschrei umschiffe, mich davor verstecke, die eigenen Hilferufe ersticke, bevor sie sich offenbaren. Ich lerne durch Malenes Aufbäumen, selbst still zu bleiben, den Kern zu schützen. Ohne Schichten. Stattdessen bleibe ich mein Leben lang auf der Flucht vor Konflikten.

»Agnes!« Malenes Stimme ist pure Verzweiflung, als sie sich unter Agnes' blinden Schlägen duckt.

»Heh«, rufen Leander und ich gleichzeitig und hasten auf die beiden zu. Ich greife nach Agnes' Arm und er nach

Malenes. Durch den Körper meiner Großmutter geht ein Holpern. Ihre Augen werden starr, als sie mich erkennt. Malene sinkt vor der Kellertür zu Boden und lässt den Knauf los. Etwas Seltsames passiert im Gesicht meiner Großmutter. Es ist, als vermischten sich dort die Gesichter verschiedener Menschen. Im Sekundentakt. Wie Regenschlieren auf Glas wäscht die Verwirrung ein Gesicht nach dem anderen ab und findet nichts Stetiges. Und dann ruckt ihr Kopf plötzlich nach vorn wie bei einem Huhn, und im nächsten Moment trifft mich ein feuchtes Klatschen neben der Nase. Perplex fasse ich hinein. In die warme, schaumige Spucke meiner Großmutter. Ich packe sie fester am Arm. Sie windet sich, tritt nach Malene am Boden, krallt ihre Fingernägel in meinen Unterarm. Und da steht Malene auf, kalkweiß, den Rücken durchgedrückt, stößt Leander gegen die Brust und schlägt Agnes so heftig ins Gesicht, dass sie mir aus den Händen gleitet.

»Bist du wahnsinnig?«, schreie ich.

»Ich mach das«, geht Leander dazwischen, als Einziger noch konzentriert und zielgerichtet. Er schiebt mich zur Seite und angelt unter Agnes' weitem Nachthemd nach ihren knochigen Armen. Meine Großmutter wirkt apathisch.

Über uns flackert das Licht. Es knackt kurz in der Leitung zum Bakelitschalter. Dann stehen wir im Dunkeln.

»Shit!« Malenes Stimme ist auf einmal dünn und ängstlich.

»Shit«, echoe ich.

Ich höre Leander laut ausatmen.

»Ich weiß es –«, wimmert Agnes irgendwo zwischen uns unbestimmt. Leanders Hand landet auf meinem Rücken. »Sie muss ins Bett.«

»Leander, wir –«, will Malene ansetzen, aber Leander unterbricht sie. »Ich hab die Schnauze voll, Malene. Bring sie ins Bett, und dann wird Klartext gesprochen.« Die Ruhe in seiner Stimme wirkt keinesfalls lindernd auf mein aufgewühltes Innenleben. Ich wittere Schreckliches, und ich bleibe allein vor der Kellertür zurück, als Malene Agnes davonschiebt und Leander sich zum Sicherungskasten aufmacht.

Ich weiß nicht, wie lang ich mit dem Rücken an der kalten Steinwand hocke und warte. Ich sehe zu, wie Leander und Malene sich im Korridor eine Taschenlampe übergeben und kaum ein weiteres Wort wechseln. Während Leander raus in den Regen sprintet und mit dem Taunus davonfährt, kriecht Malene im Taschenlampenschein auf die Eckbank. Ich höre sie schluchzen, aber ich rühre mich nicht. Und irgendwann kehrt Leander zurück. Vielleicht wenige Minuten später, vielleicht vergeht auch eine Stunde. Ein zweiter Lichtstrahl trifft mich im Gesicht, als er zur Haustür hereinkommt und einen Haufen Kerzen auf dem Küchentisch ablädt.

»Jirka?«

»Ja«, antworte ich dünn.

Leander durchquert die Eingangshalle und zieht mich auf die Beine. »Komm.«

Ich taste neben dem Durchgang zur Dreckkammer automatisch nach dem Lichtschalter, aber nichts tut sich. Es bleibt dunkel.

Leander nimmt am Tisch Platz. Malene steht vorm Buffet und beginnt die Kerzen anzuzünden.

»Da liegt ein Baum in der Leitung.«

Im Augenwinkel sehe ich, wie Leander einen Arm aufstützt und sich am Kinn kratzt. Ein Geräusch, das mir unter die Haut geht.

»Malene.« Leander sagt ihren Namen, wie man manchmal den Namen von Kindern sagt. Mit diesem Unterton, der eine Warnung beinhaltet. Malene, geh nur so weit ins Wasser, wie du noch stehen kannst. Malene, kletter nicht so hoch in den Baum. Malene, pass auf, dass du dich nicht schneidest. Aber Leander setzt ihrem Namen nichts nach, und ich weiß nicht, was dieses *Malene* bedeutet. Ich weiß nur, *dass* es etwas bedeutet, weil Leander, seit ich hier bin, meine Schwester liebend gerne und fast ausschließlich bei ihrem halben Namen nennt.

Sie presst das Blut aus ihren Lippen, die Augen auf ihre dicken Wollsocken geheftet. Ich räuspere mich leise und verschränke die Arme vor der Brust. Das hier hat mit mir zu tun. Wir stecken in der gleichen Situation wie vor Wochen, als ich unseren Streit zum Anlass genommen habe, um mitten in der Nacht die fünf Kilometer zurück zum Bahnhof zu marschieren. Das gleiche Thema. Als würde es allein, wenn sie und ich in diesem Raum aufeinandertreffen, zum Vorschein kommen.

»Was ist los?« Ich komme mir dumm vor, denn die Frage ist eigentlich überflüssig. Sie hängt schattig in den Zimmerecken, wie der Kaminruß, der sich über die Jahre an der Tapete im Wohnzimmer abgelagert hat. Dass ich sie stelle, entblößt nur, wie groß meine Not ist, wie hilflos ich mich fühle. Wieder einmal ausgeschlossen. Wieder einmal bloß Zuschauer.

Malene duckt sich noch immer vor der Antwort, die Leander ihr mit seinem herausfordernden Gesichtsausdruck abzupressen versucht. Ein stummes Duell, dessen Spannung ich kaum aushalte.

»Ich hol uns was zu trinken«, sagt Leander plötzlich und steht auf. Malene schnappt nach Luft. Ich sehe, dass sie noch immer weint, auch wenn sie versucht, es hinter ihren Haaren zu verbergen.

Erst als Leander in den Keller hinabsteigt, verstehe ich, was er meint. Ich rutsche in die Eckbank, mit rasselndem Atem und kalten Füßen, und kurz darauf stellt Leander eine Flasche Klaren mitten auf die Tischplatte. Er geht zu Malene, wischt ihr die Tränen ab und beide nehmen mir gegenüber Platz, was das mulmige Gefühl nicht gerade verbessert. Leander registriert meinen Blick und entscheidet sich im letzten Moment für Agnes' bisherigen Platz am Fenster.Er füllt die alten Senfgläser mit je einer Schnapspfütze und schiebt sie uns entgegen. Ich schüttle den Kopf.

»Wie du meinst«, sagt Leander, prostet Malene zu und ergänzt: »Auf deinen Vater.«

»Arschloch«, faucht Malene zurück und setzt damit den Grundtenor dieses Gesprächs fest.

Sie kippt den Schnaps in einem herunter, kegelt das Glas gegen Leanders und lässt sich zurück an die Stuhllehne fallen. »Erzähl du.«

Leander fixiert sie einen Moment, dann legt er den Kopf in den Nacken, trinkt und füllt nach.

»Schön«, sagt er und dreht die Flasche zu. Wieder das Bartraspeln. »Aus gegebenem Anlass –«

»Tzzz ... aus gegebenem Anlass«, äfft Malene ihn nach.

»Wenn ich erzählen soll, dann halt wenigstens den Rand«, blafft Leander sie an. Malene zuckt mit den Schultern. Von da an sieht sie stur an ihm vorbei aus dem Fenster.

»Wir hätten dir das schon viel früher sagen müssen.«

Er atmet schwer aus und trinkt auch die zweite Runde

Klaren. »Und der Stromausfall … Scheiße … der macht es grad nicht besser.«

Ich greife wie automatisch zu meinem Senfglas und tue es ihm gleich. Eine heiße Spur zieht meine Speiseröhre hinab, als hätte jemand ein Feuer hinter den Rippen entfacht.

»Erinnerst du dich an die Kammern oben in der Scheune? Einige Tage, bevor du aufgetaucht bist, hatte Georg einen Unfall.«

Es schüttelt mich. Ganz oben, unterm Dach der Kornscheune, wenn man alle gewundenen, morschen Holztreppen hinter sich gebracht und zwei steghafte Brücken überquert hat, landet man auf einem Boden mit drei quadratischen Klappen, unter denen Getreidekammern verborgen liegen. Holzsilos, die älter sind als die Stahlsilos aus den 70ern. Als Kindern war uns der Aufstieg dorthin – und eigentlich auch schon das bloße Betreten der Scheune – strengstens verboten, denn wenn wir in eins der Silos gestürzt wären, hätten wir uns jegliche Knochen brechen können.

Leander wartet nicht auf meine Zustimmung. »Malene hat ihn gefunden.«

»Einige Tage, bevor ich gekommen bin?« Ich rechne fieberhaft, wie viele Tage das gewesen sein sollen, wenn mein Vater zu dem Zeitpunkt, als Leander mich an der Landstraße aufgelesen hat, schon nicht mehr hier gewesen ist.

»Also was? Ist er im Krankenhaus?« Ich weiß, dass diese Möglichkeit durch verschiedene Faktoren eher unwahrscheinlich wird. Ich höre längst diesen kleinen fiesen Ton, der sich empfindlich hoch in meinen Gehörgang frisst. Ein Warnton. Ein Teil von mir hat schon ein Gefühl für den Ausgang dieser Geschichte. Aber diesen Teil halte ich in Schach. Ich bin noch nicht bereit, mich auf das vorzubereiten, was Leander vielleicht gleich sagen wird. Aber es ist Malene, die aus ihrer Starre erwacht, sich zu mir vorbeugt und mit einem überheblichen Ausdruck im Gesicht, zwischen Wut und Belustigung, einen geradezu sanften Tonfall anstimmt.

»Er ist tot. Wie blöd bist du eigentlich?«

Seid ihr wahnsinnig, denke ich, habt ihr den Verstand verloren? Wie kann man so etwas über Wochen verschweigen? Und gleichzeitig ist da noch immer das Misstrauen.

Sie lügt.

Sie lügt!

»Er kam nicht zum Mittagessen. Und dann nicht zum Abendessen. Und zum Frühstück –«

»Hast du ihn nicht gesucht?«

Malene funkelt mich an. »Nein.« Dann trinkt sie. »Als ich ihn gefunden hab, war er schon tot.«

»Wie viel später?«, fahre ich dazwischen. »Wie lang hast du gewartet?«

»Ich hab nicht gewartet. Ich hab –«

»Sag!« Ich springe auf. Der Tisch macht einen Satz in Malenes Richtung, als meine Oberschenkel gegen die Kante prallen.

Ihre Zähne malen aufeinander. »Drei Tage.«

Ich schlage sie mit der Rückhand. Aus vollem Schwung. Klappe den Arm über die Brust und ziehe durch. Meine Handknöchel treffen ihren Wangenknochen, werfen ihr Gesicht zu Leander herum. Sie rutscht halb vom Stuhl, fängt sich mit einer Hand am Tisch ab, mit der anderen auf der Sitzfläche des Nachbarstuhls.

Eines Tages kriegst du das alles zurück.

Glaub ich nicht.

Wart mal ab.

Das Echo dieser Erinnerung hallt lange in mir nach.

Eines Tages kriegst du das alles zurück, hat Agnes vorausgesagt. Nicht nur einmal. Ein Dutzend Male fielen diese Worte. Sie reicherten sich in mir an, wie ein innerer Panzer gegen Malenes Drangsalierungen. Ich bewahrte sie als Gewissheit, eine Art Prophezeiung, die sich irgendwann von selbst einlösen würde.

Als ich dann vierzehn Jahre alt bin, und die erste Nacht in einem Internatsbett liege – um mich rum drei verschiedene Tonlagen von Atemzügen –, fällt mir ein, dass ich es ihr vielleicht niemals zurückzahlen werde. Die Pferdeküsse und all das. Denn als ich auf dem Beifahrersitz des Rekords sitze und wir vom Hof rollen, beschließe ich, dass es das gewesen sein soll. Sie schicken mich weg, dann kehre ich auch nicht mehr um. Keine Familie. Kein Zuhause mehr. Ich werde Malene also körperlich immer irgendwie unterlegen bleiben. Auf einmal fühle ich mich betrogen, um den einen Moment, in dem ich sie hätte übertrumpfen können.

Malene hat das Kämpfen nicht verlernt. Ohne Rücksicht auf Leander, der ebenfalls aufgesprungen ist und uns anschreit, gehen wir aufeinander los, ringen uns zu Boden und werden wieder Kinder.

Ich höre Malene angestrengt keuchen, während sie ihre Fingernägel in meine Pulsadern drückt. Ich höre mich selbst mit zusammengebissenen Zähnen Laute ausstoßen. Es ist leicht, sich zu kratzen, zu beißen und zu treten wie damals, obwohl unsere Körper schwerer geworden sind, die Schläge brutaler, der Schmerz größer. Es ist leichter als reden.

Wir prügeln uns so erbittert, dass Leander nichts anderes

übrig bleibt, als dazwischenzugehen. Als Malenes Gewicht von meinem Brustkorb verschwindet, rutsche ich rückwärts gegen den Herd, stemme mich hoch und lehne meinen Rücken gegen die Ofenklappe. Mir gegenüber hält Leander Malene fest im Griff. Für einen Moment erwarte ich, eine andere dort zu sehen. Die milchblonde große Schwester, noch mit staksigen Beinen und abgekauten Fingernägeln. Aber mir gegenüber, durch schnapsverklebte Haare, blickt mich eine fremde Erwachsene an. Eine, die genauso kämpft wie meine Schwester, eine, die so riecht wie sie und so weint wie sie.

»Ihr tickt echt nicht ganz sauber«, entfährt es Leander laut. Ich kippe den Kopf gegen den Herd und dehne den Brustkorb. Ich höre uns atmen. Ich schließe die Augen und horche. Kein Gleichklang. Alle arbeiten gegeneinander.

»Du warst nur halb so lang sein Kind. Du warst nicht hier!«, schreit Malene und windet sich in Leanders festen Armen.

»Du hast deinen eigenen Vater verrecken lassen«, krächze ich angestrengt. Mein Körper verdampft. Ich spüre das Rot im Gesicht und die Nässe unterm Haaransatz.

»Halt die Fresse, Jirka. Du hast dich verpisst. Es steht dir nicht zu, mich zu verurteilen.«

»Ihr habt mich weggeschickt«, brülle ich und stehe mühsam auf. Unter mir schaukelt das Karussell, in dem wir uns seit Wochen drehen und aus dem wir an keinem Punkt ausgestiegen sind. Dieselben Vorwürfe stehen im Raum. Dasselbe Unverständnis.

»Wer musste den Haushalt schmeißen, als Agnes nicht mehr konnte? Wer hat sie jede Woche zum Arzt kutschiert? Wer hat auf dem Hof des Ex gebuckelt, weil Georg den ganzen Laden hier vor die Hunde gehen lässt? Wer ist immer noch hier und versucht, alles zusammenzuhalten?«, schreit sie.

Über ihre Schulter hinweg starre ich in Leanders verbissenes Gesicht, das ihr recht gibt. Zwischen uns auf dem Küchenboden verläuft eine unsichtbare Grenze, und ich stehe auf der falschen Seite.

»Vielleicht hab ich dich gehen lassen. Aber du hast dich nicht ein einziges Mal zu mir umgedreht. Du bist nicht gekommen, als ich dich gebeten habe, als ich dich gebraucht habe.« Sie schluchzt wieder, und ich weiche auf, flüstere verzweifelt: »Aber jetzt bin ich doch da. Jetzt bin ich doch da.«

»Aber jetzt ist es zu spät«, weint sie. Ihre Stimme in Scherben.

»Das reicht.« Leander steht auf und zieht Malene auf die Füße. Sie wehrt ihn ab.

»Ihr hättet mich anrufen müssen.«

Langsam senkt sich die Bedeutung dessen, was Malene vor mir auf die Tischplatte erbrochen hat, auf mich nieder.

Mein Vater ist tot.

Alles, was von ihm bleibt, liegt weit zurück und schmeckt schal. Eine dicke Blase voller unsortierter Gefühle plustert sich unter meinem Gaumen auf, wird immer größer und größer, bis sie die Kehle versperrt. Ein vergessener Splitter bringt sie zum Platzen. Ich schaue auf.

»Was hat dieser ganze Scheiß jetzt mit dem Stromausfall zu tun?«

XXI

Auch Jahre später kann ich mich nicht erinnern, wer von beiden dem Grauen im Keller einen Namen gegeben hat. War es Malene? In der gleichen flapsigen Art, in der sie seinen Tod hervorgebracht hat? Hatte Leander ein paar wenige präzise Worte gefunden? Einen Satz, der unumstößlich war und mich keine Sekunde zweifeln ließ? Hatten wir wieder gestritten?

In meiner Erinnerung ist nur das Gefühl der Erkenntnis zurückgeblieben. Der schreckliche Moment, als jedes noch so kleine Misstrauensgefühl, das sie über die Wochen in mir gesät hatten, aus meinen Poren an die Luft gestoßen ist und richtig liegt. Wie bei einer Klassenarbeit, bei der man schon während der Abgabe weiß, dass sie voller Fehler ist und nichts Gutes dabei herauskommen kann. Und wenn man sie dann zurückerhält, ist man trotz allem enttäuscht, dass sich die ungute Ahnung bewahrheitet hat.

Warum funktioniert man so?

Warum misstraut man den eigenen Sensoren so sehr?

Nachdem ich minutenlang über dem Spülbecken gehangen habe und irgendwann nur noch Galle kommt, spüre ich Leanders Hand zwischen den Schulterblättern. Meine Beine sind so zittrig, dass ich mich an der Keramik festhalte, um nicht einzuknicken. Ich spucke ein paar Mal aus, versuche, gleichmäßig zu atmen. Leander dreht den Wasserhahn auf, und mein Erbrochenes fließt Richtung Abfluss davon.

»Jetzt, wo alles raus ist, können wir darüber sprechen, wie es weitergeht.«

Ich lache auf und bereue es angesichts des rauen Rachens sofort. »Tolles Wortspiel.«

Leander kräuselt die Stirn und geht darüber hinweg, indem er zurück hinter den Tisch gleitet. Er hat noch mehr Schnapsflaschen zutage gefördert. Wir müssen uns betäuben, um das, was vor uns liegt, irgendwie hinter uns zu bringen. Leander spricht es schließlich aus. »Wir müssen ihn begraben.«

Ich drücke die Handballen in die Augenhöhlen, in denen ein unangenehmer Druck aufgetaucht ist. »Hättet ihr das nicht schon längst tun sollen?«

»Die Trockenheit, Jirka«, seufzt Leander genervt.

»Ja, und?«, raunze ich zurück.

»In den letzten Wochen ist der Boden hart wie Beton geworden. Hast du doch selbst gemerkt.«

Ja. Scheiße. Er hat recht.

»Ein Tag mehr oder weniger wird –«

Die beiden ziehen die Augenbrauen hoch. Ich verdrehe die Augen. »Ich mein ja nur –«

»Wie lang willst du warten, bis es riecht?«

Ich unterdrücke ein erneutes Würgen. Worüber reden wir hier eigentlich? Unfassbar.

Wir brauchen nicht viele Worte, um einen Plan aufzustellen. Leander erklärt sich bereit, den Leichnam aus der Truhe und rüber in den Wald zu schaffen. In der Hoffnung, dass der Regen den Boden für unsere Zwecke vorbereitet hat.

Schweigend schüttet Leander unsere Senfgläser in regelmäßigen Abständen auf. Bis alle Reste ausgetrunken sind und es keinen Grund für weitere Verzögerungen gibt.

Ich fühle mich wattiert. Im Kopf leicht, in den Gliedern schwer. Meine Finger kribbeln.

»Bereit?«

Malene und ich schütteln mit gesenkter Stirn die Köpfe. Meine Schwester ist seit einer Weile seltsam still.

Leander lehnt sich nach vorn, greift nach unseren Schultern und übt leichten Druck aus. »Ein besserer Zeitpunkt wird nicht kommen.«

Malene nickt. »Ich sehe noch mal kurz nach Agnes.« Sie geht aus dem Raum. Leander steht auf und stellt unsere Gläser auf die Anrichte. Er tritt hinter mich ans Fenster.

»Warum hat sie nicht den Notarzt gerufen?«, flüstere ich.

»Du musst ihr nicht sofort verzeihen.«

Ich schnaube. »Hast du ihr verziehen?«

»An manchen Tagen mehr als an anderen.«

»Warum hast du nicht die Polizei gerufen?«

Er atmet so schwer aus, dass ich es im Nacken spüre. »Meinst du das ernst?«

»Du hast mit Schuld daran.« Die Worte schmecken säuerlich, kommen genauso unlenkbar wie der Brechreiz. Leander geht um die Eckbank herum. Nahezu konzentriert verfolgt er die eigene Bewegung, wie er mit der Schuhspitze in einer Aussparung der Sitzbank pult. Mein Vorwurf schmeckt ihm nicht – natürlich nicht –, seine Augenbrauen rücken enger zusammen, bis er seinen Autoschlüssel aus der Hosentasche fischt und auf den Tisch knallt. »Fahr los.«

Auch meine Augenbrauen rücken zusammen.

»Erzähl's jemanden.«

Ich ahne, worauf er hinauswill, verziehe den Mund und versuche, unter seinem Blick nicht einzuknicken.

»Dann sprich nicht von Schuld.« Er nimmt den Schlüssel vom Tisch, steckt ihn wieder ein und geht hinaus auf den Flur, wo Schritte Malenes Rückkehr ankündigen.

Im Schuppen, ordentlich in Reih und Glied, hängt unser Werkzeug. Leander schnappt sich einen Spaten, reicht einen zweiten an Malene weiter und gibt mir eine flache Schüppe mit spiegelblankem Stiel.

Wir durchqueren den Hof, dann den Garten und hinter den Rhododendren schlagen wir uns in den Wald. Malene fällt zurück, und ich bleibe ebenfalls stehen und drehe mich zu ihr um. Der Regen legt zwischen ihren Haarsträhnen helle Kopfhautflächen frei, tropft aus ihren Wimpern und stürzt über die trotzige Oberlippe.

»Nicht in den Wald«, sagt sie.

Leander ist mittlerweile umgedreht und kommt zu uns zurück. »Was?«, ruft er gegen den Wind.

»Im Wald graben ihn die Wildschweine aus.«

»Schwachsinn.« Leander sticht den Spaten zusammen mit seiner Ungeduld in die Erde und wischt sich das feuchte Gesicht in der Armbeuge ab. »Wir müssen nur tief genug graben.«

Malene rührt sich nicht. Ich sehe zwischen den beiden hin und her, unschlüssig, auf welche Seite ich mich schlagen soll. Ich stehe lieber allein, damit kenn ich mich aus. Leander seufzt und wirft einen Arm in die Luft. Diese eine hilflose Geste, die so bezeichnend für ihn ist.

»Wir legen Steinplatten drauf. Die Bruchsteinplatten, die unterm Balkon stehen.«

Malene kaut auf ihrer Unterlippe herum, sieht zum Haus hinüber. Aber sie lässt sich nicht überzeugen.

»Was ist mit den Rhododendren?«

»Was ist mit denen?«, wirft Leander zurück.

»Da drunter ginge doch?«

Leander sinkt in die Hocke und streicht die Hände über den Kopf in den Nacken. Als er wieder aufschaut, sehe ich nichts als Verzweiflung in seinem Gesicht. Mir wird klar, wie lang er Malenes Geheimnis schon mitträgt und wie viel Kraft es ihn kosten muss, ihr immer wieder nachzugeben.

»Weißt du, wie viel Arbeit das ist?«

Malene nickt stumm, und ich entscheide mich für ihre Seite.

Unter den Rhododendren also. Nicht weit von der Stelle, an der Malene und ich vor Jahren den Hund begraben haben.

Ich ziehe Leanders Spaten aus dem Boden. Obwohl ich nass bis auf die Haut bin, spüre ich die Kälte des Regens kaum. Gepriesen sei die Kraft des Alkohols.

Leander hat den Kopf tief gebeugt, die Hände darüber verschränkt, die Ellbogen zum Kinn gespannt. Unter dem dunklen Haaransatz wölben sich seine Halswirbel.

Ich hake eine Hand in den spitzen Winkel seines linken Arms und versuche, ihn auf die Beine zu ziehen. Er lässt es zu, flucht leise und wischt sich abermals das Gesicht in der Armbeuge. Er weint. Nicht weinen! Mein Kehlkopf sperrt sich gegen den Schluckreflex, holpert auf und ab, schmirgelt über einen großen Kiesel, der nicht herunterzuschlucken ist.

»Also gut«, sagt Leander. Seine Stimme ist ein bisschen belegt.

Wir ziehen einen Graben um einen der größeren Rhododendren und stechen einen Halbkreis aus. Leander hofft, dass wir den flachen Wurzelteller untergraben können, um nicht den ganzen Strauch ausbuddeln zu müssen.

Wir haben Glück, der Boden ist zumindest in den oberen Schichten weicher geworden. Trotzdem brauchen wir fast zwei Stunden, bis wir unter den Wurzeln ausreichend Platz für eine schmale Kammer gemacht haben. Im Vergleich zu den anderen beiden bin ich langsam. Das Pochen meiner Schulter gibt mir den Rhythmus der Spatenstiche vor. Zwar dämpft der Alkohol auch diesen Schmerz, aber fort ist er nicht.

»Das reicht, das reicht«, winkt Leander ab und stützt die Hände in die Hüften. Schweiß, Tränen, Regen, alles läuft in seinen Augenwinkeln zu ein und derselben Flüssigkeit zusammen. Er spuckt hinter sich und sieht mich an.

Es ist so weit, sagt dieser Gesichtsausdruck, wappne dich. Aber ich kann mich nicht wappnen. Als Leander den in Decken eingemantelten Körper aus dem Keller trägt, trete ich hinter Malene und verberge mein Gesicht an ihrer Schulter. Sie reckt die Hand und legt sie wie einen Sichtschirm vor meine Augen, dreht den Rumpf unter mir und nimmt mich in den Arm. Eine Geste, die sich schwach und zerbrechlich anfühlt, aber mich für einen Moment ablenkt.

Leander verschließt die notdürftig hergerichtete Grabkammer mit Erde, dann steigen wir zu ihm ins Loch und beginnen auch den Rest des Erdreichs anzufüllen. Die Kälte spüre ich noch immer nicht. Dafür öffnen sich in meinen Handflächen Schwielen, aus denen Wundwasser hervortritt. Mit jedem Hieb Erde reibe ich den Schmerz ein Stück tiefer. Durch noch eine Hautschicht und noch eine. Bis ich das Gefühl habe, auf Knochen zu stoßen. Dagegen jammert das Brennen meiner Muskeln an. In der Schulter spüre ich jetzt jede Faser. Bis zum Zerreißen.

Es müssen noch einmal mehrere Stunden vergehen, bis wir endlich fertig sind. Unter dem Rhododendron klafft verräterisch wie eine Wunde die aufgeworfene Erde als Zeugnis unseres Vergehens.

Nie hätte ich gedacht, dass es sich so anfühlen würde, den eigenen Vater zu beerdigen. Es sind so viele Gedanken daran in den Strom der letzten Jahre geflossen. So viele Ideen, wie es passieren könnte, wann es so weit sein würde. Manchmal voller Angst, manchmal hoffnungsvoll. Aber in meiner Vorstellung stehe ich im Anzug auf dem Friedhof. Ganz in Schwarz – wie damals, als meine Mutter gestorben ist – statt in diesem dreckverschmierten Zeug. Und vielleicht weine ich. Vielleicht empfinde ich Trauer und Wut über den Tod meines Vaters. Vielleicht sind ungesagte Dinge zurückgeblieben, aber für die habe ich mich entschieden. Und vielleicht hasse ich ihn noch immer, aber das ist mir erlaubt. Weil es der Lauf der Dinge ist, dass Eltern sterben und Kinder den Moment verpassen, um ihnen zu sagen, dass sie sie lieben. Irgendwo. Unter all den Schichten aus Wut und Enttäuschung und Hilflosigkeit.

Stattdessen also das hier. Ein Berg nasser brauner Erde. Ein Gesicht, das tief vergraben unter Rhododendronwurzeln ganz anders aussieht als in meiner Erinnerung. Da ist es nur noch eine Ansammlung aus Farbflächen, aus denen sich mit Anstrengung einzelne Details herausbilden lassen. Ein Auge oder ein Leberfleck im Mundwinkel, den Georg an Malene vererbt hat. Als würde man das Objektiv kurz auf einen flüchtigen Punkt ausrichten, und dann geht er plötzlich wieder verloren, und man kann ihn nie mehr genauso einfangen.

Als mein Vater vor fast sechs Jahren das Gelände des Internats verließ, wusste ich nicht, dass ich ihn dort zum letzten Mal gesehen haben würde. Letzte Male haben häufig die Angewohnheit, sich nicht anzukündigen.

Das Bündel Gefühle, das ich, seit ich Kind bin, besitze, habe ich von hier in die Fremde getragen. Bis vor ein paar Wochen hat es dort gelegen, gut verschnürt und ungeöffnet, noch unter dem Bündel, in das ich Henning gesteckt habe. Und dieses letzte Mal, das war darin noch nicht enthalten. Das kommt erst jetzt, in dieser Nacht dazu.

Leander hält vor mir die Tür auf, die vom Garten in den Keller führt. Ich zögere. »Ich komm nach.«

»Jirka –«

»Ich komm gleich nach«, wiederhole ich mit Nachdruck. Er nickt, dann fällt die Tür hinter ihm zu, und ich stehe allein im dunklen Garten.

Meine Schritte quietschen im Gras. Ich steuere auf das Schwimmbecken zu, dessen Wasserhaut sich unter dem Schauer in ein unruhiges Gewimmel verwandelt hat. Ich ziehe zuerst die Schuhe aus, stecke die Socken oben hinein, pelle mich aus Hose und Hemd und Unterhose. Am Beckenrand rubble ich die Fußsohlen über die runden Steine des Waschbetons. Ich gehe in die Knie, tauche die zwickenden Handflächen, die im ersten Moment noch ein wenig mehr zwicken, ins Wasser. Dann lasse ich mich Kopf über nach vorn ins Becken gleiten. Es sind nur drei erwachsene Schwimmzüge, um es einmal zu durchqueren. Meine brennende Schulter streift Seerosenstängel, vielleicht den ein oder anderen Goldfisch, den der Reiher noch nicht erwischt hat.

Es ist das erste Mal, dass ich in diesem Becken schwimme.

Das erste Mal, nachdem Georg mich beinahe ertränkt hat. Hier schließt sich also der Kreis. Ich habe schwimmen gelernt, und er ist tot.

Ich wasche mir notdürftig den Schweiß von der Haut, mache noch ein paar schwerfällige Schwimmzüge, um warm zu bleiben, und steige dann aus dem Wasser und in die klatschnasse Unterhose. Die restliche Kleidung raffe ich zusammen.

Im Keller hängt Nebel, der aus der dunklen Waschküche dringt. Am Ende des Flurs schimmert die weiße Verkleidung der Kühltruhe. Ich biege nach links und zucke zusammen, als ich bemerke, dass ich nicht allein bin. Leander steht neben der Waschmaschine, in einem glatten weißen T-Shirt, das ich an ihm nicht kenne.

Ich trete unter die Dusche und schlüpfe aus der Unterhose. Drehe nur den Heißwasserhahn auf, mit dem Rücken zum Raum, und lasse den Strahl rote Flecken auf meine Schultern brennen. Als ich mich das nächste Mal umdrehe und in die Halbschatten starre, ist Leander fort.

Hat er auch an den Moment vor einer Woche gedacht? Als ich ihn hier unten beobachtet hab?

Ich drehe das Wasser ab und lehne mich gegen die Kacheln. Vielleicht wäre alles anders gekommen, wenn ich nicht den Unfall mit dem Fahrrad gehabt hätte. Oder wenn ich nicht so übergeschnappt wäre, als Leander mich im Nacken berührt hat.

Auf den Wäscheleinen hängt kaum etwas. Nur ein vergessenes Tischtuch und Leanders Sachen, aus denen es stetig tropft. Ich lasse mich von dem Geräusch hypnotisieren, bis mich zwickende Gänsehaut überzieht. Bis die Kälte des Kellers durch meine Fußsohlen eindringt, die Waden hinaufläuft und mich erzittern lässt.

Aus den oberen Stockwerken rasselt Abwasser durch die Leitungen. Vermischt sich mit dem anhaltenden Regen und dem Tropfen der Wäsche. Ich stoße mich von der Wand ab, tappe auf Leanders blaues Leinenhemd zu, lasse den feuchten Saum durch meine Finger gleiten, dann die ganze Hand in den Stoff und schließlich schmiege ich das Gesicht hinein. Dorthin, wo der Kragen auseinanderläuft.

Was wäre passiert, wenn ich stillgehalten hätte?

Vielleicht hätte die Hand in meinem Haar zugegriffen, meinen Kopf zurückgebogen, bis der Kehlkopf spitz hervorgetreten wäre. Vielleicht hätte Leander mitten auf dem Feldweg angehalten, sich über den Schaltknüppel hinweg zu mir gebeugt. Vielleicht wären auch meine Hände in seinem Nacken gelandet, und ich hätte die Kieferlinie, die ich so oft gezeichnet habe, und das Rostrot seines Bartes unter der Zunge ertastet. Vielleicht wäre es dann nicht die Berührung gewesen, sondern der Geschmack, der mich zurückgeworfen hätte in den Körper des Vierzehnjährigen. Oder Leanders Art zu küssen. Vielleicht wäre seine Zunge genauso unnachgiebig in mich gestoßen wie Hennings, hätte mir den Atem genommen, auf eine ganz und gar abstoßende Art und Weise.

Mein Zimmer riecht noch nach Sommer und Staub. Mit kaltsteifen Fingern öffne ich die beiden Fensterflügel, und der Geruch wird verdrängt von Gewitterluft, dem Duft der Wiese, den die Trockenheit fast ausgelöscht hat. Über allem rollt die Dürre ihren Teppich aus fadbrauner Landschaft aus.

Ich steige nackt in meine letzte saubere Jeans. Ganz unten im Schrank finde ich den dunkelroten Wollpullover, den ich bisher nicht gebraucht habe und den ich jetzt über die aufgestellten Härchen ziehe.

Im Erdgeschoss ist ein Glimmen auf den sonst so stumpfen Fliesen erschienen, ein Lichtschein aus der Küche. Kerzenstumpen schütten Wachslawinen über die Tischmaserung. Der ganze Raum zittert unter den Feuerschatten. Malene steht an der Anrichte und schmiert Brote. Sie sieht kurz auf, als ich reinkomme.

»Den hast du noch?« Sie mustert mich und meinen Pullover – eines dieser Kleidungsstücke, die mitwachsen – und klappt zwei Käsebrothälften zusammen.

»Steht ihm doch.« Leander kommt hinter mir die Stufen herauf und beißt geräuschvoll in einen Apfel. Seine Augen schimmern im Kerzenlicht, und es ist wieder dieser Blick, der mich trifft und aufbricht. Ganz wie zu Beginn. Als hätte es das Gespräch auf den Treppenstufen nicht gegeben. Und mit den alten Gefühlen kommen alte Unsicherheiten.

So hat er mich nicht angesehen damals.

Oder?

Ist das ein Blick, wie er ihn meinem vierzehnjährigen Ich zugeworfen hätte? Oder Henning? Aurelio? In welche Kategorie sortiert er mich? Vielleicht ist es auch eine ganz neue. Vielleicht muss ich mir gar nicht den Kopf zerbrechen, weil ich gar nicht erahnen kann, welche Schubladen Leander bereithält.

»Danke«, nuschle ich verhalten, nicht sicher, ob Dank überhaupt angebracht ist oder ob Leander die Ironie nur besonders gut hinter dem Apfelknirschen und den zuckenden Mundwinkeln versteckt hat.

Malene tischt ein halbes Festmahl auf, nennt es Leichenschmaus und nimmt neben mir auf der Eckbank Platz. Leander sitzt uns gegenüber und hält einmal mehr mit einem Schmunzeln fest, dass wir ganz offensichtlich Geschwister sind.

»Kein Zweifel bei diesen Augen.« Dabei fixiert er mich wieder. Wieder einen Moment zu lang, und ich wünschte, wir hätten noch etwas von dem Schnaps übrig, der mich so angenehm sorglos gemacht hat. Malene scheint das Gleiche zu denken, denn kurz darauf fördert sie zwei volle Flaschen Wein zutage. »Nachtisch?«

Leander streckt den Oberkörper, als unsere Teller leer sind, und dehnt sich über die Stuhllehne nach hinten. Das weiße T-Shirt fasst seine Brust besser ein als die wehenden Leinenhemden, und wieder einmal bin ich überrascht, wie viel Masse Leanders Körper aufbietet.

»Den nehmen wir drüben ein«, sagt Malene, und Leander kippt wieder nach vorn, streicht das T-Shirt glatt und steht auf.

»Dann muss ich noch mal ans Auto.«

Zusammen mit Malene trage ich Wein, Gläser und Kerzen ins Wohnzimmer. Sie geht noch einmal in die Küche und kommt mit Batterien und dem Transistorradio zurück, in dem sie nach passender musikalischer Untermalung sucht.

Für ein paar Momente habe ich ganz vergessen, was wir vor einer Stunde noch getan haben. Die Erinnerung daran sprenkelt Gänsehaut zurück auf meine Unterarme, und ich ziehe die aufgekrempelten Pulloverärmel darüber.

Während die Zeit abwechselnd stehen bleibt und dann wieder schnelle Sprünge nach vorn macht, umspült der Wein den weichen Rausch von Leanders Joint und holt den vagen Schwebezustand von Alkohol zurück in meinen Körper. Ich sehe mich ausgestreckt auf dem Läufer liegen und dann wieder in Malenes Armen zu einem Oldie aus den Sechzigern schunkeln. Ich sehe mich allein auf dem Balkon blauen Qualm in die feuchte Luft pusten und dann Leander daneben, der mir die Zigarette aus dem Mund pflückt und nach zwei Zügen zurück zwischen die Lippen steckt. Sein Lächeln haftet daran, zieht sich lang über die Balustrade und zerläuft in den Ritzen des dunklen Dielenbodens. Bis meine nackten Füße wieder im Warmen sind. Ausgestreckt vorm Kaminfeuer, das die rußigen Zimmerecken noch ein bisschen mehr schwärzt. Ich sehe mich die Arme über den Kopf strecken, als Malene mir den Pullover auszieht und selbst hineinschlüpft. Ich sehe uns, die beiden Sofas am Tisch vorbei in eine Ecke schieben. Zu einer Koje zusammen, in dessen Mitte ich Platz finde. Links Malene, deren Schlafatem mir irgendwann ins Haar fährt. Und rechts Leander, dessen Atem ich weder höre noch spüre. Wir liegen so eng nebeneinander, wie man zu dritt auf zwei Sofas nur liegen kann. Von allen Seiten dringen Worte in meinen Kopf ein. In ganzen Sätzen zerfurchen sie die Ohrmuscheln und zerfallen dann unter der Hirnrinde in Silben, in Lippenbewegungen ohne Ton, in kurz aufflackernde Bilder. Ich dämmere weg. Unter der pulsierenden Hitze des Ofens und der pulsierenden Hitze der beiden Körper neben mir. Malenes – der mir so fremd ist, obwohl er mir einmal so vertraut war – ist mir zugewandt, begräbt meine linke Körperhälfte.

»Ich hab nicht gewartet«, flüstert sie.

Ich atme tief ein, wühle mich aus den Traumfetzen, die ich in dem Moment, in denen Malenes Stimme das Knacken im Kamin unterlegt, schon nicht mehr greifen kann. »Was meinst du?«

»Weil du gefragt hast.«

Ich bin nicht sicher, ob Leander noch Teil unserer Unterhaltung oder längst eingeschlafen ist. Zumindest rührt er sich nicht mehr. Wie aufgeklappt mit dem Rücken gegen die Lehne, die Arme vor der Brust verschränkt, das Gesicht voller Schatten, beide Augen gleich. Mein Oberarm Haut an Haut mit seinem. Ich drehe den Kopf auf Malenes Seite und versuche, ihr Gesicht zu ergründen, aber es liegt im Schatten.

»Du hast gefragt, wie lang ich gewartet hab, bis ich Georg gesucht hab.«

Ich nicke vorsichtig.

»Ich hab nicht gewartet. Es war eher ...« Sie überlegt, rollt mit dem Oberkörper zurück, wie Leander gegen die Sofalehne, und bevor sie weiterspricht, kippt sie ihn wieder auf meine Schulter. »Erst hab ich gewartet. Aber dann hab ich Angst gehabt, dass er noch lebt und dass er weiß, dass ich gewartet hab. Dann hab ich weiter gewartet.« Sie presst sich die Faust gegen die Lippen. »Ich weiß, dass das keine Entschuldigung ist. Aber als ich ihn da liegen gesehen hab ... Ich weiß nicht, da war ich erleichtert.« Ihre Schultern zucken vor und zurück. Wie bei einer Marionette. »Und ich hatte Angst, dass es jemand rausfindet. Und dass sie fragen, warum ich so lang gewartet habe. Und warum ihn nicht schon früher jemand gesucht hat und –« Sie verbirgt das Gesicht in den Händen. Lautlos bebt ihr Körper gegen meinen. Ich taste nach ihrer Hand, die warm und feucht ist, und ergreife sie.

XXII

Irgendwann müssen wir beide eingeschlafen sein. Ich wache vom Zittern meines eigenen Körpers auf. Mein Blick schwebt zur Decke hinauf, und als ich den Kopf drehe, trifft er auf Leanders wache Augen.

»Du frierst.«

Ich sehe, wie sich seine Lippen bewegen. Er umschließt meine Schulter mit seiner warmen Hand, so wie sie meine glühende Kinderstirn umschlossen hat, als ich noch klein war.

In der Dunkelheit richtet sich Leander auf und klettert über die Armlehnen der Sofas. Ich stütze mich auf die Unterarme und suche das Zimmer nach seinen Bewegungen ab.

»Fährst du nach Hause?«

Ich höre ihn lachen. »Ich hol dir ne Decke.«

Als er wieder zurückkommt, drückt sein Gewicht eine Kuhle in die Polsterung und lässt mich auf seine Seite rutschen.

»Schläft sie?«

Ich inspiziere Malenes Gesicht, das über und über von Salzspuren bedeckt sein muss. »Ich glaub schon.«

Er schlüpft unter die Decke, stellt den Ellbogen auf und legt den Kopf in seiner Hand ab. »Sie war sauer, dass ich dich mit zum Hof genommen hab und sie nicht vorbereitet war.«

Ich erinnere mich an den Streit, den ich am ersten Abend zwischen den beiden im Garten beobachtet hab.

»Meinst du, dann hätte sie's mir gesagt?«

Leander schnauft, lässt sich auf den Rücken fallen und reckt einen Arm hinter den Kopf. »Wenn sie vorbereitet gewesen wär? Ich weiß nicht. Vielleicht.«

Ich lasse die Worte eine Weile davonschwimmen, bevor ich etwas entgegne. »Wie war er in den letzten Jahren?«

»Nicht schlimmer als die Jahre davor.«

Ich spüre noch immer das Wabern von Alkohol und Marihuana im Kopf, nur deshalb wage ich, mich auf die Seite zu rollen, dichter an Leander, der mir unmittelbar das Gesicht zuwendet.

»Ich sollte doch weinen, oder?«

Er lächelt. »Dann wein.«

Ich schweige.

»Genierst du dich?« Es ist ein ehrlicher Tonfall, den er angeschlagen hat, und ich suche nach einer ehrlichen Antwort in mir.

»Ich kann einfach nicht.«

»Bist du traurig?«

Darüber muss ich nachdenken. Länger, als mir lieb ist.

Ist das hier eine Art Schockzustand? Kommen die echten Gefühle erst noch? Aber da sind Gefühle. Sie haben nur nichts mit meinem Vater zu tun. Wenn ich an ihn denke, kann ich keine der in mir wirbelnden Empfindungen einfangen, und wenn ich ehrlich bin, gebe ich mir auch nicht besonders viel Mühe. Ich lasse sie vorbeiziehen und sehe ihnen nach.

»Ich hab mir immer einen Vater wie deinen gewünscht.«

»Ja?«, grinst Leander sehr breit. Das kommt mir nahezu fremd vor in seinem Gesicht. Aber es gefällt mir.

»Warum?«

Ich brauche einen Moment, um den Ursprung seiner Frage zu finden. Unter meiner Schädeldecke ist jeder Gedanke so flüchtig wie eine aufblitzende Lichtreflexion.

»Na ja, aus den offensichtlichen Gründen.«

»Die da wären?«

»Er war ein guter Vater.«

Leander starrt mich einen Moment argwöhnisch an, dann lacht er ungläubig und schüttelt den Kopf. »Mein Vater war Alkoholiker. Jeden Sonntag musste ich los und seine leeren Flaschen wegbringen. Er hat so viel gesoffen, dass er mich manchmal nicht erkannt hat. Er hat so viel gesoffen, dass ich bei Georg arbeiten musste, um die scheiß Miete zu verdienen. Er hat gesoffen, und dann hat er geweint und dann gekotzt. Und am Ende hat ihn das umgebracht. Nicht überraschend.«

Ich fühle mich überfahren, bin zu perplex, um zu reagieren. Leander hat keine Ahnung, wie viel Fassade er gerade eingerissen hat. Mit ein paar Worten nur.

Gute Väter sind keine guten Väter. Manchmal sind vermeintlich gute Väter auch nur schlechte Väter.

Ich sehe Leander noch vor mir, wie er am Bett von Vilém Dorodzala – die tote Hand fest in der lebenden – ausdruckslos ins Leere starrt. Und noch Wochen danach, die immerzu rotverweinten Augen, die Appetitlosigkeit.

»Ich dachte«, ich unterbreche mich und suche nach den richtigen Worten. In den Falten von Leanders T-Shirt. Im Knick seines Handgelenks. In der kegelförmigen Mulde zwischen Nase und Mund, die – nackt und von dem Rostrot unangetastet – zu vibrieren scheint, in Erwartung meiner Antwort.

»Ich dachte immer, dass du ihn geliebt hast«, fülle ich

den angefangenen Satz aus. Und er legt den Daumen in die Mulde, ganz so, als hätte er es bemerkt. Als müsste er dieses Stück Haut vor mir schützen.

»Das eine schließt das andere ja nicht aus«, sagt er. Das eine schließt das andere nicht aus.

»Hm«, mache ich und zupfe Falten in die Elefantenhaut des Sofas, beobachte meine eigenen Finger dabei. Das eine schließt das andere nicht aus.

»Er war nur kein guter Vater.«

Ich nicke, aber ich schaffe es nicht, ihm in die Augen zu sehen dabei. Etwas hat sich in mir bewegt. Nicht mal der vage Rausch hält die Lücke unter meinem Brustbein in Schach. Ich bin irreparabel. Das Loch in mir ein ständig wieder ausschlagender Tumor ohne Masse. Ein Phantomschmerz, der mir das Fehlen von etwas vorgaukelt, das ich nicht benennen kann.

»Jirka?«

»Hm?«

»Du kannst doch jemanden lieben, auch wenn er dir wehgetan hat.«

Ich schlucke. Meine Finger sind hektischer geworden, kneifen mehr Falten.

»Und ich weiß, dass Georg dir sehr wehgetan hat.«

Leander lässt mich weinen. Ich stolpere durch das Dickicht meiner Kindheit, meiner Jugend, das verwachsene Unterholz aus Wut und Einsamkeit, aus dem mein Vater seine arthrosesteifen Finger häkelt. Ein schlechter Vater, der immer schon ein schlechter Vater war. Der kein Sonntagsgesicht vorzuweisen hatte. Der mir nie etwas vorgespielt hat. Es gab immer nur eine Version. Die schlechteste. Und selbst die muss man als Kind lieben. Darum bittet dich niemand. Darum musst du dich nicht bewerben. Das drückt dir die Natur gratis aufs Auge, und es bleibt dir lebenslang, ob du willst oder nicht.

Erst als ich innerlich stürze und mich winde, greift Leanders Hand in meine, zieht mich vom Sofa auf die Beine. Ich verschlucke mich an den eigenen, viel zu großen Atempausen.

»Wohin«, würge ich schluchzend hervor, unter den Füßen die Lücken zwischen den Dielenbrettern, breit genug für kleine Zehen.

»Raus hier«, entgegnet Leander.

Die Schließe der Balkontür knackt. Größere Lücken, solche, die große Zehen verschlucken, tun sich unter meinen nackten Sohlen auf. Der Wind spuckt Feuchtigkeit über die Balustrade, drückt sie tief in meinen Gehörgang. Das Prasseln auf dem Schwimmbeckenwasser, neben dem musikalischen Plinkern der Regentonne. Die durstige Erde, ein lautes Schmatzen und Verdauen. Gegen meine Schulterblätter bäumt sich die Bruchsteinwand. Ich schnappe. Fühle Schweiß und Kälte im Gesicht.

Leander hat alle Schichten abgetragen, ohne dass ich etwas davon mitbekommen habe. Vielleicht schon seit dem ersten Tag. Ich könnte es nicht mehr beschwören.

Er steht mir gegenüber. Ich mache einen Schritt auf ihn zu, und er wiederholt meine Bewegung gegengleich. Es ist ein langsamer, fließender Vorgang wie eine einstudierte Choreografie, an der es keinen Zweifel gibt. Ich lasse los, und Leanders T-Shirtfalten werden schwer von all den Steinen, die ich über die Jahre geschluckt und nie geweint habe. Es ist, als hätte er mich wieder aus dem Schrank gehoben. Nur, dass ich nichts mehr vor ihm zu verbergen habe. Leanders Umarmung ist nicht schwach, wie die von Malene. Unsere Körper pressen einander die Luft ab. Zahnräder, die sich zerreiben, nicht perfekt passen, aber ineinander verkeilt sind. Und wie ich befürchtet habe, ist dieses Gefühl nicht ausreichend. Ich habe mehr als je zuvor das Bedürfnis, in Leanders Körper einzufallen. Mit allen Mitteln. Eine Mischung aus Zerstörungswut und dem tiefen Wunsch nach Einssein. Der kaum zu ertragende Widerspruch, ihn mehr als alles andere zu wollen.

Georg.

Henning.

Leander.

Sie reihen sich hintereinander auf und bedingen sich gegenseitig. Mit dem ersten Licht, das sich zäh durch die Maschen der Wolkendecke drückt, wird mir das klar. Ich mache mich von Leander los, und er legt eine Frage zwischen uns auf den Balkonboden. »Hältst du mich eigentlich für einen selbstbewussten Menschen?« Es sind ungewohnte Worte, die ihm in die Mundwinkel schneiden. Zu scharfkantig. Zu direkt. Leander stellt sich nie infrage. Und lässt sich auch nicht infrage stellen.

»Wie meinst du das?« Meine Stimme klingt heiser.

»Antworte einfach.«

Ich wische mir das letzte Salz aus den Augen und blinzle. »Ja ... ich denke schon.« Ich lausche dem Nachhall meiner Worte und frage mich, ob er dasselbe tut. Was kann er heraushören? Aber er nickt nur, stößt sich von der Balustrade ab und dreht das Gesicht dem Garten zu. Ein Schauder läuft meinen Oberkörper hinab, ich stemme neben ihm die Handballen in den aufgeplatzten Lack der Balustrade. Leander sieht hinab auf unsere Hände. Meine lang und schmal, sogar auf der weichen Schwimmhaut sprießen Sommerflecken. Leanders, die Papiergeräusche machen, wenn er sie aneinanderreibt, sind breit, abgearbeitet. Trocken und aufgebrochen wie die Erde im Garten. Er spreizt rechts den kleinen Finger ab. Ich beobachte, wie er auf das bauchige Polster meines Handtellers trifft und daran hinaufklettert, dem Fluss der blauen Adern folgt und in die Bucht zwischen Mittel- und Ringfinger biegt.

»Ich bin überhaupt nicht selbstbewusst. Ich hab auch Angst.« Er holt tief Luft. »Und ich schäme mich. Schon eine ganze Weile. Das wollte ich eigentlich sagen, neulich im Feld.« Er lächelt. Aber es ist ein freudloses Lächeln. Ich weiß, wie sich so etwas anfühlt, weil es mir in seiner Gegenwart allzu oft zwischen die Lippen gerät. Ein Kurzschluss von Nervensträngen, eine Fehlzündung.

»Wofür schämst du dich?«

Unsicherheit liegt unter seinen Augen. Schattig und dick wie geschwollene Tränensäcke.

»Mann, Jirka ...« Er zieht seine Hand zurück und lacht, aber es sieht verzweifelt aus.

»Was?« Ich will mich verstecken. Die verweinten Augen und das verquollene Gesicht. Die unrasierten Wangen, flaumig, ein Haferfeld von Hagelschlag zerfressen. Und den mageren Oberkörper, den ich ihm gerade noch so bereitwillig entgegengeworfen habe und für den ich mich jetzt geniere.

»Was glaubst du denn?«

»Hör auf, mir idiotische Fragen zu stellen«, schimpfe ich und wende mich ab.

»Tut mir leid«, sagt er, »und nun?«

Ich werde nicht noch einmal nachfragen, beschließe ich. Und ich will nicht zurück aufs Sofa, wo Malene neben uns liegt. Aber ich zittere, vor Kälte diesmal.

»Ich muss rein«, sage ich und rühre mich nicht. Wenn wir reingehen, gehen wir auseinander. Ich hoch in mein

Zimmer und er zur Haustür hinaus, und wir werden nie wieder an diesen Punkt anknüpfen.

»Kommst du mit hoch?«

Er nickt. Erleichtert, das kann ich sehen.

Leander geht – wie schon einmal – nach mir die Treppe hinauf. Ich frage mich, wo sie enden wird.

Was wird passiert sein, wenn ich sie wieder hinuntergehe?

Wird er auch hinter mir laufen?

Wird es der anbrechende Morgen sein?

Der späte Nachmittag?

Wie viele Stunden werden zwischen dem Hoch und dem Runter liegen?

Im Flur streift mein Blick die Tür zum Speicher. Wir gehen daran vorbei, ich öffne meine Zimmertür, und Leander tritt nach mir über die Schwelle. Ich schließe das Fenster, versuche, die Schreibtischlampe anzuknipsen, aber der Strom fehlt nach wie vor. Über dem Wald schwillt bereits der Morgen und kleidet den Raum in kühlen Grautönen aus.

»Leander?« Hinter mir knarrt der Fußboden. »Warst du verliebt in ihn?« Ich gebe Malenes Frage einfach weiter. Wie ein abgetragenes Kleidungsstück, das niemandem zu gehören scheint, niemandem wirklich passt.

»Also weißt du doch, wovon ich gesprochen hab«, entgegnet er.

Ich hatte eine Ahnung. Nicht mehr als das.

Leander sieht zu, wie ich ein hellblaues Hemd mit rotem Blattmuster überwerfe.

»Das hast du noch nie getragen.« Er schmunzelt.

Ich sehe an mir herab, knöpfe es zu und zucke mit den Schultern. Leander durchquert den Raum, schiebt einen

Haufen Papier zur Seite und setzt sich auf den Schreibtisch. Ich nehme den Lehnstuhl davor, rücke ihn ein wenig zurecht und schlage die Beine übereinander. Geschäftsmäßig. Leander lehnt sich zurück auf die Handballen, neigt den Kopf, bis er auf der rechten Schulter aufliegt, und antwortet endlich. Er schickt ein zaghaftes Nicken voraus – die schaukelnden Fußknöchel überkreuzend –, dann findet er passende Worte. »Ich glaube, mir gefiel, dass ich ihn knacken konnte. Weißt du? Nachdem er so verschlossen gewesen ist. Und dass er mir vertraute.« Er macht eine Pause, betrachtet konzentriert die Fußleisten oder die Kassettenverzierungen der Zimmertür. »Ich bin ehrgeizig in der Hinsicht. Vielleicht auch deshalb die Arbeit in der Heila.«

»Nee«, widerspreche ich, »die machst du wegen Vilém.«

Er lächelt meine Knie an, kippt den Kopf zurück und lässt ihn durch den Nacken rollen, bis es knackt. »Meinst du?«

»Helfersyndrom.« Ich sage es halblaut wie einen ausgesprochenen Gedanken. Aber es stimmt auch. Leander ist ein Kümmerer. Und vielleicht liegen seine und meine Vermutung gar nicht so weit auseinander. Es gibt eine Verbindung zwischen seinem Vater, seinem Ehrgeiz und dem Helfersyndrom.

Und wie passe ich da rein? Ich schlucke. Perfekt passe ich da rein.

Ich schaue zu dem Walkman, in dem sich Leanders Kassette verbirgt, stehe auf und öffne das Deck. »Ist deine.« Ich strecke sie ihm hin, und er schüttelt den Kopf.

»Ist sowieso nicht so mein Fall.«

»Wirklich?«

»Hat mir eine Kollegin gemacht.« Er zuckt mit den Schultern, und ich muss lachen. Den ganzen Sommer über habe ich gedacht, dass mich diese Kassette näher an Leander heranbringt. Die seltsame Vorliebe für italienische Schlager und der ganze Radiokram. Nichts davon ist also sein Fall. Ich gehe zum Bett, schiebe die Bettwäsche beiseite und lege mich auf den Bauch, das Gesicht drücke ich in die staubzerfressene Matratze.

»Soll ich gehen?«

Ich schüttele den Kopf, drehe ihn über die zerknautschte Nase und mit einem offenen Auge sehe ich zum Schreibtisch.

Nein, du sollst herkommen. Du sollst dich ausziehen. Und dann mich. Ich will dein Gewicht auf mir. In mir. Ich will, dass es mich tiefer in die Matratze senkt. Ich will deine auf meinen ausgestreckten Armen, deine Finger in meinen.

Leanders Körper ist ein Widerspruch für mich. Kaum etwas scheint mir tröstlicher, wirkt so verlockend auf mich und so begehrenswert. Und auf der anderen Seite lauert die Angst. Die mich handlungsunfähig macht und die Realität – wie ein Glas, unter dem der Sauerstoff knapp wird – über alle meine Fantasien stülpt: So würde das nicht funktionieren. Nicht heute. Auch nicht morgen. Ich weiß selbst nicht, wie viel Zeit vergehen muss. Ich bewahre nicht nur mich, sondern auch Leander vor dem schrecklichen Moment, in dem wir erkennen würden, dass es zu früh ist. Dass ich nichts von dem, was dann zwischen uns passieren würde, ertragen kann.

Ich schiebe die Hüfte gegen die Wand, hebe den Oberkörper hinterher, bis genug Platz neben mir ist, und verschränke die Arme unter meinem Kinn.

»Ist das ein Nein?«, fragt Leander.

Ich lächle, und er steigt vom Schreibtisch und legt sich neben mich. Die Arme unterm Kopf, das Gesicht mir zugewandt. Kein Nachtschwarz mehr, das unsere Züge weichzeichnet. Vorm Fenster steht wolkenlos die Sonne, zerteilt Leanders Wangen in Licht und Schatten und treibt winzige Schweißperlen auf seine Stirn. Ich beobachte, wie seine Wimpern ihren Schlag verringern, höre zu, wie Atemzug für Atemzug in seine Armbeuge fließt, immer gleichmäßiger und gleichmäßiger, und strecke die Hand nach seinem Rücken aus. Die Sprossen der Wirbelsäule hinauf, über das Gebirge seiner Schulterblätter. Bis meine Fingerspitzen an den Saum seines T-Shirt-Kragens stoßen und unter dem verdrehten Knoten aus rauem Haar eine Senke finden, in die ich meinen Daumen lege.

»Leander?«

»Hm?«, höre ich ihn, und vor dem Kratzen in seiner Stimme, dem verräterisch schweren Nachschlag seines Atems, ziehe ich mich zurück, schließe die Augen und flüstere: »Nichts.«

DANK

Um ein Buch in die Welt zu bringen, braucht es mehr als jemanden, der es schreibt.

Ich danke meiner frühen Verbündeten Jessica Müller für das nie endende Rätseln und Ergründen.

Laura Fuchs dafür, dass sie dem Krummen Holz ein Gesicht gegeben hat.

Henri Braams für seine einfühlsame wie scharfsinnige Art und den Schubs zum richtigen Zeitpunkt.

Meiner lieben Agentin Monika Kempf, die richtigerweise Monika Kämpft heißen sollte und die für mich möglich gemacht hat, wovon ich kaum zu träumen gewagt habe.

Corinna Kroker für ihren Enthusiasmus, ihr offenes Ohr und ihr Vertrauen in mich.

Dank gebührt außerdem Lena Seiferlin, Stefan Wendel, Katharina Körber und all jenen, die ihre Geschichten und ihre Zeit mit mir geteilt haben: Dietmar Lange, Peter Kemper, Jutta Michel und ihren Kolleg*innen von Station 03, Dr. Lessmann, Stephan Müller, Heike Seiferlin, Jürgen Debruck, Frank Hauswedell und Olaf Jessen.

Im Besonderen danke ich Silke Gillhaus, meiner ersten Förderin, die sich dieser Rolle vermutlich nicht bewusst ist, aber die mir Mut, Selbstvertrauen und die nötige Begeisterung für das eigene Schreiben mit auf den Weg gegeben hat, den ich ohne sie vielleicht gar nicht angetreten hätte.

Danke! Danke allen, die mich auf meinem Weg begleitet und an ihn geglaubt haben!